Conversaciones entre amigos

Conversaciones entre amigos

SALLY ROONEY

Traducción de
Ana García Casadesús

LITERATURA RANDOM HOUSE

Papel certificado por el Forest Stewardship Council®

Título original: *Conversations with Friends*
Primera edición: junio de 2018

Este libro ha sido publicado con la ayuda económica de Literature Ireland

Printed in Spain – Impreso en España

ISBN: 978-84-397-3446-8
Depósito legal: B-6.551-2018

Compuesto en La Nueva Edimac, S. L.
Impreso en Cayfosa (Barcelona)

R H 3 4 4 6 8

Penguin
Random House
Grupo Editorial

En tiempos de crisis, todos debemos decidir una y otra vez a quién queremos.

FRANK O'HARA

PRIMERA PARTE

1

Bobbi y yo conocimos a Melissa en la ciudad, en una velada poética en la que actuamos juntas. Nos hizo una foto en
la calle en la que Bobbi salía fumando y yo sujetándome
tímidamente la muñeca izquierda con la mano derecha,
como si temiera que fuese a escaparse. Melissa usaba una
cámara profesional grande y llevaba un montón de objeti-
vos distintos en un estuche especial. Charlaba y fumaba
mientras tomaba las fotos. Comentó nuestra actuación y
hablamos de su obra, que conocíamos de internet. A eso de
la medianoche cerraron el bar. Empezaba a llover y nos
invitó a tomar una copa en su casa.

Nos subimos las tres al asiento trasero de un taxi y nos
abrochamos los cinturones. Bobbi iba en medio, con la cabeza girada para hablar con Melissa, así que pude admirar su
nuca y su pequeña oreja con forma de cucharilla. Melissa le
dio al taxista una dirección de Monkstown y yo me puse a
mirar por la ventanilla. En la radio, una voz anunció: «Clási-
cos… del pop… de los ochenta…». Y luego sonó una sin-
tonía. Yo estaba emocionada, lista para afrontar el reto de
visitar la casa de una desconocida, y ya preparaba cumplidos
y ciertas expresiones que me hicieran parecer encantadora.

Era una casa adosada de ladrillo rojo, con un sicómoro
en el exterior. A la luz de las farolas, las hojas se veían ana-

ranjadas y artificiales. A mí me encantaba ver el interior de casas ajenas, sobre todo si eran de gente vagamente famosa como Melissa. En ese momento decidí memorizar cada detalle de su hogar, a fin de poder describírselo más tarde a nuestros amigos y que Bobbi pudiera mostrarse de acuerdo.

Cuando Melissa nos hizo pasar, una pequeña spaniel de pelaje rojizo vino corriendo por el pasillo y se puso a ladrarnos. Hacía calor en el recibidor y las luces estaban encendidas. Junto a la puerta había una mesita baja sobre la que alguien había dejado un montón de calderilla, un cepillo para el pelo y un pintalabios destapado. En la pared de la escalera colgaba una reproducción de Modigliani, una mujer desnuda recostada. Toda una casa, pensé. Aquí podría vivir una familia.

Tenemos invitados, anunció Melissa desde el pasillo.

Nadie salió a recibirnos, así que la seguimos hasta la cocina. Recuerdo que vi un cuenco de madera oscura lleno de fruta madura, y que me fijé en la galería acristalada. Gente rica, me dije. En esa época pensaba todo el tiempo en la gente rica. La perra nos había seguido hasta la cocina y nos olisqueaba los pies, pero como Melissa no dijo nada nosotras tampoco.

¿Vino?, preguntó. ¿Blanco o tinto?

Melissa lo sirvió en unas copas enormes del tamaño de boles y las tres nos sentamos en torno a una mesa baja. Nos preguntó cómo habíamos empezado a hacer recitales de *spoken word*. Acabábamos de concluir nuestro tercer año de universidad, pero llevábamos actuando juntas desde el instituto. Habíamos terminado los exámenes. Estábamos a finales de mayo.

Melissa tenía la cámara sobre la mesa y de cuando en cuando la cogía para sacar una foto, al tiempo que se reía despectivamente de sí misma por ser una «adicta al trabajo».

Encendió un cigarrillo y sacudió la ceniza en un cenicero de cristal de lo más kitsch. La casa no olía a tabaco, y me pregunté si fumaría allí habitualmente.

He hecho un par de amigas, dijo.

Su marido estaba en el umbral de la cocina. Alzó la mano a modo de saludo y la perra se puso a ladrar y gañir correteando en círculos.

Esta es Frances, dijo Melissa. Y esta, Bobbi. Son poetas.

Él sacó un botellín de cerveza del frigorífico y lo abrió sobre la encimera.

Ven y siéntate con nosotras, dijo Melissa.

Me encantaría, contestó él, pero será mejor que intente dormir un poco antes del vuelo.

La perra se subió de un brinco a una silla cercana y él alargó la mano con gesto ausente para acariciarle la cabeza. Preguntó a Melissa si le había dado de comer, ella contestó que no. Entonces cogió a la perra en brazos y dejó que le lamiera el cuello y la barbilla. Dijo que ya se encargaba él y volvió a salir por la puerta de la cocina.

Nick tiene un rodaje en Cardiff por la mañana, dijo Melissa.

Nosotras ya sabíamos que su marido era actor. Melissa y él eran fotografiados a menudo en actos sociales, y teníamos amigos de amigos que los conocían. Nick poseía un rostro grande y atractivo, y parecía capaz de cargarse tranquilamente a Melissa bajo un brazo mientras con el otro rechazaba a una horda de intrusos.

Es muy alto, comentó Bobbi.

Melissa sonrió como si «alto» fuera un eufemismo para referirse a otra cosa, algo no necesariamente halagador. Seguimos charlando. Entablamos un breve debate sobre el gobierno y la Iglesia católica. Melissa nos preguntó si éramos creyentes y contestamos que no. Dijo que las ceremonias religiosas, como los funerales o las bodas, le parecían «reconfortantes de una manera en cierto modo sedante». Son actos comunitarios, dijo. Tienen cierto encanto para los neuróticos del individualismo. Y además fui a un colegio de monjas, así que todavía recuerdo muchas de las oraciones.

Nosotras también fuimos a un colegio de monjas, dijo Bobbi. Y eso nos planteó ciertos problemas.

Melissa sonrió de oreja a oreja y preguntó: ¿Como cuáles?

Bueno, yo soy lesbiana, contestó Bobbi. Y Frances es comunista.

Y no creo que recuerde ni una sola oración, añadí.

Estuvimos horas charlando y bebiendo. Recuerdo que hablamos sobre la poeta Patricia Lockwood, a la que admirábamos, y también sobre lo que Bobbi llamaba despectivamente «feminismo gay de pacotilla». Empecé a sentirme cansada y un poco borracha. No se me ocurría nada ingenioso que decir y me costaba poner caras que expresaran mi sentido del humor. Creo que reía y asentía sin parar. Melissa nos dijo que estaba trabajando en un libro nuevo de ensayos. Bobbi había leído el primero, pero yo no.

No es muy bueno, me dijo Melissa. Espera a que salga el próximo.

Hacia las tres de la madrugada nos acompañó a la habitación de invitados y nos dijo lo mucho que se alegraba de habernos conocido y de que nos quedáramos a pasar la noche. Cuando nos metimos en la cama me quedé mirando fijamente el techo y me di cuenta de lo borracha que estaba. La habitación daba vueltas en espirales breves, consecutivas. En cuanto mis ojos se acostumbraban a una rotación, empezaba la siguiente. Le pregunté a Bobbi si le pasaba lo mismo, pero me dijo que no.

Es fantástica, ¿no crees?, comentó Bobbi. Melissa.

Me cae bien, dije.

Oímos su voz en el pasillo y el sonido de sus pasos que la llevaban de habitación en habitación. En un momento dado la perra ladró y oímos que ella gritaba algo, y luego la voz de su marido. Pero después nos quedamos dormidas. No lo oímos marcharse.

Bobbi y yo nos habíamos conocido en el instituto. Por aquel entonces ella no se mordía la lengua y con frecuencia la castigaban por una falta de comportamiento que nuestra escuela catalogaba como «perturbación del normal desarrollo de la clase». Cuando teníamos dieciséis años se puso un piercing en la nariz y empezó a fumar. Le caía mal a todo el mundo. En cierta ocasión la expulsaron temporalmente por escribir «¡Que se joda el puto patriarcado!» en la pared junto a un crucifijo de escayola. Este incidente no despertó solidaridad alguna. A Bobbi se la consideraba una numerera. Hasta yo tuve que reconocer que durante la semana que expulsaron a Bobbi las clases fueron mucho más apacibles.

A los diecisiete años asistimos a un baile para recaudar fondos en el salón de actos del instituto, con una bola de discoteca medio rota arrojando destellos sobre el techo y las ventanas con barrotes. Bobbi se había puesto un vaporoso vestido veraniego y daba la impresión de no haberse cepillado el pelo. Estaba radiante, lo que implicaba que todo el mundo tenía que esforzarse mucho para no prestarle atención. Le dije que me gustaba su vestido. Me dio a beber vodka de una botella de Coca-Cola y me preguntó si habían cerrado el resto de la escuela. Probamos con la puerta de la escalera que daba a la parte de atrás y vimos que estaba abierta. Arriba las luces estaban apagadas y no había nadie. A través de los tablones del suelo percibíamos la vibración de la música, como la melodía del móvil de otra persona. Bobbi me ofreció un poco más de vodka y me preguntó si me gustaban las chicas. Con ella era muy fácil mostrarse impasible. Claro, me limité a contestar.

Al convertirme en la novia de Bobbi no traicionaba la lealtad de nadie. Yo no tenía amigas íntimas, y a la hora de comer me sentaba sola en la biblioteca del instituto leyendo libros de texto. Las otras chicas me caían bien, les dejaba copiar mis deberes, pero me sentía sola e indigna de una verdadera amistad. Hacía listas de las cosas que debía mejorar de mí misma. Cuando Bobbi y yo empezamos a salir, todo cambió. Ya nadie me pedía los deberes. A la hora de comer nos paseábamos por el aparcamiento cogidas de la mano y la gente apartaba la mirada con malicia. Era divertido, la primera cosa verdaderamente divertida que me pasaba en la vida.

Al salir de clase nos tumbábamos en su habitación a escuchar música y hablábamos de lo que nos gustaba de la otra. Eran conversaciones largas e intensas, y me parecían tan trascendentales que por las noches, en secreto, transcribía retazos de memoria. Cuando Bobbi hablaba sobre mí sentía como si me estuviera viendo en un espejo por primera vez. De hecho, empecé a mirarme más a menudo en los espejos de verdad y a interesarme por mi cara y mi cuerpo, algo que no había hecho nunca. Le preguntaba a Bobbi cosas del tipo: ¿Mis piernas son largas o cortas?

En nuestra ceremonia de graduación recitamos un poema juntas. Algunos padres lloraron, pero nuestros compañeros se limitaron a mirar por las ventanas del salón de actos o a cuchichear entre ellos. Al cabo de varios meses, tras una relación de más de un año, Bobbi y yo rompimos.

Melissa quería escribir un artículo sobre nosotras. Nos mandó un email para preguntarnos si nos interesaba y adjuntó algunas de las fotos que nos había hecho a la salida del bar. A solas en mi habitación, descargué uno de los archivos y lo abrí a pantalla completa. Bobbi me devolvía la mirada, con gesto pícaro, sosteniendo un cigarrillo en la mano derecha y ciñéndose la estola de piel con la otra. A su lado, yo parecía hastiada e interesante. Intenté imaginar mi nombre en un artículo periodístico, impreso en una tipografía con serifa con gruesas astas. Decidí que me esforzaría más por impresionar a Melissa la próxima vez que nos viéramos.

Bobbi me llamó casi inmediatamente después de que llegara el email.

¿Has visto las fotos?, preguntó. Creo que estoy enamorada de Melissa.

Sostuve el teléfono con una mano y amplié el rostro de Bobbi con la otra. Era una imagen de alta calidad, pero la aumenté hasta que empezó a pixelarse.

A lo mejor solo estás enamorada de tu propia cara, le dije.

Solo porque tenga una cara bonita no quiere decir que sea una narcisista.

No me molesté en replicar. Seguía concentrada en la ampliación de la foto. Sabía que Melissa escribía para varias webs literarias importantes y que su trabajo circulaba mucho por la red. Había publicado un famoso ensayo sobre los Oscar que todo el mundo volvía a postear cada año durante la temporada de premios. A veces también escribía artículos de índole local, sobre artistas que vendían sus obras en Grafton Street o sobre músicos callejeros de Londres; siempre aparecían acompañadas de hermosas fotos de sus personajes, retratos que reflejaban su humanidad y llenos de «carácter». Reduje la imagen a su tamaño original y traté de observar mi propio rostro como si fuera el de una desconocida que viera en internet por primera vez. Me pareció redondo y blanco, las cejas como paréntesis caídos, los ojos eludiendo el objetivo, casi cerrados. Hasta yo podía ver que tenía carácter.

Enviamos un email a Melissa diciendo que estaríamos encantadas, y nos invitó a cenar en su casa para hablar de nuestro trabajo y sacarnos algunas fotos más. Me pidió que le enviara algunos de nuestros poemas y le mandé tres o cuatro de los mejores. Bobbi y yo hablamos largo y tendido sobre lo que ella se pondría para la cena, bajo la excusa de comentar lo que deberíamos llevar ambas. Tumbada en mi habitación, la observé mirándose al espejo, moviendo mechones de pelo de aquí para allá con gesto crítico.

A ver, cuando dices que estás enamorada de Melissa…, empecé.

Me refiero a que estoy colada por ella.

Sabes que está casada.

¿No crees que le gusto?, preguntó Bobbi.

Sostenía frente al espejo una de mis camisas blancas de algodón peinado.

¿Qué quieres decir con que le gustas?, repuse. ¿Hablas en serio o en broma?

En parte hablo en serio. De verdad creo que le gusto.

¿Como para tener una aventura?

Bobbi se echó a reír. Con otra gente por lo general no me costaba discernir lo que debía tomarme en serio o en broma, pero con Bobbi resultaba imposible. Nunca parecía hablar completamente en serio ni completamente en broma. En consecuencia, había aprendido a adoptar una especie de aceptación zen ante todas las cosas raras que decía. Se quitó la blusa y se puso mi camisa blanca. Se la remangó con cuidado.

¿Bien?, preguntó. ¿O fatal?

Bien. Te queda bien.

2

El día que íbamos a cenar a casa de Melissa no paró de llover. Por la mañana me quedé sentada en la cama escribiendo poesía, pulsando la tecla intro a mi antojo. Al final abrí las persianas, leí las noticias en internet y me di una ducha. Mi apartamento tenía una puerta que daba al patio del edificio, lleno de vegetación exuberante y con un cerezo en flor en la esquina más alejada. Ya estábamos casi en junio, pero en abril se llenaba de florecillas alegres y sedosas como confeti. La pareja de al lado tenía un bebé que a veces lloraba por las noches. Me gustaba vivir allí.

Esa noche Bobbi y yo quedamos en la ciudad y tomamos un autobús hasta Monkstown. Volver a la casa por nuestra cuenta era como abrir un envoltorio en el juego de pasar el paquete. Se lo comenté a Bobbi por el camino y ella dijo: ¿Será el premio o solo otra capa de papel?

Ya nos enteraremos después de la cena, contesté.

Cuando llamamos al timbre, Melissa salió a abrir con la cámara al hombro. Nos dio las gracias por acudir. Tenía una sonrisa expresiva, cómplice, que pensé que seguramente dedicaba a todos sus fotografiados, como si dijera: para mí no eres uno más, sino alguien muy especial. Supe que más tarde ensayaría esa misma sonrisa con envidia ante el espejo.

La perra ladró desde la puerta de la cocina mientras colgábamos nuestras chaquetas.

En la cocina encontramos al marido de Melissa cortando verduras. La perra se puso muy nerviosa al vernos allí reunidos. Se subió de un salto a una silla y estuvo ladrando durante diez o veinte segundos hasta que él la mandó callar.

¿Os apetece una copa de vino?, preguntó Melissa. Dijimos que claro, y Nick nos sirvió. Yo lo había buscado en internet después de nuestro primer encuentro, más que nada porque no había conocido a otros actores en la vida real. Había trabajado sobre todo en teatro, pero también había hecho algo de televisión y cine. En una ocasión, hacía ya varios años, había estado nominado a un premio importante, que no ganó. Me había topado con toda una selección de fotos con el torso desnudo, muchas de las cuales lo mostraban más joven, saliendo de una piscina o duchándose en una serie de televisión cancelada tiempo atrás. Envié a Bobbi un enlace a una de esas fotos con el mensaje: marido trofeo.

No había demasiadas imágenes de Melissa en internet, aunque sus libros de ensayos habían generado mucha publicidad. No sabía cuánto tiempo llevaba casada con Nick. Ninguno de los dos era lo bastante famoso para que esa información circulara por la red.

¿Así que lo escribís todo juntas?, preguntó Melissa.

Oh, no, qué va, dijo Bobbi. Frances lo escribe todo. Yo ni siquiera la ayudo.

Eso no es verdad, repliqué. No es cierto, sí que me ayudas. Lo dice por decir.

Melissa ladeó la cabeza y soltó una especie de risita.

Vale, entonces ¿cuál de las dos está mintiendo?, preguntó.

La que mentía era yo. Salvo en el sentido de que enriquecía mi vida, Bobbi no me ayudaba a escribir poesía. Que yo supiera, nunca había escrito de forma creativa. Le gustaba interpretar monólogos dramáticos y entonar canciones antibelicistas. Sobre el escenario era la que llevaba la voz cantante, y yo solía mirarla con inquietud para que no se me olvidara lo que tenía que hacer.

Cenamos espaguetis con una salsa espesa a base de vino blanco y mucho pan con ajo. Nick apenas abrió la boca mientras Melissa nos acribillaba a preguntas. Nos hizo reír mucho a todos, pero fue un poco como si alguien te hiciera comer algo que en realidad no te apetece. Yo no tenía claro si me gustaba aquella especie de alegre imposición, pero era evidente que Bobbi se lo estaba pasando en grande. Se reía incluso un poco más de la cuenta, o así me lo parecía.

Aunque no habría sabido especificar por qué exactamente, tuve la certeza de que Melissa perdió interés en nuestro proceso de escritura cuando se enteró de que yo era la única autora de los textos. No se me escapaba que la sutileza de este cambio le bastaría a Bobbi para negarlo más tarde, algo que me irritaba como si ya hubiese sucedido. Empezaba a sentirme ajena a todo aquello, como si la dinámica que al fin se había revelado no me interesara o ni siquiera fuese conmigo. Podría haberle echado más ganas, pero supongo que me fastidiaba tener que esforzarme para que me hicieran caso.

Después de cenar Nick recogió la mesa y Melissa nos sacó más fotos. Bobbi se sentó en el alféizar contemplando la llama de una vela, riendo y poniendo caras adorables. Yo seguí sentada a la mesa sin moverme, apurando mi tercera copa de vino.

Me encanta el rollo de la ventana, dijo Melissa. ¿Hacemos otra parecida, pero en la galería?

Desde la cocina se accedía a la galería acristalada a través de unas puertas dobles. Bobbi siguió a Melissa, que cerró las puertas tras de sí. Podía ver a Bobbi riendo sentada en el alféizar, pero no alcanzaba a oír su risa. Nick empezó a llenar el fregadero de agua caliente. Volví a decirle lo buena que había estado la cena y él levantó la mirada y dijo: Ah, gracias.

A través del cristal observé a Bobbi quitándose una mancha de maquillaje de debajo del ojo. Tenía las muñecas delgadas y las manos finas, elegantes. A veces, cuando estaba haciendo algo anodino, como volver a casa del trabajo o tender la ropa, me gustaba imaginar que me parecía a ella. Bobbi tenía una postura mejor que la mía, y un rostro hermoso, de esos que no se olvidan fácilmente. Esa ilusión se me antojaba tan real que, cuando me vislumbraba sin querer en el espejo y me veía tal como era, sufría una extraña impresión de despersonalización. Ahora que tenía a Bobbi sentada justo en mi campo de visión me resultaba más difícil imaginarme como ella, pero lo intenté de todos modos. Me entraron ganas de soltar algo provocador y estúpido.

Creo que estoy de más aquí, dije.

Nick miró hacia la galería acristalada, donde Bobbi se estaba toqueteando el pelo.

¿Crees que Melissa muestra favoritismo?, preguntó. Puedo hablar con ella, si quieres.

No pasa nada. Bobbi es la favorita de todo el mundo.

¿De veras? Pues debo decir que tú me caes mejor.

Nuestras miradas se cruzaron. Se notaba que intentaba seguirme el juego, así que sonreí.

Ya, siento que tenemos una conexión natural, dije.

Me atraen los espíritus poéticos.

Ah, bueno. Créeme, tengo mucha vida interior.

Se rio al oírme decir esto. Yo sabía que mi comportamiento era un poco inapropiado, pero no me sentía demasiado mal por ello. En la galería, Melissa había encendido un cigarrillo y había dejado la cámara sobre una mesita de cristal. Bobbi asentía con convicción.

Creía que esta noche iba a ser una pesadilla, pero la verdad es que ha estado muy bien, dijo él.

Volvió a sentarse a la mesa conmigo. Me gustó esa súbita franqueza. Era consciente de que, sin que él lo supiera, había estado mirando fotos suyas en internet con el torso desnudo, y en ese momento me pareció algo tan divertido que casi me entraron ganas de contárselo.

No soy muy buena en este tipo de cenas, dije.

Yo diría que has estado muy bien.

Tú sí que has estado muy bien. Has estado fantástico.

Nick me sonrió. Intenté recordar todo lo que había dicho para poder reproducírselo a Bobbi más tarde, pero en mi mente no sonaba igual de gracioso.

Las puertas se abrieron y Melissa volvió a entrar en la cocina sosteniendo la cámara con las dos manos. Hizo una foto de los dos sentados a la mesa, Nick con la copa en una mano, yo mirando al objetivo con gesto ausente. Luego se sentó frente a nosotros y escrutó la pantalla de la cámara. Bobbi entró y volvió a llenarse la copa de vino sin pedir permiso. Tenía una expresión beatífica en el rostro, y me di cuenta de que estaba borracha. Nick la observó, pero no dijo nada.

Comenté que deberíamos ir tirando para poder tomar el último autobús y Melissa prometió enviarnos las fotos. La sonrisa de Bobbi perdió intensidad, pero era demasiado tarde para sugerir que nos quedáramos un poco más. De hecho, ya nos estaban tendiendo las chaquetas. La cabeza me daba vueltas, y ahora que Bobbi había enmudecido, yo no podía parar de reír sin ton ni son.

La parada del autobús quedaba a unos diez minutos a pie. Al principio Bobbi parecía apagada, por lo que deduje que estaba disgustada o enfadada por algo.

¿Te lo has pasado bien?, pregunté.

Me preocupa Melissa.

¿Cómo dices?

Creo que no es feliz, dijo Bobbi.

¿En qué sentido? ¿Te ha hablado de eso?

Creo que Nick y ella no son muy felices juntos.

¿De verdad?, pregunté.

Es triste.

Me abstuve de señalar que Bobbi solo había visto a Melissa en dos ocasiones, aunque tal vez debería habérselo dicho. Era cierto que Nick y Melissa no parecían estar locos el uno por el otro. Él me había dicho, sin que viniera a cuento, que había esperado que la cena organizada por su mujer fuera «una pesadilla».

Él me ha parecido gracioso, dije yo.

Apenas ha abierto la boca.

Ya, tiene un silencio de lo más divertido.

Bobbi no se rio y yo no insistí. En el autobús apenas hablamos, ya que no creí que fuera a interesarle la fluida relación que había establecido con el marido trofeo de Melissa, y no se me ocurría ningún otro tema de conversación.

Cuando llegué a mi apartamento me sentía más borracha que cuando estaba en la casa de Melissa. Bobbi se había ido a su casa y yo estaba sola. Encendí todas las luces antes de meterme en la cama. A veces lo hacía.

Ese verano los padres de Bobbi estaban atravesando un agrio proceso de separación. Eleanor, su madre, siempre había sido emocionalmente frágil y propensa a largos períodos de vagas dolencias, lo que convertía al padre, Jerry, en el progenitor más favorecido por la ruptura. Bobbi siempre los llamaba por sus nombres de pila, algo que seguramente había empezado como un acto de rebeldía pero que ahora sonaba a trato profesional, como si su familia fuera un pequeño negocio que gestionaban en cooperativa. Lydia, la hermana de Bobbi, tenía catorce años y no parecía llevar el asunto con la misma serenidad.

Mis padres se habían separado cuando yo tenía doce años y mi padre había vuelto a Ballina, donde se habían conocido. Yo viví en Dublín con mi madre hasta terminar la secundaria, y luego ella también regresó a Ballina. Cuando empecé la facultad me mudé a un apartamento en el barrio dublinés de Liberties que pertenecía al hermano de mi padre. Durante el curso, él alquilaba la segunda habitación a otro estudiante, lo que significaba que yo no podía hacer ruido por la noche y debía saludar educadamente a mi compañero de piso cuando me lo encontraba en la cocina. Pero en verano, cuando el otro inquilino regresaba a su casa, podía vivir allí a mis anchas, hacer café siempre que quisiera y dejar libros abiertos por todas partes.

Por entonces trabajaba de becaria en una agencia literaria. Había otro becario, llamado Philip, al que conocía de la universidad. Nuestra tarea consistía en leer pilas de manuscritos y escribir informes de una página sobre su valor literario, que era casi siempre nulo. A veces Philip me leía algunas frases malas en tono sarcástico para hacerme reír, pero nunca delante de los adultos que trabajaban allí. Íbamos tres días a la semana y a cambio cobrábamos un «estipendio», lo que básicamente quería decir que no nos pagaban. Lo único que yo necesitaba era comida y Philip vivía con sus padres, así que tampoco nos importaba demasiado.

Así es como se perpetúan los privilegios, me dijo Philip un día en el despacho. Capullos ricos como nosotros aceptando prácticas no remuneradas para acabar consiguiendo algún trabajo.

Habla por ti, le dije. Yo nunca voy a tener un trabajo.

3

Ese verano Bobbi y yo actuamos a menudo en recitales de *spoken word* y en noches de micrófono abierto. Cuando salíamos a fumar y algún intérprete masculino intentaba entablar conversación con nosotras, Bobbi exhalaba de forma elocuente y no decía nada, así que yo tenía que hablar en nombre de ambas, lo cual implicaba prodigar un montón de sonrisas y recordar detalles sobre sus actuaciones. Yo disfrutaba interpretando ese tipo de personaje, la chica sonriente que recordaba cosas. Bobbi me dijo que creía que yo no tenía una «auténtica personalidad», aunque según ella se trataba de un cumplido. En general, estaba de acuerdo con su afirmación. En un momento dado podía hacer o decir cualquier cosa, y solo más tarde pensar: Ah, así que soy esa clase de persona.

Al cabo de unos días Melissa nos envió los archivos con las fotos de la cena en su casa. Yo esperaba que Bobbi fuera la gran protagonista del reportaje, conmigo en quizá una o dos imágenes, borrosa tras una vela encendida, sosteniendo el tenedor con espaguetis. De hecho, por cada foto de Bobbi había otra mía, siempre perfectamente iluminada, siempre hermosamente enmarcada. Nick también salía en las fotos, lo cual me sorprendió. Irradiaba un enorme atractivo, más incluso que en persona. Me pregunté si era un actor de éxito por ese motivo. Resultaba difícil contemplar aquellas fotos y no sentir que constituía la presencia más poderosa de la habitación, algo que no me había parecido entonces ni por asomo. La propia Melissa no salía en ninguna de las imágenes. Como resultado, la cena que aparecía en las fotos guardaba solo una relación sesgada con aquella a la que habíamos asistido. En realidad, toda la conversación había orbitado en torno a Melissa. Ella había inducido nuestras variadas expresiones de incertidumbre o admiración. Eran sus chistes los que nos habían hecho reír todo el rato. Sin ella en las imágenes, la cena parecía adoptar un carácter distinto, como si girara en sutiles y extrañas direcciones. Sin Melissa, las relaciones entre las personas que salían en esas fotos no quedaban claras.

En mi fotografía favorita, yo miraba directamente al objetivo con expresión soñadora y Nick me observaba como si esperara que dijese algo. Su boca estaba ligeramente entreabierta y no parecía ser consciente de la presencia de la cámara. Era una buena foto, aunque a decir verdad yo había estado mirando a Melissa en ese momento y Nick sencillamente no la había visto entrar por la puerta. La imagen capturaba algo íntimo que en realidad nunca había sucedido, algo elíptico y no exento de tensión. La guardé en mi carpeta de descargas para volver a observarla más tarde.

Más o menos una hora después de que llegaran las fotos, Bobbi me envió un mensaje.

Bobbi: no veas lo bien que salimos.
Bobbi: me pregunto si podemos ponerlas en el perfil
    de facebook.
yo: no

Bobbi: dice que por lo visto el artículo no saldrá hasta
  septiembre.
yo: quién lo dice
Bobbi: melissa
Bobbi: quedamos esta noche?
Bobbi: y vemos una peli o algo

Bobbi quería hacerme saber que ella había seguido en contacto con Melissa y yo no. Consiguió impresionarme, que era lo que pretendía, pero también me sentí mal. Yo era consciente de que se entendía mejor con Bobbi que conmigo, y no sabía cómo participar de su recién estrenada amistad sin rebajarme reclamando su atención. Quería que Melissa se interesara por mí porque ambas nos dedicábamos a escribir, pero yo no parecía caerle bien y ni siquiera estaba segura de que ella me cayera bien. No tenía la opción de no tomarla en serio, porque había publicado un libro, lo que demostraba que muchas otras personas la tomaban en serio aun cuando yo no lo hiciera. A mis veintiún años, yo no tenía logros ni posesiones que me avalaran como una persona seria.

Le había dicho a Nick que todo el mundo prefería a Bobbi, pero eso no era del todo cierto. Ella podía ser ácida y desmedida hasta un punto que incomodaba a la gente, mientras que yo tendía a mostrarme animosamente cordial. Siempre les caía muy bien a las madres, por ejemplo. Y como Bobbi solía tratar a los hombres como objetos de diversión o desprecio, también ellos acababan prefiriéndome a mí. Evidentemente, Bobbi se burlaba de mí por ese motivo. En cierta ocasión me envió por email una foto de Angela Lansbury con el asunto: tu sector demográfico.

Bobbi vino a mi casa esa noche, pero no mencionó a Melissa en ningún momento. Sabía que era pura estrategia, que quería que le preguntara por ella, así que no lo hice. Esto suena más pasivo-agresivo de lo que fue en realidad. De hecho, pasamos una velada agradable. Estuvimos charlando hasta tarde y luego Bobbi se quedó a dormir en un colchón en mi habitación.

Esa noche me desperté sudando bajo el edredón. Al principio me pareció estar soñando, o tal vez en una película. Me costaba orientarme en mi propia habitación, como si estuviera más lejos de la ventana y de la puerta de lo que debería. Intenté incorporarme y sentí una extraña y desgarradora punzada de dolor en la pelvis que me obligó a reprimir un grito.

¿Bobbi?, dije.

Ella se dio la vuelta. Traté de alargar el brazo para sacudirle el hombro pero no pude, y el esfuerzo me dejó agotada. Al mismo tiempo sentía una especie de euforia ante la gravedad de aquel dolor, como si pudiera cambiar mi vida de un modo inesperado.

Bobbi, dije. Bobbi, despierta.

No se despertó. Saqué las piernas de la cama y conseguí ponerme en pie. El dolor era más soportable si me encorvaba hacia delante y me sujetaba el vientre con fuerza. Rodeé el colchón y entré en el cuarto de baño. La lluvia repiqueteaba con fuerza sobre el vidrio plástico de ventilación de la pared. Me senté en el borde de la bañera. Estaba sangrando. No era más que una regla dolorosa. Apoyé la cara en las manos. Me temblaban los dedos. Luego me deslicé hasta el suelo y pegué la mejilla al borde fresco de la bañera.

Al cabo de un rato, Bobbi llamó a la puerta.

¿Qué pasa?, preguntó desde fuera. ¿Estás bien?

Solo es dolor menstrual.

Ah. ¿Tienes analgésicos ahí dentro?

No, dije.

Te los traigo.

Sus pasos se alejaron. Me golpeé la frente contra la bañera para no pensar en el dolor de la pelvis. Era un dolor caliente, como si todas mis vísceras se estuvieran contrayendo en un apretado nudo. Los pasos se acercaron de nuevo y la puerta del baño se abrió un par de centímetros. Bobbi introdujo la mano por el resquicio y me tendió una caja de ibuprofeno. Me arrastré hasta la puerta y la cogí, y ella se fue.

Por fin amaneció. Bobbi se despertó y entró en el cuarto de baño para ayudarme a llegar hasta el sofá de la sala de estar. Me preparó una infusión de menta y me quedé allí acurrucada, apretando la taza contra la camiseta, justo por encima del hueso púbico, hasta que empecé a notar que me quemaba.

Estás sufriendo, dijo ella.

Todo el mundo sufre.

Ah, repuso Bobbi. Muy profundo.

No bromeaba cuando le dije a Philip que no quería un trabajo. No lo quería. No tenía ningún plan sobre mi futura sostenibilidad financiera: nunca había querido ganar dinero por hacer algo. En los veranos anteriores había tenido varios empleos de salario mínimo —mailings, llamadas en frío, cosas así—, y contaba con tener más cuando acabara la carrera. Aunque sabía que tarde o temprano tendría que entrar en la rueda del trabajo a jornada completa, nunca había fantaseado con un futuro brillante en el que me pagaran por desempeñar un papel activo en la economía. A veces sentía esto como un fracaso por mostrar interés en mi propia vida, lo cual me deprimía. Por otra parte, sentía que mi desinterés por la riqueza material era ideológicamente sano. Había buscado cuál sería la renta media per cápita si el producto mundial bruto se repartiera equitativamente entre todos los habitantes del planeta, y según la Wikipedia ascendería a 16.100 dólares anuales. No veía motivo alguno, político o financiero, para aspirar a ganar más que eso.

Nuestra jefa en la agencia literaria era una mujer llamada Sunny. A Philip y a mí nos caía muy bien, pero yo era su preferida. Philip se lo tomaba bastante bien. Decía que yo también era su preferida. Creo que en el fondo Sunny sabía que yo no aspiraba a un puesto como agente literaria, y puede incluso que fuera eso lo que me distinguía a sus ojos. Philip, en cambio, estaba muy entusiasmado con la perspectiva de trabajar en la agencia, y si bien yo no lo juzgaba por hacer planes de futuro, creía tener mejor criterio a la hora de dirigir mi entusiasmo.

Sunny se preocupaba por mi futuro profesional. Era una persona de una franqueza absoluta que siempre decía lo que pensaba, algo que resultaba de lo más refrescante y era una de las cualidades que más apreciábamos en ella.

¿Qué me dices del periodismo?, me preguntó.

Había ido a devolverle una pila de manuscritos revisados.

Te interesa lo que pasa en el mundo, añadió. Te mantienes informada. Te gusta la política.

¿Ah, sí?

Sunny se echó a reír y negó con la cabeza.

Eres brillante, dijo. Algo tendrás que hacer.

Tal vez me case por dinero.

Me despidió agitando una mano.

Anda, vuelve al trabajo, dijo.

Ese viernes íbamos a participar en una lectura poética en el centro de la ciudad. Yo podía interpretar un poema durante un período de unos seis meses después de haberlo escrito, tras lo cual ya no soportaba verlo, mucho menos leerlo en voz alta en público. Ignoraba qué causaba ese proceso, pero me alegraba que mis poemas solo se hubieran interpretado y nunca publicado. Se alejaban flotando etéreamente entre el sonido de los aplausos. Los escritores de verdad, al igual que los pintores, tenían que seguir viendo durante el resto de sus vidas las cosas feas que habían hecho. Yo odiaba que todo lo que hacía fuera tan feo, pero también mi falta de valor para enfrentarme a esa fealdad. Le había explicado esta teoría a Philip, pero él se había limitado a decir: No te menosprecies tanto, tú eres una escritora de verdad.

Bobbi y yo nos estábamos maquillando en los lavabos del local y hablando sobre los últimos poemas que había escrito.

Lo que me gusta de tus personajes masculinos, dijo Bobbi, es que todos son horribles.

No todos son horribles.

En el mejor de los casos, son muy ambiguos en el plano moral.

¿Acaso no lo somos todos?, repliqué.

Tendrías que escribir sobre Philip, él no es problemático. Es un tío «majo».

Entrecomilló la palabra «majo» con los dedos, aunque creía de veras que Philip lo era. Bobbi jamás describiría a alguien como majo sin usar comillas.

Melissa había dicho que esa noche iría al recital, pero no la vimos hasta más tarde, hacia las diez y media o quizá las once. Nick y ella estaban sentados juntos, y él llevaba traje. Melissa nos felicitó y dijo que había disfrutado mucho con nuestra actuación. Bobbi miró a Nick como si esperara que él también nos hiciera algún cumplido, pero él se echó a reír.

Me he perdido vuestra actuación, dijo. Acabo de llegar.

Nick está en el Royal este mes, explicó Melissa. Está haciendo *La gata sobre el tejado de zinc*.

Pero no me cabe duda de que habéis estado geniales, añadió él.

Voy a buscaros unas copas, dijo Melissa.

Bobbi la acompañó a la barra, así que Nick y yo nos quedamos a solas en la mesa. No llevaba corbata, y el traje parecía caro. Me sentía bastante acalorada y temía estar sudando.

¿Qué tal la obra?, pregunté.

Ah, ¿te refieres a esta noche? Ha estado bien, gracias.

Se estaba quitando los gemelos. Los dejó sobre la mesa, junto a su copa, y me fijé en que eran de esmalte pintado, con cierto aire art déco. Se me pasó por la cabeza elogiarlos, pero me sentí incapaz. Lo que hice fue mirar hacia atrás, fingiendo que buscaba a Melissa y Bobbi. Cuando me volví de nuevo, Nick había sacado su móvil.

Me encantaría verla, dije. Me gusta esa obra.

Ven cuando quieras, puedo reservarte entradas.

No levantó la vista del móvil mientras hablaba, lo que me convenció de que no lo decía de corazón, o al menos de que no tardaría en olvidar la conversación. Me limité a contestar de un modo vagamente afirmativo y nada comprometedor. Ahora que Nick no me prestaba atención, podía observarlo con más detenimiento. Era extraordinariamente guapo. Me pregunté si la gente se acostumbra a ser tan atractiva hasta que al final se aburre de serlo, pero me costaba imaginarlo. Pensé que si yo fuera tan guapa como Nick me lo pasaría en grande a todas horas.

Perdóname por ser tan grosero, Frances, dijo. Estoy contestando a mi madre. Ha aprendido a enviar mensajes. Debería decirle que estoy hablando con una poeta, la impresionaría mucho.

Bueno, eso no lo sabes. Podría ser una poeta malísima.

Sonrió y volvió a guardarse el móvil en el bolsillo interior. Miré su mano y aparté la vista.

Eso no es lo que he oído, dijo. Pero tal vez la próxima vez pueda decidirlo por mí mismo.

Melissa y Bobbi regresaron con las bebidas. No se me escapó que Nick había dejado caer mi nombre en la conversación, como para demostrar que se acordaba de mí de la última vez que hablamos. Por supuesto, yo también recordaba su nombre, pero él era mayor que yo y medio famoso, así que su interés me pareció muy halagador. Resultaba que Melissa había ido al centro en el coche de ambos, por lo que él se había visto obligado a reunirse con nosotras tras la función para poder volver a casa. Estaba claro que Melissa no había organizado aquello pensando en la comodidad de Nick, que parecía cansado y aburrido y apenas participó en la conversación.

Al día siguiente Melissa me envió un email para decirme que nos habían reservado dos entradas para la función del jueves siguiente, pero que si ya teníamos otros planes no había ningún problema. Incluyó la dirección de email de Nick y escribió: Por si necesitáis poneros en contacto.

4

Ese jueves Bobbi había quedado para cenar con su padre, así que le ofrecimos la entrada sobrante a Philip. Este no hacía más que preguntarme si al acabar la función iríamos a saludar a Nick, pero yo no lo sabía. Dudaba de que fuera a salir expresamente para hablar con nosotros, y le aseguré que podríamos irnos sin más como de costumbre. Philip nunca había visto a Nick en persona, pero lo conocía de la tele y consideraba que tenía un físico «intimidante». Me hizo un montón de preguntas acerca de cómo era Nick en la vida real, ninguna de las cuales me sentía cualificada para contestar. Cuando compramos el programa, lo hojeó hasta dar con las biografías de los actores y me enseñó la foto de Nick. En la penumbra no se veía más que el contorno de un rostro.

Fíjate en esa mandíbula, dijo.

Sí, ya la veo.

Los focos alumbraron el escenario y la actriz que interpretaba a Maggie salió a escena y empezó a gritar con deje sureño. No lo hacía mal, pero se notaba que el acento era impostado. Se quitó el vestido y se quedó allí de pie con una combinación blanca como la que llevaba Elizabeth Taylor en la película, aunque esta actriz parecía más natural y al mismo tiempo menos convincente. Me fijé en la etiqueta de la combinación, remetida por dentro de la prenda, lo cual destruía el efecto de realismo a mis ojos por más que ambas, combinación y etiqueta, fueran indudablemente reales. Concluí que algunos tipos de realidad producen un efecto irreal, lo que me llevó a pensar en el teórico Jean Baudrillard, aunque no había leído ningún libro suyo y seguramente no se ocupaba de tales asuntos en sus obras.

Finalmente Nick apareció por una puerta situada a la izquierda del escenario, abotonándose la camisa. Sentí una punzada de vergüenza, como si todo el público se hubiese vuelto hacia mí en ese instante para comprobar mi reacción. Parecía muy diferente sobre el escenario, y hablaba con una voz distinta e irreconocible. Se comportaba de un modo frío e indiferente que sugería brutalidad sexual. Inspiré y exhalé por la boca varias veces y me humedecí los labios repetidamente con la lengua. En general, el espectáculo no era muy bueno. Los acentos de los demás actores discordaban entre sí y todo lo que había sobre el escenario parecían piezas de atrezo a la espera de ser trasladadas. En cierto modo esto contribuía a subrayar el espectacular atractivo Nick, haciendo que su sufrimiento pareciera más auténtico.

Cuando salimos del teatro volvía a llover. Yo me sentía pura y diminuta como un recién nacido. Philip abrió su paraguas y echamos a andar hacia la parada del autobús mientras yo sonreía como una loca por nada y me toqueteaba el pelo sin parar.

Ha sido interesante, dijo Philip.

Nick me ha parecido mucho mejor que los demás actores.

Sí, resultaba muy estresante, ¿verdad? Pero él ha estado bastante bien.

Al oír su comentario solté una carcajada demasiado sonora, que reprimí al comprender que no tenía ninguna gracia. Una fría llovizna iba jaspeando el paraguas e intenté pensar en algo interesante que decir sobre el tiempo.

Es guapo, me oí decir.

Hasta un extremo casi desagradable.

Llegamos a la parada del autobús de Philip y discutimos brevemente sobre cuál de los dos debería llevarse el paraguas. Al final me lo quedé yo. Para entonces llovía con fuerza y empezaba a anochecer. Yo quería hablar más sobre la obra, pero vi llegar el autobús de Philip. Sabía que en cualquier caso él no querría hablar mucho más del asunto, pero aun así me sentí decepcionada. Philip se puso a contar las monedas para pagar el billete y se despidió hasta el día siguiente. Volví andando sola a casa.

Cuando llegué, dejé el paraguas junto a la puerta del patio y abrí mi portátil para buscar la dirección de email de Nick. Sentía que debía enviarle una breve nota de agradecimiento por las invitaciones, pero no paraba de distraerme con cualquier cosa de la habitación, como un póster de Toulouse-Lautrec que había colgado encima de la chimenea o una mancha en la ventana que daba al patio. Me levanté y estuve un rato dando vueltas, pensando en ello. Limpié la mancha con una bayeta húmeda y luego me preparé una taza de té. Me planteé llamar a Bobbi para preguntarle si le parecería normal que mandara un mensaje a Nick, pero entonces recordé que esa noche estaba con su padre. Redacté un borrador y lo eliminé para no enviarlo por accidente. Luego volví a escribirlo otra vez, palabra por palabra.

Me quedé mirando fijamente la pantalla del portátil hasta que fundió a negro. Me preocupo por todo mucho más que la gente normal, pensé. Tengo que relajarme y dejar que las cosas pasen sin más. Debería experimentar con drogas. Estos pensamientos no eran inusuales en mí. Puse *Astral Weeks* en el equipo de la sala de estar y me senté en el suelo a escucharlo. Aunque intentaba no pensar demasiado en la obra, no pude evitar recordar a Nick gritando sobre el escenario: ¡No quiero apoyarme en tu hombro, quiero mi muleta! Me pregunté si Philip también estaría ensimismado con todo esto, o si lo mío era algo más personal. Tengo que ser más divertida y simpática, pensé. Una persona simpática mandaría una nota de agradecimiento.

Me levanté y escribí un breve mensaje en el que felicitaba a Nick por su actuación y le daba las gracias por las entradas. Moví las frases de aquí para allá y luego, como al azar, pulsé el botón de enviar. Acto seguido apagué el portátil y volví a sentarme en el suelo.

Esperaba tener noticias de Bobbi sobre cómo había ido la cena con Jerry, y al final, cuando ya había acabado de sonar el álbum, llamó. Seguía sentada en el suelo con la espalda contra la pared cuando respondí al teléfono. El padre de Bobbi era un alto funcionario del Departamento de Salud. Ella no aplicaba sus por lo demás rigurosos principios antisistema a su relación con Jerry, o al menos no de un modo coherente. Él la había llevado a cenar a un restaurante carísimo y habían pedido tres platos y vino.

Solo quiere recalcar que ahora soy un miembro adulto de la familia, dijo Bobbi. Y que me toma en serio y bla, bla, bla.

¿Qué tal lo lleva tu madre?

Ah, ha vuelto la temporada de migrañas. Nos pasamos todo el día andando de puntillas como si fuéramos unos putos monjes trapenses. ¿Qué tal la obra?

Pues la verdad es que Nick ha estado muy bien, dije.

Ah, qué alivio. Temía que fuera un bodrio.

Y lo era. Perdona, no he contestado a tu pregunta. La obra era mala.

Bobbi tarareó una especie de musiquilla sin melodía para sus adentros y no dijo nada más.

¿Te acuerdas de lo que comentaste la última vez que estuvimos en su casa, que no parecían felices juntos?, pregunté. ¿Qué te llevó a pensarlo?

Pensé que Melissa parecía deprimida.

Pero ¿por qué, por culpa de su matrimonio?

Bueno, ¿no crees que Nick se muestra un poco hostil con ella?, preguntó Bobbi.

No. ¿Tú sí?

¿No te acuerdas de la primera vez que fuimos a su casa, que nos miró con muy mala cara y luego le gritó a Melissa por no haber dado de comer a la perra? ¿Tampoco te acuerdas de que los oímos discutiendo cuando nos acostamos?

Ahora que lo decía, sí que recordaba haber percibido cierta animosidad entre ambos en aquella ocasión, aunque negué que Nick le hubiese levantado la voz a Melissa.

¿Ella estaba allí?, preguntó Bobbi. ¿En el teatro?

No. Bueno, no lo sé, nosotros no la vimos.

De todos modos, no le gusta Tennessee Williams. Lo encuentra muy afectado.

Me di cuenta de que Bobbi decía esto último con una sonrisa irónica, porque era consciente de estar restregándomelo por la cara. Yo estaba celosa, pero al mismo tiempo sentía que, al haber visto la obra de Nick, sabía algo que Bobbi ignoraba. Ella seguía viéndolo como un personaje secundario, sin más relevancia que el hecho de ser el marido de Melissa. Si le dijera que acababa de mandarle un email para agradecerle las entradas, ella no se daría cuenta de que yo también le estaba restregando algo por la cara, porque para ella Nick no era más que un agente de la desgracia de Melissa, alguien que carecía de interés en sí mismo. No me parecía probable que ella fuera a ver la obra, y no se me ocurría ninguna otra forma de impresionarla con la relevancia personal de Nick. Cuando le mencioné que él tenía intención de venir a vernos actuar pronto, se limitó a preguntar si eso significaba que Melissa también vendría.

Nick me contestó al día siguiente por la tarde, con un mensaje en el que no había una sola mayúscula y en el que me daba las gracias por haber ido a ver la obra y me preguntaba cuándo volveríamos a actuar Bobbi y yo. También decía que tenía función en el Royal todas las noches de lunes a viernes y por las tardes los fines de semana, así que, a menos que empezáramos después las diez y media, lo tendría complicado. Le dije que vería qué podía hacer, pero que no se preocupara si no podía venir. Él contestó: Oh, bueno, eso no sería demasiado recíproco, ¿no crees?

5

En verano echaba de menos los períodos de intensa concentración académica que me ayudaban a relajarme durante el curso. Me gustaba sentarme en la biblioteca a escribir los trabajos de clase, dejando que mi sentido del tiempo y de la identidad personal se fuera diluyendo mientras la luz se atenuaba al otro lado de las ventanas. Podía abrir quince pestañas en el navegador mientras escribía cosas del tipo «rearticulación epistémica» o «prácticas discursivas operantes». En días así no era raro que me olvidara de comer y saliera de allí al caer la tarde con un leve y punzante dolor de cabeza. Las sensaciones físicas volvían a inundarme con una impresión de genuina novedad: sentía como algo nuevo la brisa, y el canto de los pájaros fuera del Long Room. La comida me parecía increíblemente buena, al igual que los refrescos. Después imprimía el trabajo redactado sin ni siquiera echarle un último vistazo. Cuando iba a recogerlos, siempre había anotaciones en los márgenes de esos trabajos con comentarios del tipo «bien argumentado» e incluso algún que otro «brillante». Cada vez que conseguía un «brillante», le hacía una foto con el móvil y se la mandaba a Bobbi. Ella contestaba: Felicidades, tienes un ego alucinante.

Mi ego siempre había sido un problema. Sabía que los logros intelectuales eran, en el mejor de los casos, moralmente neutros, pero cuando me ocurrían cosas malas me consolaba pensando en lo lista que era. De pequeña, como me costaba hacer amigos, fantaseaba con la idea de que era más lista que todos mis profesores, más lista que ningún otro alumno que hubiese pasado nunca por la escuela, un genio camuflado entre personas normales. Aquello me hacía sentir como una espía. Al llegar a la adolescencia empecé a entrar en foros de internet y entablé amistad con un universitario estadounidense de veintiséis años. En las fotos lucía una dentadura blanquísima y me dijo que pensaba que yo tenía el cerebro de una física. Le enviaba mensajes a las tantas de la noche confesándole que me sentía sola en el instituto, que las otras chicas no me entendían. Ojalá tuviera novio, le escribí. Una noche me mandó una foto de sus genitales. Estaba hecha con flash y era un primer plano de su pene erecto, como para ser sometido a examen médico. Durante días me sentí culpable y aterrada, como si hubiese cometido algún enfermizo delito cibernético que la gente podría descubrir en cualquier momento. Eliminé mi cuenta y dejé de usar la dirección de correo electrónico asociada. No se lo conté a nadie, no tenía a quien contárselo.

El sábado hablé con el organizador de la velada y conseguí retrasar nuestra actuación hasta las diez y media de la noche. No le dije a Bobbi que lo había hecho, ni por qué. Estábamos en los lavabos de la planta baja, donde habíamos colado una botella de vino blanco y un par de vasos de plástico. Nos gustaba tomar una o dos copas de vino antes de salir al escenario, pero no más. Sentadas en los lavamanos, llenamos nuestros vasos y comentamos las novedades que íbamos a introducir en nuestra actuación.

No quería confesarle a Bobbi que estaba nerviosa, pero lo estaba. Hasta verme en el espejo me ponía de los nervios. No es que me viera horrorosa. Tenía una cara normalita, pero mi extrema delgadez me daba un aire interesante y me vestía de un modo que acentuaba ese efecto, echando mano de los colores oscuros y los escotes sobrios. Esa noche me había pintado los labios de un marrón rojizo y bajo la extraña luz del lavabo parecía enferma y frágil. Al cabo de un rato las facciones de mi rostro parecieron distanciarse unas de otras, o al menos perder la normal correlación que guardaban entre sí, como cuando lees una palabra tantas veces seguidas que acaba perdiendo su sentido. Me pregunté si no estaría sufriendo un ataque de ansiedad. Entonces Bobbi me dijo que dejara de mirarme al espejo y le obedecí.

Cuando subimos vimos a Melissa sentada sola con una copa de vino y la cámara sobre la mesa. A su lado había un asiento vacío. Eché un vistazo alrededor, aunque tenía claro, por algo relacionado con la forma o el ruido de la sala, que Nick no estaba allí. Creía que eso me tranquilizaría, pero no fue así. Me pasé la lengua por los dientes varias veces mientras esperaba a que el presentador pronunciara nuestros nombres por el micrófono.

Sobre el escenario, Bobbi siempre se mostraba muy precisa. Lo único que yo tenía que hacer era acompasarme a su particular ritmo y, mientras lo hiciera, todo iría sobre ruedas. A veces recitaba bastante bien, otras veces solo bien, pero Bobbi era perfecta. Esa noche hizo reír a todo el mundo y arrancó muchos aplausos. Por unos instantes nos quedamos plantadas bajo los focos mientras nos aplaudían y nos señalábamos la una a la otra como diciendo: el mérito es todo suyo. Fue entonces cuando vi entrar a Nick por la puerta del fondo. Parecía un poco sofocado, como si hubiese subido los escalones demasiado deprisa. Aparté rápidamente la vista y fingí no haberme percatado de su llegada. Sabía que estaba intentando captar mi mirada y que de haberlo conseguido me habría dedicado una expresión como de disculpa. Esta idea me resultaba demasiado intensa para pensar en ella, como el resplandor de una bombilla desnuda. El público seguía aplaudiendo y podía sentir cómo Nick nos observaba mientras abandonábamos el escenario.

Después de la actuación, Philip nos invitó a unas copas y dijo que el poema nuevo era su preferido. Había olvidado llevarle su paraguas.

Y luego dicen que odio a los hombres, bromeó Bobbi. Pero la verdad es que tú me caes muy bien, Philip.

Me bebí la mitad del gin-tonic en dos tragos. Estaba pensando en marcharme sin saludar a nadie. Podría largarme sin más, me dije, y solo el hecho de pensarlo me hizo sentir mejor, como si volviera a coger las riendas de mi vida.

Vamos a buscar a Melissa, sugirió Bobbi. Y así te la presentamos.

Para entonces Nick estaba sentado junto a su mujer, bebiendo de una botella de cerveza. Se me hacía muy raro ir a hablar con ellos. La última vez que había visto a Nick tenía un acento falso y vestía de un modo muy distinto, y no sabía si estaba preparada para volver a oírlo con su acento real. Pero Melissa ya nos había visto y nos invitó a sentarnos con ellos.

Bobbi les presentó a Philip, que los saludó con un apretón de manos. Melissa comentó que creía que ya se habían visto antes, lo cual complació mucho a Philip. Nick dijo algo así como que sentía haberse perdido nuestra actuación, aunque yo seguía rehuyendo su mirada. Apuré el gin-tonic y luego me dediqué a agitar el hielo en el interior del vaso. Philip felicitó a Nick por la obra de teatro y hablaron sobre Tennessee Williams. Melissa volvió a tacharlo de «afectado» y yo fingí no saber que ya había hecho antes esa observación.

Después de pedir otra ronda de bebidas, Melissa sugirió que saliéramos a fumar. La zona de fumadores era un pequeño patio ajardinado en la planta baja, que no estaba demasiado lleno porque llovía. No había visto a Nick fumar hasta entonces, y cuando me ofreció un cigarrillo lo acepté aunque no me apetecía. Bobbi estaba imitando a uno de los hombres que habían salido a recitar antes que nosotras. Era una imitación muy graciosa, pero también cruel. Todos nos reímos. Entonces empezó a llover con fuerza, así que nos apiñamos debajo del estrecho saliente de la ventana y estuvimos hablando un rato, sobre todo Bobbi.

Está muy bien que interpretes a un personaje gay, estaba diciéndole a Nick.

¿Brick es gay?, preguntó él. Yo creo que es solo bisexual.

No digas «solo bisexual», replicó ella. Para tu información, Frances es bisexual.

Eso no lo sabía, intervino Melissa.

Decidí dar una larga calada antes de decir nada. Sabía que todo el mundo estaba esperando que hablara.

Bueno, dije. Sí, podría decirse que soy omnívora.

Melissa se rio. Nick me miró con una sonrisa divertida, de la que aparté rápidamente la vista fingiendo un súbito interés por mi vaso.

Yo también, dijo Melissa.

Me di cuenta de que Bobbi se quedaba extasiada al escuchar aquello. Le preguntó a Melissa algo que no alcancé a oír. Philip dijo que iba al lavabo y dejó su copa en el alféizar. Acaricié la cadena de mi collar, notando la cálida sensación del alcohol en mi estómago.

Siento haber llegado tarde, dijo Nick.

Me hablaba a mí. De hecho, parecía que hubiese esperado a que Philip nos dejara a solas para poder decirme esas palabras. Le contesté que no pasaba nada. Nick sostenía el cigarrillo entre los dedos índice y corazón, donde parecía una miniatura en comparación con la anchura de su mano. Era consciente del hecho de que podía fingir ser cualquier persona que quisiera, y me pregunté si, al igual que yo, carecía de «auténtica personalidad».

He llegado a tiempo de oír cómo os aplaudían entusiasmados, dijo. Así que solo puedo suponer cosas buenas. En realidad he leído algunos de tus poemas, ¿queda muy mal decirlo? Melissa me los reenvió, cree que me gusta la literatura.

En ese momento me invadió un extraña incapacidad de reconocerme a mí misma, y me di cuenta de que no podía visualizar ni mi rostro ni mi cuerpo. Era como si alguien hubiese utilizado la goma de un lápiz invisible para irme borrando suavemente de pies a cabeza. Era una sensación curiosa y de hecho nada desagradable, aunque también era consciente de que tenía frío y de que quizá estuviera temblando.

Melissa no me dijo que fuera a compartirlos con la gente, repuse.

Con la gente no, solo conmigo. Te enviaré mi opinión por correo. Si te felicito ahora creerás que solo lo digo por quedar bien, pero el email será muy halagador.

Ah, eso está bien. Me gusta que me hagan cumplidos sin tener que mirar a la persona a los ojos.

Nick se echó a reír, lo cual me complació. La lluvia arreciaba y Philip había vuelto del baño y se había resguardado con nosotros bajo el saliente. Mi brazo rozaba el de Nick y experimenté una placentera sensación de proximidad física ilícita.

Resulta muy raro conocer a alguien de modo informal, dijo, y más tarde descubrir que es muy observador y no se le escapa nada. En plan: ¿Dios, que habrá visto de mí?

Nos miramos. Nick tenía una cara hermosa en el sentido más genérico: piel clara, estructura ósea bien definida, labios ligeramente carnosos. Pero las expresiones parecían posarse sobre su rostro con cierta sutileza e inteligencia, lo que dotaba a su mirada de una cualidad carismática. Cuando me miraba me sentía vulnerable ante él, pero a la vez tenía la sensación inequívoca de que se dejaba observar, de que sabía que intentaba formarme una opinión acerca de él y él sentía curiosidad por conocer el resultado.

Ya, dije. Toda clase de horrores.

¿Y tienes… qué, veinticuatro años?

Veintiuno.

Por un segundo me miró como si pensara que lo decía en broma, con los ojos muy abiertos, enarcando las cejas, y luego negó con la cabeza. Los actores aprenden a comunicar cosas sin sentirlas, pensé. Él ya sabía que yo tenía veintiún años. A lo mejor, lo que de veras pretendía transmitir era una conciencia exagerada de la diferencia de edad entre nosotros, o un leve rechazo o decepción ante la misma. Yo sabía por internet que él tenía treinta y dos años.

Pero no dejemos que eso se interponga en nuestra conexión natural, dije.

Me miró por unos instantes y luego sonrió, de un modo ambiguo, y me gustó tanto su sonrisa que de pronto tomé conciencia de mi propia boca, ligeramente entreabierta.

Desde luego que no, dijo él.

Philip nos informó de que se iba para tomar el último autobús, y Melissa dijo que tenía una reunión a la mañana siguiente y pensaba marcharse pronto. Poco después, todo el grupo se dispersó. Bobbi cogió el tren de vuelta a Sandymount y yo regresé a casa paseando junto al río. El Liffey bajaba crecido y parecía enfurecido. Pasó flotando un banco de taxis y coches, y un borracho que caminaba por la acera de enfrente me gritó que me quería.

Al cruzar la puerta de mi apartamento pensé en la entrada de Nick en el local cuando todo el mundo estaba aplaudiendo. Ahora me parecía que había sido perfecta, tan perfecta que hasta me alegraba que se hubiese perdido la actuación. Supongo que el hecho de que viera lo mucho que otros me aprobaban, sin tener que asumir ninguno de los riesgos necesarios para ganarme su aprobación personal, me había hecho sentirme capaz de volver a hablar con él, como si yo también fuera una persona importante con un montón de admiradores como él, como si no hubiera nada inferior en mí. Pero al mismo tiempo sentía aquella ovación como una parte de la actuación en sí, la mejor parte, y la más pura expresión de lo que intentaba conseguir, que era llegar a convertirme en esa clase de persona: alguien digno de elogio, digno de amor.

6

Después de aquella noche seguimos viendo a Melissa de forma esporádica, y ella nos mandaba algún que otro correo para informarnos sobre los progresos de su artículo. No volvimos a ir a su casa, pero de vez en cuando coincidíamos en algún acto literario. Yo solía preguntarme de antemano si ella y Nick acudirían a tal o cual evento, porque me caían bien y me gustaba que los demás fueran testigos del cálido trato que me dispensaban. Me presentaron a editores y agentes literarios que parecían encantados de conocerme y se interesaban por mi obra. Nick siempre se mostraba afable, y a veces hasta me elogiaba delante de otras personas, pero nunca parecía especialmente ansioso por volver a entablar conversación conmigo, y me acostumbré a que nuestras miradas se cruzaran sin que el corazón me diera un vuelco.

Bobbi y yo acudíamos juntas a esos actos, pero ella solo estaba interesada en captar la atención de Melissa. En la presentación de un libro en Dawson Street le dijo a Nick que no tenía «nada contra los actores», a lo que él contestó: Vaya, gracias, Bobbi, muy generoso por tu parte. En cierta ocasión, al ver que había venido solo, Bobbi le espetó: ¿Tú solo? ¿Dónde está tu guapísima esposa?

¿Por qué tengo la impresión de que no te caigo bien?, le preguntó Nick.

No es nada personal, dije yo. Bobbi odia a los hombres. Y por si te sirve de consuelo, añadió ella, también me caes mal personalmente.

Después de la noche en que se perdió nuestra actuación, Nick y yo empezamos a intercambiar emails. En el mensaje que había prometido enviarme sobre mis poemas, describía una imagen en particular como «hermosa». Seguramente podría afirmar sin faltar a la verdad que su interpretación en la obra me había parecido «hermosa», aunque nunca lo hubiese expresado así en un email. Pero también es cierto que su actuación estaba ligada a su existencia física de un modo que un poema, mecanografiado en una tipografía estándar y reenviado por una tercera persona, no lo estaba. En un cierto nivel de abstracción, cualquiera podría haber escrito el poema, pero eso tampoco se ajustaba a la verdad. Era como si en realidad estuviese diciéndome: hay algo hermoso en tu manera de pensar y sentir, o bien, tu forma de experimentar el mundo es en cierto modo hermosa. Esta observación resonó en mi mente durante varios días después de recibir el email. No podía evitar sonreír cada vez que pensaba en ella, como si recordara una broma privada.

Intercambiar mensajes con Nick era fácil, pero también competitivo y emocionante, como una partida de pingpong. Siempre nos estábamos vacilando mutuamente. Cuando se enteró de que mis padres vivían en Mayo, escribió:

nosotros teníamos una casa de veraneo en Achill (como toda familia adinerada del sur de Dublín que se precie).

Yo contesté:

Me alegro de que la tierra de mis ancestros contribu-
yera a forjar tu identidad de clase. P.D.: Debería ser
ilegal tener una casa de veraneo en ninguna parte.

Nick era la primera persona que había conocido desde
Bobbi con la que disfrutaba conversando, de la misma forma irracional y sensual en que disfrutaba del café o de la
música alta. Me hacía reír. En cierta ocasión mencionó que
Melissa y él dormían en habitaciones separadas. No se lo
conté a Bobbi, pero le estuve dando muchas vueltas. Me
preguntaba si aún «se querían», aunque me costaba imaginar a Nick diciendo algo así sin ser irónico.

Daba la impresión de que siempre se iba a dormir a las
tantas, y empezamos a escribirnos cada vez más avanzada la
noche. Me dijo que había estudiado filología inglesa y
francesa en el Trinity College, así que habíamos tenido algunos profesores en común. Se había especializado en literatura inglesa y había hecho su tesis de fin de carrera sobre
Caryl Churchill. A veces, mientras hablábamos, escribía su
nombre en Google y miraba fotos suyas para recordar qué
aspecto tenía. Leía cuanto encontraba en la red sobre él y a
menudo le enviaba citas de sus propias entrevistas, incluso
después de que me pidiera que dejara de hacerlo. Decía que
le daba una «vergüenza horrorosa». Yo repliqué: pues deja de
mandarme mensajes a las 3.34 de la madrugada (no dejes
de hacerlo). Él contestó: quién, yo, escribirle a una chica de
21 años a las tantas de la noche? no sé de qué me hablas. yo
nunca haría eso.

Cierta noche, en la presentación de una nueva antología
poética, Melissa y yo nos quedamos solas charlando con un
novelista del que yo no había leído nada. Los demás se habían ido a buscar unas copas. Estábamos en un bar cerca de
Dame Street y me dolían los pies porque los zapatos me

iban pequeños. El novelista me preguntó qué autores me gustaban y me encogí de hombros. Me planteé si podría seguir en silencio hasta que me dejara en paz, o si eso sería un error, pues ignoraba hasta qué punto era aclamada su obra.

Tienes mucho estilo, me dijo. ¿A que lo tiene?

Melissa asintió sin demasiado entusiasmo. Mi estilo, si es que lo tenía, nunca la había conmovido.

Gracias, dije.

Y además sabes aceptar un cumplido, eso está bien, añadió. Mucha gente intentaría restarse méritos, pero tú tienes la actitud que hay que tener.

Sí, se me da muy bien aceptar cumplidos, dije.

En este punto vi cómo el novelista intentaba intercambiar una mirada con Melissa, que seguía mostrando un evidente desinterés. El hombre pareció a punto de guiñarle el ojo, pero no lo hizo. Luego se volvió hacia mí con una sonrisa arrogante.

Bueno, no dejes que se te suba a la cabeza, dijo.

Entonces Nick y Bobbi se reunieron con nosotros. El novelista le dijo algo a Nick, a lo que este contestó usando la palabra «tío», algo así como: Vaya, cuánto lo siento, tío. Más tarde me burlaría en un email de su tono afectado. Bobbi apoyó la cabeza en el hombro de Melissa.

Cuando el novelista se fue, Melissa apuró su copa de vino y me miró con una sonrisa maliciosa.

Pues sí que te lo has camelado, dijo.

¿Es eso sarcasmo?, repuse.

Estaba intentando ligar contigo. Ha dicho que tienes mucho estilo.

Yo era muy consciente de tener a Nick a mi lado, aunque no podía ver su expresión. Y sabía que deseaba desesperadamente no perder el control de la conversación.

Ya. A los hombres les encanta decirme que tengo estilo, bromeé. Lo que pasa es que quieren que reaccione como si fuera la primera vez que lo oigo.

Entonces Melissa soltó una carcajada. Me sorprendió descubrir que podía hacerla reír de ese modo. Por un momento tuve la impresión de que me había equivocado con ella, y con su actitud hacia mí en particular. Luego me di cuenta de que Nick también se reía, y lo que pudiera sentir Melissa dejó de interesarme.

Qué cruel, dijo él.

No creas que tú te libras, apuntó Bobbi.

Ah, no, tengo claro que estoy en el bando de los malos, dijo Nick. No me río de eso.

A finales de junio me fui un par de días a Ballina a ver a mis padres. Mi madre no me imponía estas visitas, pero últimamente, cuando hablábamos por teléfono, había empezado a soltar cosas del tipo: Vaya, pero si estás viva... ¿Voy a reconocerte la próxima vez que vengas a casa o tendrás que ponerte una flor en el ojal? Al final compré un billete de tren. Le mandé un mensaje al móvil para decirle cuándo iba a llegar y firmé: Imbuida del deber filial, tu devota hija.

Bobbi y mi madre se llevaban de fábula. Bobbi estudiaba historia y ciencias políticas, materias que mi madre consideraba serias. Asignaturas de verdad, decía, mirándome con una ceja arqueada. Mi madre era una especie de socialdemócrata, y por entonces creo que Bobbi se definía como anarquista comunitaria. Cuando mi madre venía de visita a Dublín, disfrutaban enzarzándose en pequeñas discusiones sobre la guerra civil española. A veces Bobbi se volvía hacia mí y soltaba: Frances, tú eres comunista, apóyame.

Y entonces mi madre se echaba a reír y decía: ¿Esa de ahí? Ya puedes esperar sentada. Nunca se había interesado demasiado por mi vida social o personal, un arreglo que nos convenía a ambas, pero cuando rompí con Bobbi lo describió como «una verdadera pena».

Después de recogerme en la estación el sábado, pasamos la tarde en el jardín de casa. El césped recién cortado desprendía un olor cálido, alergénico. El cielo se veía suave como una tela que los pájaros surcaban como largos hilos. Mi madre arrancaba las malas hierbas y yo fingía ayudarla, pero en realidad me limitaba a darle conversación. Descubrí un imprevisto entusiasmo por hablarle de todos los editores y escritores a los que había conocido en Dublín. En un momento dado me quité los guantes para secarme la frente y no volví a ponérmelos. Le pregunté si le apetecía un té, pero me ignoró. Entonces me senté debajo del arbusto de pendientes de la reina y, mientras arrancaba florecillas de las ramas, seguí hablando de gente famosa. Las palabras brotaban de mis labios de un modo delicioso. No tenía ni idea de que tuviera tanto que contar, ni de que pudiera disfrutar tanto haciéndolo.

Al final mi madre se quitó los guantes y se acomodó en una silla de jardín. Yo me había sentado con las piernas cruzadas, examinando las punteras de mis deportivas.

Pareces muy impresionada por esa tal Melissa, dijo.

¿Tú crees?

Te ha presentado a mucha gente, desde luego.

Bobbi le cae mejor que yo, dije.

Pero tú le caes bien a su marido.

Me encogí de hombros y dije que no lo sabía. Luego me lamí el pulgar y me puse a frotar una motita de suciedad en una de mis deportivas.

¿Y dices que son ricos?, preguntó mi madre.

Eso creo. Él viene de una familia adinerada. Y tienen una casa preciosa.

No es propio de ti ese entusiasmo por las casas pijas.

Ese comentario me dolió. Seguí restregando la deportiva como si no hubiese captado su tono.

No me entusiasman, dije. Solo te estoy contando cómo es su casa.

Debo decir que todo esto me resulta muy extraño. No entiendo por qué una mujer de esa edad se rodea de estudiantes universitarias.

Tiene treinta y siete años, no cincuenta. Y está escribiendo un artículo sobre nosotras, ya te lo he dicho.

Mi madre se levantó de la silla y se frotó las manos en los pantalones de lino que usaba para trajinar en el jardín.

Bueno, dijo. Tú no te criaste precisamente en una de esas preciosas casas de Monkstown.

Me eché a reír, y ella me tendió una mano para ayudarme a levantarme. Sus manos eran grandes y cetrinas, nada que ver con las mías. Estaban cargadas del pragmatismo que a mí me faltaba, y mi mano se veía entre las suyas como algo que necesitara reparación.

¿Irás a ver a tu padre esta noche?, preguntó.

Aparté la mano y me la metí en el bolsillo.

Puede, contesté.

Desde muy temprana edad me quedó claro que mis padres no se llevaban bien. Las parejas de las películas y la televisión hacían tareas domésticas juntas y hablaban con cariño de sus recuerdos compartidos. Yo no recordaba haber visto a mis padres juntos en la misma habitación a menos que estuvieran comiendo. Mi padre era propenso a los «cambios de humor». A veces, durante uno de esos episodios, mi madre me llevaba a casa de su hermana Bernie en Clontarf, y las dos se sentaban en la cocina hablando y meneando la cabeza mientras yo miraba a mi primo Alan jugar a Ocarina del Tiempo. No se me escapaba que el alcohol tenía algo que ver con aquellos incidentes, pero su papel concreto seguía siendo un misterio para mí.

Disfrutaba de aquellas visitas a casa de la tía Bernie. Me dejaban atiborrarme de galletitas digestivas, y cuando volvíamos a casa mi padre o bicn no estaba, o bien se mostraba muy arrepentido. Me gustaba más cuando no estaba. Durante sus momentos de contrición, intentaba darme conversación hablando de la escuela y yo tenía que escoger entre seguirle la corriente o ignorarle. Seguirle la corriente me hacía sentir hipócrita y débil, un blanco fácil. Ignorarle provocaba que mi corazón latiera desbocado y que más tarde no pudiera mirarme en el espejo. Además, hacía llorar a mi madre.

No es fácil describir con exactitud en qué consistían aquellos cambios de humor de mi padre. A veces se iba de casa un par de días y cuando volvía lo encontrábamos vaciando mi hucha del Banco de Irlanda, o descubríamos que se había llevado la tele. Otras veces se chocaba sin querer con algún mueble y montaba en cólera. En cierta ocasión me arrojó a la cara uno de mis zapatos del colegio después de haber tropezado con él. No dio en el blanco y el zapato cayó en la chimenea, donde lo vi arder como si fuera mi propio rostro el que se quemaba. Aprendí a no demostrar miedo, eso solo le provocaba. Me mostraba como un témpano de hielo. Después de aquello mi madre me preguntó: ¿Por qué no lo has sacado del fuego? Al menos podrías haber hecho el esfuerzo. Me encogí de hombros. Habría dejado que mi propio rostro ardiera en la chimenea.

Por las noches, cuando mi padre volvía a casa del trabajo, yo me quedaba completamente inmóvil y unos segundos me bastaban para saber con total certeza si estaba sufriendo o no uno de sus episodios. Algo en su forma de cerrar la puerta o de manejar las llaves lo delataba de un modo tan inequívoco como si entrara en casa berreando. Entonces yo le decía a mi madre: Está de mal humor. Y ella contestaba: Basta. Pero lo sabía tan bien como yo. Un día, cuando tenía doce años, se presentó de forma inesperada para recogerme después de clase. En lugar de llevarme a casa, condujo fuera del pueblo, en dirección a Blackrock. El tren pasó a nuestro lado por la izquierda y vi las torres Poolbeg por la ventanilla. Tu madre quiere romper nuestra familia, me dijo. Yo repliqué al instante: Por favor, déjame bajar del coche. Más tarde, este simple comentario bastaría para validar su teoría de que mi madre me había predispuesto en contra de él.

Cuando mi padre se mudó a Ballina, iba a verlo en fines de semana alternos. Por lo general se portaba bien. Cenábamos comida para llevar y a veces íbamos al cine. Yo lo observaba atentamente en busca de esa chispa que pondría fin a su buen humor y haría que todo se torciera. El detonante podía ser cualquier cosa. Pero cuando íbamos a McCarthy's por las tardes, sus amigos le decían: Así que esta es tu niña prodigio, ¿no, Dennis? Y me leían los enunciados del crucigrama de la última página del periódico, o me pedían que deletreara palabras larguísimas. Cuando acertaba, me daban unas palmaditas en la espalda y me invitaban a una limonada roja.

Acabará trabajando para la NASA, decía su amigo Paul. Te solucionará la vida.

Trabajará en lo que a ella le guste, replicaba mi padre.

Bobbi solo había coincidido con él una vez, en nuestra graduación del instituto. Vino a Dublín para la ocasión, vistiendo camisa y una corbata morada. Mi madre le había hablado de Bobbi, y cuando se la presenté después de la ceremonia le estrechó la mano y dijo: Ha sido una actuación magnífica. Estábamos en la biblioteca de la escuela, comiendo triangulitos de sándwich y bebiendo Coca-Cola. Se parece a Frances, le dijo Bobbi. Mi padre y yo nos miramos y nos reímos tímidamente. No sé yo, dijo. Después me comentó que Bobbi era una «chica guapa» y se despidió de mí con un beso en la mejilla.

Cuando empecé la universidad dejé de visitarlo con la misma frecuencia. Solo iba a Ballina una vez al mes, y siempre me quedaba en casa de mi madre. Después de jubilarse, sus cambios de humor se volvieron más erráticos. Comencé a darme cuenta de cuánto tiempo me pasaba apaciguándolo, mostrando una fingida alegría y recogiendo las cosas que él tiraba. Sentía rígida la mandíbula y notaba que me estremecía al menor ruido. Nuestras conversaciones se volvieron tensas, y en más de una ocasión me acusó de haber cambiado mi acento. Me miras por encima del hombro, me espetó durante una discusión. No seas estúpido, repliqué. Se echó a reír y dijo: ¿Ves?, ahí lo tienes. Por fin la verdad sale a la luz.

Después de cenar le dije a mi madre que iría a verlo. Ella me dio un suave apretón en el hombro y me dijo que le parecía estupendo. Es una gran idea, dijo. Buena chica.

Caminé por el pueblo con las manos metidas en los bolsillos de la chaqueta. El sol se estaba poniendo y me pregunté qué echarían en la tele esa noche. Noté un dolor de cabeza incipiente, como si bajara directamente del cielo a mi cerebro. Probé a andar dando fuertes pisotones para alejar los malos pensamientos, pero la gente me miraba de un modo raro y me sentí cohibida. Sabía que eso revelaba debilidad por mi parte. Bobbi nunca se dejaba intimidar por los desconocidos.

Mi padre vivía en una casita adosada cerca de la gasolinera. Llamé al timbre y volví a meterme las manos en los bolsillos. No pasó nada. Llamé otra vez y luego probé el picaporte, que se notaba grasiento. La puerta se abrió y entré.

¿Papá?, llamé. ¿Hola?

Dentro olía a aceite de freír y vinagre. La alfombra del recibidor, que tenía un dibujo discernible cuando mi padre se instaló allí, se había vuelto plana y marrón a fuerza de pisarla. Encima del teléfono colgaba una foto familiar de unas vacaciones en Mallorca, en la que yo aparecía a los cuatro años con una camiseta amarilla que ponía SÉ FELIZ.

¿Hola?, volví a llamar.

Mi padre se asomó a la puerta de la cocina.

¿Eres tú, Frances?, preguntó.

Sí.

Pasa, estaba comiendo.

La cocina tenía una ventana alta de cristal esmerilado que daba a un patio con suelo de cemento. Junto al fregadero se apilaban los platos sucios, y pequeños desechos se derramaban por el borde plástico del cubo de basura hasta caer al suelo: recibos, mondas de patata. Mi padre los pisó al pasar como si no los viera. Estaba comiendo de una bolsa de papel marrón dispuesta sobre un platito azul.

Ya has cenado, ¿verdad?, preguntó.

Sí.

Cuéntame qué novedades hay por Dublín.

No muchas, me temo, contesté.

Cuando acabó de comer, puse el hervidor al fuego y llené el fregadero de agua caliente y detergente con aroma a limón. Mi padre se fue a la otra habitación a ver la tele. El agua estaba ardiendo, y cuando sacaba las manos del fregadero podía ver que habían adquirido un tono rosa brillante. Lavé los vasos y los cubiertos primero, luego los platos, y por último las ollas y sartenes. Cuando acabé, vacié el fregadero, sequé con una bayeta las superficies de la cocina y recogí las mondas del suelo. Al ver las pompas de jabón deslizarse silenciosamente por las hojas de los cuchillos, sentí un súbito deseo de hacerme daño. Pero me contuve, guardé el salero y el pimentero y fui a la sala de estar.

Me voy, dije.

¿Ya te vas?

Hay que sacar la basura.

Nos vemos, dijo mi padre.

7

En julio Melissa nos invitó a su fiesta de cumpleaños. No la veíamos desde hacía tiempo y Bobbi empezó a preocuparse por lo que habría que comprarle, y por si deberíamos darle regalos separados o solo uno de parte de ambas. Yo dije que como mucho pensaba comprarle una botella de vino, así que por lo que a mí me respectaba aquel fue el final de la discusión. Cuando coincidíamos en algún acto, Melissa y yo evitábamos cada vez más mirarnos a los ojos. Bobbi y ella se susurraban cosas al oído y se reían como colegialas. Yo no tenía el valor para mostrarle aversión, aunque sabía que quería hacerlo.

El día de la fiesta Bobbi llevaba unos vaqueros negros y una camiseta muy corta y ceñida. Yo me puse un vestido veraniego con unos tirantes muy finos y rebeldes. Hacía una noche cálida y apenas había empezado a oscurecer cuando llegamos a la casa. Las nubes se habían teñido de verde y las estrellas parecían de azúcar. Oímos a la perra ladrando en el jardín de atrás. Yo no había visto a Nick en la vida real desde lo que se me antojaba como mucho tiempo, y estaba un poco nerviosa por ello, por lo graciosa e indiferente que había simulado ser en nuestros mensajes.

Fue la propia Melissa quien salió a abrirnos. Nos abrazó, primero a una y después a la otra, y me plantó un beso empolvado en la mejilla izquierda. Olía a un perfume que reconocí.

¡No teníais que traer regalos!, protestó. ¡Sois muy generosas! Pasad, servíos una copa. Me alegro mucho de veros.

La seguimos hasta la cocina, que estaba en penumbra, rebosante de música y de gente luciendo largos collares. Todo se veía limpio y espacioso. Por unos segundos imaginé que aquella era mi casa, que me había criado allí y que cuanto había en ella me pertenecía.

Hay vino en la encimera y los licores están en el lavadero de ahí detrás, dijo Melissa. Servíos.

Bobbi se llenó una enorme copa de vino tinto y siguió a Melissa hasta la galería acristalada. Yo no quería sumarme a ellas, por lo que fingí que me apetecía algo más fuerte.

El lavadero era un pequeño cuarto al que se accedía por una puerta al fondo de la cocina. Dentro había como unas cinco personas fumando un porro y riendo a carcajadas. Una de esas personas era Nick. Cuando entré, alguien dijo: ¡Oh, no, es la poli! Y rompieron a reír de nuevo. Me quedé allí plantada, con la sensación de ser más joven que todos ellos y pensando en lo escotada que era la espalda de mi vestido. Nick estaba sentado sobre la lavadora, bebiendo una botella de cerveza. Llevaba una camisa blanca con el cuello abierto y me pareció que tenía el rostro enrojecido. Hacía mucho calor allí dentro, mucho más que en la cocina, por no hablar del humo.

Melissa me ha dicho que los licores están aquí, dije.

Sí, repuso Nick. ¿Qué te apetece?

Le dije que tomaría una ginebra mientras todos me escudriñaban de un modo apacible, un poco colocados. Aparte de Nick, había dos mujeres y dos hombres. Ellas no se miraban entre sí. Me examiné las uñas para asegurarme de que estaban limpias.

¿Tú también eres otra actriz?, preguntó alguien.

Es escritora, contestó Nick.

Entonces me presentó a sus amigos, cuyos nombres olvidé al instante. Nick vertió una generosa dosis de ginebra en un gran vaso de whisky y dijo que había tónica por algún sitio, así que esperé mientras la buscaba.

No te ofendas, dijo el tipo de antes, es que hay muchas actrices por aquí.

Sí, Nick tiene que tener cuidado de dónde mira, dijo alguien más.

Nick me miró, aunque era difícil saber si estaba abochornado o sencillamente colocado. El comentario tenía evidentes connotaciones sexuales, aunque no me quedó claro cuáles podían ser.

No, no es verdad, dijo.

Pues será que Melissa se ha vuelto muy liberal, dijo otro invitado.

Todos rieron, excepto Nick. A esas alturas ya era consciente de que mi llegada se había interpretado como una presencia sexual vagamente disruptiva que podían utilizar para sus bromas. No me molestaba en absoluto, e incluso llegué a pensar en lo divertido que haría que sonara aquello en un email. Nick me tendió el gin-tonic y yo le sonreí sin despegar los labios. No sabía si esperaba que me fuera ahora que tenía la copa, o si lo consideraría una falta de educación.

¿Qué tal te ha ido por casa?, preguntó.

Ah, bien, dije. Mis padres bien. Gracias por preguntar.

¿De dónde eres, Frances?, preguntó uno de los hombres.

De Dublín, pero mis padres viven en Ballina.

Así que eres una pueblerina, dijo el hombre. Nunca pensé que Nick tuviera amigos pueblerinos.

Bueno, me crie en Sandymount, dije.

¿Con qué condado vas en el All Ireland?, preguntó alguien.

Inhalé por la boca el humo que habían exhalado, su regusto rancio y dulzón. Como mujer no puedo ir con ningún condado, dije. Me sentí bien menospreciando a los amigos de Nick, aunque parecían inofensivos. Él se rio para sí, como si se hubiese acordado de algo.

Alguien gritó en la cocina algo sobre la tarta y todos salieron del lavadero salvo nosotros dos. La perra intentó colarse, pero Nick la empujó con el pie y cerró la puerta. De pronto me pareció tímido, aunque tal vez solo fuera porque seguía muy acalorado. En la cocina sonaba «Retrograde», la canción de James Blake. Nick había comentado en un email lo mucho que le gustaba ese álbum, y me pregunté si él habría escogido la música de la fiesta.

Lo siento, dijo. Estoy tan colocado que ni siquiera consigo enfocar la vista.

Me das envidia.

Apoyé la espalda contra la nevera y me abaniqué un poco la cara con la mano. Él alzó la botella de cerveza y rozó con ella mi mejilla. El cristal estaba deliciosamente frío y húmedo, tanto que solté un pequeño jadeo sin querer.

¿Te gusta?, preguntó.

Sí, me encanta. ¿Qué tal aquí?

Me bajé uno de los tirantes del vestido y él posó la botella sobre mi clavícula. Una gota helada de condensación rodó por mi piel y me estremecí.

Qué gusto, murmuré.

Él no dijo nada. Me fijé en que tenía las orejas rojas.

Detrás de la pierna, dije.

Nick asió la botella con la otra mano y la sostuvo contra la cara posterior de mi muslo. Las yemas frías de sus dedos me rozaron la piel.

¿Así?, preguntó.

Pero acércate más.

No estaremos flirteando, ¿verdad?

Lo besé. Él se dejó. El interior de su boca estaba caliente y me puso la otra mano en la cintura, como si quisiera tocarme. Yo lo deseaba tanto que me sentí completamente estúpida, incapaz de decir o hacer nada.

Al cabo de unos segundos Nick se apartó de mí y se pasó la mano por la boca, pero con dulzura, como si intentara asegurarse de que seguía allí.

No deberíamos estar haciendo esto aquí, dijo.

Tragué con fuerza. Será mejor que me vaya, dije. Salí del lavadero, pellizcándome el labio inferior con los dedos y procurando que mi rostro no expresara emoción alguna.

Fuera, en la galería acristalada, Bobbi estaba sentada en un antepecho hablando con Melissa. Me llamó por señas y me sentí obligada a reunirme con ellas, aunque no quería. Estaban comiendo unas pequeñas porciones de tarta, con dos finas líneas de nata y mermelada que parecían pasta de dientes. Bobbi comía la suya con los dedos, Melissa sostenía un tenedor. Sonreí y volví a tocarme la boca compulsivamente. Incluso mientras lo hacía supe que era una mala idea, pero no pude evitarlo.

Justo le estaba diciendo a Melissa lo mucho que la idolatramos, comentó Bobbi.

Melissa me sostuvo la mirada y sacó un paquete de cigarrillos.

No creo que Frances idolatre a nadie, dijo.

Me encogí de hombros, impotente. Apuré mi gin-tonic y me serví un vaso de vino blanco. Quería que Nick entrara en la cocina para poder verlo desde el otro lado de la encimera. Luego miré a Melissa y pensé: Te odio. La idea brotó sin más, como una broma o una exclamación. Ni siquiera sabía si la odiaba de veras, pero aquellas palabras me sonaban bien, como la letra de una canción que acabara de recordar.

Pasaron varias horas y no volví a ver a Nick. Bobbi y yo habíamos pensado quedarnos a pasar la noche en la habitación de invitados, pero la mayoría de la gente no se marchó hasta las cuatro o cinco de la madrugada. Para entonces ni siquiera sabía dónde estaba Bobbi. Subí a la habitación de invitados pensando que quizá estaría allí, pero la encontré vacía. Me tumbé en la cama sin quitarme la ropa y me pregunté si iba a dejarme vencer por alguna emoción en particular, como tristeza o arrepentimiento. Sin embargo, lo que sentí fue un cúmulo de cosas que no conseguía identificar. Al final me quedé dormida, y cuando me desperté Bobbi no estaba. Fuera hacía una mañana gris y me marché sola de la casa, sin cruzarme con nadie, para tomar el autobús de vuelta al centro.

8

Pasé gran parte del día tumbada en la cama, en camiseta y ropa interior, fumando con la ventana abierta. Tenía resaca y aún no sabía nada de Bobbi. A través de la ventana veía el follaje mecido por la brisa y a dos niños que aparecían y desaparecían detrás de un árbol, uno de ellos blandiendo una espada láser de plástico. La escena me pareció relajante, o al menos me distrajo de sentirme tan mal. Tenía un poco de frío, pero no quería romper el hechizo vistiéndome.

Finalmente, a las tres o cuatro de la tarde, me levanté de la cama. No me apetecía escribir. De hecho, temía que si lo intentaba solo me saldría algo feo y pretencioso. No era la clase de persona que fingía ser. Me recordé en el lavadero, tratando de hacerme la ocurrente delante de los amigos de Nick, y me entraron ganas de vomitar. Yo no encajaba en las casas de los ricos. Solo me invitaban a esa clase de lugares por Bobbi, que jamás desentonaba en ningún lugar y tenía una especie de aura que me volvía invisible por comparación.

Esa noche recibí un email de Nick.

hola, frances, siento mucho lo que pasó anoche. me porté como un imbécil y me siento fatal. no quiero ser esa persona y tampoco quiero que me veas como si

lo fuera. no sabes cuánto lo siento. no debería haberte puesto en esa situación. espero que hoy estés
bien.

Me obligué a dejar pasar una hora antes de contestar.
Estuve viendo dibujos animados en internet y me preparé
una taza de café. Luego volví a leer su email varias veces.
Me alivió comprobar que había escrito toda aquella pa-
rrafada en minúsculas, como siempre. Habría resultado
dramático que hubiese empezado a poner mayúsculas en
un momento tan tenso. Al cabo de un rato le contesté,
diciendo que la culpa había sido mía por besarlo, y que lo
sentía.

Su réplica llegó al instante.

no, no fue culpa tuya. yo soy 11 años mayor que tú y
además era el cumpleaños de mi mujer. me he portado fatal y no quiero que te sientas culpable de nada.

Fuera empezaba a oscurecer. Me sentía aturdida e inquieta. Pensé en salir a dar un paseo, pero estaba lloviendo
y había tomado demasiado café. Mi corazón latía como si
fuera a salírseme del pecho. Le di a responder.

¿Sueles besar a chicas en las fiestas?

Nick contestó al cabo de unos veinte minutos.

desde que me casé, nunca. aunque creo que eso lo
hace aún peor.

Mi teléfono empezó a sonar y lo cogí sin apartar la vista
del mensaje.

¿Te apetece quedar para ir a ver *Brazil*?, dijo Bobbi.

¿Qué?

¿Quieres que vayamos a ver *Brazil* juntas? ¿Hola? Es la peli distópica en la que sale uno de los Monty Python. Dijiste que querías verla.

¿Qué?, repliqué. Sí, vale. ¿Esta noche?

¿Estabas durmiendo o qué? Suenas rara.

No estaba durmiendo. Lo siento. Estaba navegando por internet. Sí, sí, quedemos.

Bobbi tardó una media hora en llegar al apartamento. Al entrar me preguntó si podía quedarse a dormir. Le dije que sí. Nos sentamos en la cama, fumando y comentando la fiesta de la noche anterior. El corazón me latía con fuerza porque sabía que no estaba siendo sincera, pero de cara al exterior podía ser una mentirosa capaz, incluso competente.

Te ha crecido mucho el pelo, dijo Bobbi.

¿Crees que debería cortármelo?

Decidimos cortármelo. Me senté en una silla frente al espejo de la sala de estar, rodeada de hojas de periódicos viejos. Bobbi usó las mismas tijeras que utilizaba en la cocina, pero antes las lavó con agua muy caliente y Fairy.

¿Sigues creyendo que le gustas a Melissa?, le pregunté.

Bobbi me sonrió con cierta indulgencia, como si en realidad nunca hubiese aventurado semejante teoría.

Yo le gusto a todo el mundo, repuso.

Ya, pero me refiero a si crees que ella siente una conexión especial contigo, en comparación con otra gente. Ya sabes a qué me refiero.

No lo sé, Melissa no es precisamente un libro abierto.

Yo también lo pienso. A veces creo que me odia.

No, como persona le caes bien, estoy segura. Creo que le recuerdas a sí misma.

Entonces me sentí todavía más hipócrita, y noté una sensación de calor subiéndome por las orejas. Quizá el hecho de saber que había traicionado la confianza de Melissa me hacía sentir como una mentirosa, o quizá esa imaginaria conexión entre nosotras sugiriera algo más. Había sido yo la que había besado a Nick y no al revés, pero estaba convencida de que él lo había deseado. Si Melissa veía en mí algo que le recordaba a sí misma, ¿era posible que Nick también viera en mí algo que le recordaba a Melissa?

Podríamos cortarte el flequillo, dijo Bobbi.

Ni hablar, la gente ya nos confunde demasiado.

Me ofende que eso te resulte tan ofensivo.

Después de cortarme el pelo, preparamos una cafetera y, sentadas en el sofá, estuvimos charlando sobre la asociación feminista de la facultad. Bobbi se había dado de baja el año anterior, después de que invitaran a una conferenciante británica que había apoyado la invasión de Irak. En la página de Facebook del grupo, la presidenta de la asociación había tachado las objeciones de Bobbi de «agresivas» y «sectarias», algo que en privado todos conveníamos en que era una auténtica chorrada, pero como al final la oradora no aceptó la invitación, Philip y yo no llegamos al extremo de formalizar nuestra renuncia. La actitud de Bobbi respecto a esa decisión variaba enormemente y tendía a ser un indicador del estado de nuestra relación en un momento dado. Cuando las cosas iban bien, ella la consideraba una prueba de mi tolerancia o incluso un sacrificio autoimpuesto por la causa de la revolución de género. Cuando teníamos pequeñas discrepancias sobre algún asunto, a veces se refería a mi decisión como un ejemplo de deslealtad y debilidad ideológica.

¿Han adoptado alguna postura sobre el sexismo últimamente?, decía. ¿O también tienen un doble rasero al respecto?

Sin duda quieren más mujeres en puestos directivos.

¿Sabes?, siempre he pensado que hay muy poca presencia femenina entre los traficantes de armas.

Finalmente pusimos la película, pero Bobbi se durmió mientras la veíamos. Me pregunté si prefería quedarse a dormir en mi piso porque estar cerca de sus padres le provocaba ansiedad. No me había comentado nada al respecto, y por lo general era bastante abierta con los detalles de su vida emocional, pero las cuestiones familiares eran distintas. No me apetecía ver la película sola, así que la quité y estuve un rato navegando por internet. Al final Bobbi se despertó y fue a acostarse al colchón de mi cuarto. Me gustaba saber que estaba durmiendo allí mientras yo seguía despierta, me reconfortaba.

Esa noche, mientras ella estaba acostada, abrí el portátil y contesté al último mensaje de Nick.

Después de aquello estuve dándole muchas vueltas a la cuestión de si debía decirle a Bobbi que había besado a Nick. Fuera cual fuese mi decisión final, había ensayado meticulosamente cómo se lo contaría, qué detalles subrayaría y cuáles omitiría.

Ocurrió sin más, le diría.

Es una locura, replicaría Bobbi. Pero la verdad es que siempre he sospechado que le gustas.

No sé. Estaba muy colocado, fue una estupidez.

Pero en el email te dio a entender claramente que había sido culpa suya, ¿verdad?

Me di cuenta de que estaba utilizando al personaje de Bobbi básicamente para convencerme de que Nick se sentía atraído por mí, y era consciente de que en la vida real Bobbi nunca reaccionaría de ese modo, así que lo dejé.

Sentía el impulso de contárselo a alguien que pudiera comprender la situación, pero no quería arriesgarme a que Bobbi le fuera con el cuento a Melissa, algo que la creía muy capaz de hacer, no como una traición consciente, sino como un esfuerzo por entrelazar aún más su vida con la de Melissa.

Decidí no contárselo, lo cual significaba que no podía contárselo a nadie, por lo menos a nadie que pudiera comprenderlo. Le comenté a Philip que había besado a alguien a quien no debería haber besado, pero él no podía saber de qué le estaba hablando.

¿Es Bobbi?, preguntó.

No, no es Bobbi.

¿Es mejor o peor que si hubieses besado a Bobbi?

Peor, dije. Mucho peor. Olvídalo, anda.

Dios, pensaba que no podría haber nada peor.

De todos modos, no tenía ningún sentido intentar explicárselo.

Una vez besé a una ex en una fiesta, dijo. Semanas de drama. Perdí la perspectiva.

No me digas.

Se había echado un novio, lo cual complicaba las cosas.

Me lo imagino, repuse.

Al día siguiente se celebraba la presentación de un libro en Hodges Figgis y Bobbi quería ir para conseguir un ejemplar firmado. Era una tarde muy calurosa de julio, y me pasé la hora previa al acto metida en casa, desenredándome el pelo con los dedos, tirando con tanta fuerza que llegué a arrancarme pequeños mechones. Pensé: Lo más probable es que ni siquiera estén allí, y luego tendré que volver a casa y barrer todos estos pelos y me sentiré fatal. Seguramente no volverá a pasarme nada importante en toda mi vida y no haré más que barrer cosas hasta que me muera.

Había quedado con Bobbi en la puerta de la librería, y al verme me saludó con la mano. Llevaba unas pulseras en la muñeca izquierda que se deslizaron por su antebrazo tintineando con elegancia. A menudo me sorprendía pensando que, si me pareciera a Bobbi, nada malo podría pasarme. No sería como despertarme con un rostro nuevo y extraño: sería como despertarme con un rostro que ya conocía, un rostro que ya imaginaba como propio, por lo que me resultaría muy natural.

Mientras subíamos a la sala donde tendría lugar la presentación, vislumbré a Nick y Melissa a través de la barandilla de la escalera. Estaban junto a un expositor de libros. Las pantorrillas desnudas de Melissa se veían muy pálidas, y llevaba unos zapatos planos con una tira en el tobillo. Me detuve y me pasé una mano por la clavícula.

Bobbi, dije. ¿Me brilla mucho la cara?

Ella se volvió y entornó los ojos para examinarme.

Sí, un poco, dijo.

Exhalé despacio el aire de mis pulmones. No podía hacer nada al respecto, porque ya estaba subiendo la escalera. Deseé no habérselo preguntado.

Pero no de un modo desagradable, añadió Bobbi. Estás guapa, ¿por qué?

Negué con la cabeza y seguí subiendo los escalones. La lectura aún no había empezado, por lo que todo el mundo se paseaba por la sala con sus copas de vino y gesto expectante. Hacía mucho calor en la sala, pese a que habían abierto las ventanas que daban a la calle, y una bocanada de aire fresco me acarició el brazo izquierdo, provocándome un escalofrío. Estaba sudando. Bobbi me estaba diciendo algo al oído y yo asentía, fingiendo escucharla.

Finalmente Nick me miró y le sostuve la mirada. Sentí que una llave giraba en mi interior con tanta fuerza que no podía hacer nada por detenerla. Sus labios se entreabrieron como si estuviera a punto de decir algo, pero se limitó a inhalar y luego me pareció que tragaba saliva. Ninguno de los dos saludó o hizo gesto alguno, simplemente nos miramos, como si ya estuviéramos manteniendo una conversación privada que nadie pudiera escuchar.

Al cabo de unos segundos me di cuenta de que Bobbi había dejado de hablar, y cuando me volví hacia ella vi que también estaba mirando a Nick, con el labio inferior un poco hacia fuera, como diciendo: Ah, ya veo qué observas con tanto interés. Deseé tener una copa para sostenerla contra mi cara.

Bueno, por lo menos sabe vestirse solo, dijo.

No fingí mostrarme confusa. Nick se había puesto una camiseta blanca y el calzado de ante que todo el mundo llevaba por entonces, unos botines de safari. Hasta yo los llevaba. Si estaba guapo era solo porque lo era, aunque Bobbi no era tan sensible a los efectos de la belleza como yo.

O quizá le viste Melissa, añadió Bobbi.

Sonreía para sí misma como si ocultara un secreto, aunque su actitud no era misteriosa ni mucho menos. Me pasé una mano por el pelo y aparté la vista. El sol dibujaba un níveo cuadrado blanco sobre la alfombra.

Ni siquiera duermen juntos, dije.

Nuestras miradas se cruzaron y Bobbi alzó levemente la barbilla.

Lo sé, repuso.

Durante la presentación del libro no cuchicheamos entre nosotras, como solíamos hacer. Era una recopilación de relatos cortos de una escritora. Me giré hacia Bobbi pero ella siguió mirando al frente, y supe que me estaba castigando por algo.

Cuando finalizó la lectura vimos a Nick y Melissa. Bobbi fue a saludarlos y yo la seguí, refrescándome las mejillas con el dorso de la mano. Estaban cerca de la mesa de las bebidas y Melissa alargó el brazo para cogernos una copa de vino. ¿Blanco o tinto?, preguntó.

Blanco, contesté yo. Siempre blanco.

Bobbi dijo: Cuando Frances bebe vino tinto se le pone toda la boca…, y señaló su propia boca describiendo un pequeño círculo. Melissa me tendió una copa y comentó: Ah, entiendo. Pero tampoco es tan grave. Te da un toque maligno muy seductor. Bobbi le dio la razón. Como si hubieses estado bebiendo sangre, añadió. Melissa se rio y dijo: Sí, sacrificando vírgenes.

Me concentré en el vino, que era claro y de un amarillo casi verdoso, el color de la hierba segada. Cuando volví a mirar a Nick, él me estaba mirando. Noté en la nuca el calor del sol que entraba por la ventana. Me preguntaba si vendrías, dijo. Me alegro de verte. Y se metió la mano en el bolsillo, como si temiera no poder controlar lo que esta pudiera hacer. Melissa y Bobbi seguían hablando entre ellas. Nadie nos prestaba la menor atención. Sí, dije. Yo también.

9

Melissa estaría en Londres por trabajo toda la semana siguiente. Eran los días más calurosos del año, y Bobbi y yo nos pasábamos horas en el campus desierto de la facultad, comiendo helados e intentando ponernos morenas. Una tarde le envié un email a Nick preguntándole si podía pasarme por su casa para hablar con él. Me contestó que por supuesto. No se lo conté a Bobbi. Me llevé el cepillo de dientes en el bolso.

Cuando llegué a la casa, todas las ventanas y puertas estaban abiertas. Llamé al timbre de todos modos, y me invitó a pasar desde la cocina sin molestarse en comprobar quién era. Cerré la puerta al entrar, por si acaso. Lo encontré secándose las manos con un paño de cocina, como si acabara de fregar los platos. Sonrió y me dijo que se había sentido un poco nervioso por volver a verme. La perra estaba tumbada en el sofá. Nunca la había visto encima del sofá, y me planteé si Melissa se lo tendría prohibido. Le pregunté a Nick por qué estaba nervioso, a lo que contestó riéndose y encogiéndose ligeramente de hombros, aunque me pareció un gesto más relajado que ansioso. Apoyé la espalda contra la encimera mientras él doblaba el paño y lo guardaba.

Así que estás casado, dije.

Sí, eso parece. ¿Quieres tomar algo?

Acepté un botellín de cerveza, pero solo porque quería tener algo en la mano. Me sentía inquieta, como cuando has hecho algo malo y estás nerviosa por saber qué consecuencias tendrá. Le dije que no aspiraba a ser una rompehogares ni nada parecido. Él se echó a reír.

Esa es buena, dijo. ¿Qué quieres decir?

Quiero decir que tú nunca has tenido una aventura, y no quiero ser yo quien destroce tu matrimonio.

Ah, bueno, en realidad mi matrimonio ha sobrevivido a varias aventuras extraconyugales, lo que pasa es que nunca me he implicado en ninguna de ellas.

Lo dijo en un tono gracioso que me hizo reír, aunque también tuvo el efecto, supongo que intencionado, de lograr que me relajara respecto a las implicaciones morales de todo aquello. En el fondo nunca había querido sentir empatía por Melissa, y ahora notaba cómo ella abandonaba del todo mi radio de empatía, como si perteneciera a un relato distinto con diferentes personajes.

Cuando subimos al piso de arriba, le dije a Nick que nunca me había acostado con un hombre. Él me preguntó si eso cambiaba mucho las cosas y yo contesté que no especialmente, pero que hubiese sido raro que lo descubriese más tarde. Mientras nos desvestíamos traté de aparentar serenidad, intentando que brazos y piernas no me temblaran violentamente. Temía desnudarme delante de él, pero no sabía cómo ocultar mi cuerpo de un modo que no pareciera torpe o poco atractivo. Nick tenía un torso imponente, parecía una escultura. Eché de menos la distancia que nos separaba cuando él me miraba mientras me aplaudían; ahora esa distancia me parecía protectora, incluso necesaria. Pero cuando me preguntó si estaba segura de querer seguir adelante, me oí contestar: No he venido hasta aquí solo para hablar, ¿no crees?

En la cama, Nick me iba preguntando todo el rato qué me gustaba. Yo le decía que me gustaba todo. Notaba la cara ardiendo y me descubrí haciendo mucho ruido, aunque no pronunciaba palabras, solo sílabas. Cerré los ojos. Por dentro, mi cuerpo era como aceite hirviendo. Estaba poseída por una energía intensa y abrumadora que parecía amenazarme. Por favor, decía. Por favor, por favor. Finalmente Nick se incorporó para sacar una caja de condones de la mesilla de noche y pensé: Después de esto, tal vez no pueda volver a hablar nunca más. Pero me rendí sin oponer resistencia. Nick murmuró la palabra «perdón», como si los pocos segundos que había esperado tumbada constituyeran una leve falta por su parte.

Al acabar me quedé tendida de espaldas, temblando. Después de haberme mostrado tan terriblemente escandalosa e histriónica, me resultaba imposible actuar con indiferencia como cuando le escribía los emails.

No ha estado mal, dije.

¿De veras?

Creo que me ha gustado más que a ti.

Nick se echó a reír y levantó un brazo para apoyar la cabeza en la mano.

No, dijo, te aseguro que no.

Has sido muy atento conmigo.

¿Tú crees?

En serio, te agradezco lo bien que te has portado, dije.

Un momento, hey, ¿estás bien?

Pequeñas lágrimas habían empezado a deslizarse suavemente desde mis ojos hasta la almohada. No estaba triste, no sabía por qué lloraba. Había tenido ese problema antes, con Bobbi, quien estaba convencida de que era una forma de expresar mis sentimientos reprimidos. No podía contener las lágrimas, así que me eché a reír para restarles importancia, para demostrar que no obedecían a mi voluntad. Sentía una vergüenza espantosa, pero no podía hacer nada por evitarlo.

A veces me pasa, dije. No es por nada que hayas hecho tú.

Entonces pasó su mano por mi cuerpo, justo por debajo del pecho. Me sentí reconfortada como si fuera un animal, y lloré con más fuerza.

¿Estás segura?, preguntó.

Sí. Pregúntaselo a Bobbi. Bueno, mejor no.

Él sonrió y dijo: No lo haré, descuida. Me acariciaba con la punta de los dedos, igual que acariciaba a su perra. Me sequé las lágrimas con un gesto brusco.

Eres muy guapo, no sé si lo sabes, dije.

Nick se echó a reír.

¿Eso es lo mejor que se te ocurre? Creía que te sentías atraída por mi personalidad.

Ah, pero ¿tienes?

Nick se tumbó de espaldas, mirando al techo con cara de perplejidad. No puedo creer que hayamos hecho esto, dijo. Entonces supe que se habían acabado las lágrimas. Todo lo que pasaba por mi mente me hacía sentir bien. Le toqué el dorso de la muñeca y le dije: Claro que puedes.

A la mañana siguiente me desperté tarde. Nick hizo tostadas francesas para desayunar y luego tomé el autobús de vuelta al centro. Me senté en la parte de atrás, cerca de la ventanilla, donde el sol me daba de lleno en la cara y el tapizado del asiento despertaba toda clase de sensaciones sobre mi piel desnuda.

Esa noche Bobbi me dijo que necesitaba un lugar donde poder quedarse para huir de la «situación doméstica». Al parecer, durante el fin de semana Eleanor había tirado algunas de las pertenencias de Jerry, y en el clímax de la discusión subsiguiente Lydia se había encerrado en el cuarto de baño y había empezado a gritar que se quería morir.

Deprimente, concluyó Bobbi.

Le dije que podía quedarse conmigo. ¿Qué otra cosa podía decirle? Ella sabía que yo tenía el apartamento para mí sola. Esa noche se entretuvo con mi piano eléctrico, usando mi portátil para buscar las partituras, y yo consulté el correo en el móvil. Ningún mensaje. Abrí un libro, pero no me apetecía leer. No había escrito nada esa mañana, ni la anterior. Había empezado a leer largas entrevistas con escritores famosos y a darme cuenta de lo poco que me parecía a ellos.

Tienes una notificación en tu servicio de mensajería instantánea, dijo Bobbi.

No lo leas. Déjame verlo.

¿Por qué me dices que no lo lea?

No quiero que lo leas, insistí. Dame el portátil.

Me pasó el ordenador, pero supe que no volvería a concentrarse en el piano. El mensaje era de Nick.

Nick: lo sé, soy una mala persona
Nick: quieres volver por aquí en algún momento de
    esta semana?

¿De quién es?, preguntó Bobbi.

¿Quieres relajarte un poco?

¿Por qué me has dicho «No lo leas»?

Porque no quería que lo leyeras, respondí.

Bobbi se mordió la uña del pulgar con gesto coqueto y luego se sentó a mi lado en la cama. Cerré la pantalla del portátil y se echó a reír.

No lo he abierto, dijo. Pero he visto de quién era.

Estupendo, me alegro por ti.

Así que es cierto, te gusta de verdad.

No sé de qué me hablas, repuse.

Del marido de Melissa. Sientes algo serio por él.

Puse los ojos en blanco. Bobbi se recostó en la cama con una amplia sonrisa. En ese instante la odié, y hasta sentí ganas de hacerle daño.

¿Qué pasa, estás celosa?, pregunté.

Bobbi sonreía, pero de un modo ausente, como si estuviera pensando en otra cosa. No supe qué más decirle. Estuvo un rato tocando el piano y luego dijo que iba a acostarse. Cuando me desperté por la mañana ya se había ido.

Esa semana pasé casi todas las noches en casa de Nick. Él no estaba trabajando, así que por las mañanas se iba un par de horas al gimnasio mientras yo estaba en la agencia o paseaba mirando tiendas. Por las noches, él preparaba la cena y yo jugaba con la perra. Le dije que no había comido tanto en toda mi vida, y era cierto. En casa, mis padres nunca habían cocinado con chorizo o berenjena. Tampoco había probado nunca el aguacate fresco, aunque no se lo dije.

Una noche le pregunté si tenía miedo de que Melissa descubriera lo nuestro, a lo que él contestó que no creía que eso ocurriera.

Pero tú lo descubriste, dije. Lo de sus aventuras.

No, me lo contó ella.

¿En serio? ¿Así, a bocajarro?

La primera vez, sí, contestó. Fue bastante surrealista. Ella estaba fuera, en uno de esos festivales literarios. Me llamó como a las cinco de la mañana para decirme que tenía que contarme algo, y me lo soltó.

Joder.

Pero aquello fue un rollo de una noche, no siguieron viéndose. La segunda vez había mucho más en juego. Seguramente no debería contarte todos estos secretos, ¿verdad? No pretendo hacer quedar mal a Melissa. O al menos no creo estar haciéndolo, no sé.

Durante aquellas cenas intercambiamos detalles sobre nuestras vidas. Le conté que quería destruir el capitalismo y que personalmente consideraba la masculinidad opresiva. Nick se declaró «básicamente» marxista y me pidió que no lo juzgara por tener una casa en propiedad. Es esto o pasarme la vida pagando un alquiler, dijo. Pero reconozco que me genera cierta incomodidad. A mí me daba la impresión de que su familia era muy rica, pero no me atrevía a indagar demasiado, pues ya me avergonzaba el hecho de no pagar nunca nada. Sus padres seguían casados y tenía dos hermanos.

Durante aquellas conversaciones, Nick se reía de todas mis bromas. Yo le dije que me dejaba seducir fácilmente por quienes me reían las gracias y él contestó que se dejaba seducir fácilmente por quienes eran más listos que él.

No creo que te pase muy a menudo, repuse.

Ves, ¿a que está muy bien halagarse mutuamente?

El sexo era tan bueno que a menudo lloraba mientras lo hacíamos. A Nick le gustaba que yo me pusiera encima, porque así él se recostaba contra el cabecero de la cama y podíamos hablar en susurros. Descubrí que le encantaba que le hablara del placer que sentía. Si me recreaba en ello, era muy fácil conseguir que se corriera. A veces lo hacía solo para comprobar que ejercía ese poder sobre él, y luego me decía: Dios, lo siento, qué vergüenza. Me gustaba que dijera eso, más aún que el sexo en sí.

Empecé a sentirme cada vez más fascinada por la casa en que vivía: lo inmaculado que estaba todo, y el frescor de los suelos de parquet por la mañana. Tenían un molinillo eléctrico en la cocina, y Nick compraba café en grano y lo molía en pequeñas cantidades para el desayuno. Yo no acababa de decidir si era una costumbre pretenciosa, pero el café sabía increíblemente bueno. De todos modos, le dije que me parecía pretencioso, a lo que él replicó: ¿Tú qué tomas, esa mierda de Nescafé? Eres una estudiante, así que no pretendas convencerme de que tienes paladar. Por supuesto, aunque no lo admitía, me encantaban todos aquellos utensilios caros que tenían en la cocina, del mismo modo que me gustaba ver a Nick prensar el café tan despacio que se formaba una oscura capa de espuma en la superficie.

Esa semana no pasó un día sin que él hablara por teléfono con Melissa. Por lo general era ella quien llamaba por las noches, y Nick se iba a otra habitación mientras yo me quedaba tumbada en el sofá viendo la tele o salía a fumar. Sus conversaciones solían durar unos veinte minutos o más. Una vez vi un episodio entero de *Arrested Development* antes de que volviera a la habitación, aquel en el que prenden fuego al puesto de plátanos. Nunca oí lo que decía por teléfono. En una ocasión le pregunté: Melissa no sospecha nada, ¿verdad? Él se limitó a negar con la cabeza y a decir: No, no te preocupes. Más allá del dormitorio, Nick no se mostraba físicamente muy afectuoso conmigo. Veíamos la tele juntos tal como lo habríamos hecho si estuviéramos esperando que Melissa volviera a casa de trabajar. Me dejaba besarlo si me apetecía hacerlo, pero siempre era yo quien tomaba la iniciativa.

Me resultaba difícil saber qué sentía realmente por mí. En la cama nunca me presionaba para que hiciera nada y siempre se mostraba muy sensible a mis deseos. Aun así, había algo de inexpresivo y reservado en él. Nunca hacía ningún comentario agradable sobre mi aspecto. Nunca me tocaba ni besaba de forma espontánea. Yo seguía poniéndome nerviosa cuando nos desnudábamos, y la primera vez que se la chupé se quedó tan callado que paré para preguntarle si le hacía daño. Él dijo que no, pero cuando volví a empezar permaneció en silencio. Tampoco me tocó, ni siquiera sabía si me estaba mirando. Al acabar me sentí fatal, como si lo hubiese obligado a soportar algo que ninguno de los dos había disfrutado.

El jueves de esa semana, al salir de la agencia, me crucé con él en el centro. Yo estaba con Philip, habíamos ido a tomar un café después de trabajar cuando vimos a Nick en compañía de una mujer alta que empujaba un cochecito de bebé con una mano y hablaba por el móvil con la otra. Nick llevaba en brazos a una niña pequeña que lucía un gorrito rojo. Nos saludó con la mano al pasar, e incluso nos miramos fugazmente, pero no se detuvo a charlar. Esa mañana me había estado observando mientras me vestía, tumbado con las manos detrás de la cabeza.

Esa no es su hija, ¿verdad?, preguntó Philip.

Me sentí como si estuviera jugando a un videojuego sin conocer ninguno de los botones de mando. Me encogí de hombros y dije: No creo que tenga hijos, que yo sepa. Poco después recibí un mensaje de Nick que decía: Mi hermana Laura y su hija. Siento no haberme parado, pero tenían bastante prisa. Yo le contesté: Qué monada de niña. ¿Puedo pasar esta noche?

Esa noche, mientras cenábamos, me preguntó: ¿De verdad te ha parecido una monada? Le contesté que no había podido verla bien, pero que de lejos me había parecido muy mona. Oh, es una preciosidad, dijo Nick. Rachel. No hay muchas cosas que adore en esta vida, pero a esa niña la adoro de verdad. La primera vez que la vi me eché a llorar, era tan pequeñita… Aquella era, con diferencia, la emoción más sincera que le había oído expresar a Nick, y tuve celos. Estuve tentada de bromear al respecto, pero luego pensé que era un poco enfermizo sentir celos de un bebé, y dudé que Nick le viera la gracia. Qué tierno, dije. Pareció intuir mi falta de entusiasmo, porque replicó, incómodo: Seguramente eres demasiado joven para que te interesen los bebés. Me sentí dolida y me dediqué a rastrillar el risotto de mi plato en silencio. Al cabo de un rato dije: No, de verdad que me has parecido tierno. Algo raro en ti.

¿Qué insinúas, que por lo general soy brusco y agresivo?, replicó.

Me encogí de hombros. Seguimos comiendo. Sabía que estaba empezando a ponerlo nervioso, notaba cómo me observaba desde el otro lado de la mesa. Nick era cualquier cosa menos brusco y agresivo, y me guardé la pregunta que tenía en mente para después, pensando que sin querer me había revelado algún temor secreto.

Cuando nos desnudamos esa noche noté el roce helado de las sábanas en mi piel y comenté que hacía mucho frío. ¿En la casa?, preguntó. ¿La encuentras fría por las noches?

No, solo ahora, dije.

Lo besé y él se dejó, pero de un modo ausente, sin verdadera emoción. Luego se apartó y dijo: Porque si pasas frío por la noche, puedo poner la calefacción.

No, no, dije. Es solo que he notado las sábanas frías, nada más.

De acuerdo.

Tuvimos sexo, estuvo bien, y después él se quedó tumbado mirando el techo. Dejé que el aire llenara mis pulmones, me sentí en paz. Nick me tocó la mano y dijo: ¿Aún tienes frío? No, dije. Tu preocupación por mi temperatura corporal es conmovedora. Bueno, repuso, sería un poco feo que te dejara morir de frío. Pero me acariciaba la mano mientras lo decía. La policía podría hacerte algunas preguntas, dije yo. Él se echó a reír. Sí, dijo. Como: ¿Qué hace este bonito cadáver en tu cama, Nick? No era más que una broma, porque él nunca me llamaría «bonita». Pero de todos modos me gustó.

El viernes por la noche, antes de que Melissa volviera de Londres, vimos *Con la muerte en los talones* mientras tomábamos una botella de vino. La semana siguiente Nick estaría fuera del país porque tenía un rodaje en Edimburgo, así que estaría un tiempo sin verlo. Apenas recuerdo nada de lo que dijimos esa noche. Sí que recuerdo la escena del tren en la que el personaje interpretado por Cary Grant flirtea con la rubia, y que por alguna razón repetí una de las frases de la mujer en voz alta, con un acento americano entrecortado: Y a mí no me gusta *especialmente* el libro que he empezado. Nick se rio a carcajadas, no sé bien por qué, tal vez porque mi acento era espantoso.

Ahora haz tú de Cary Grant, dije.

Con una voz cinematográfica de acento neutro, Nick dijo: En cuanto conozco a una mujer atractiva, debo empezar a fingir que no deseo hacerle el amor.

¿Y por lo general tienes que fingir mucho tiempo?, pregunté.

Dímelo tú, replicó Nick con su voz normal.

Creo que me di cuenta enseguida, pero me preocupaba que fueran imaginaciones mías.

Vaya, a mí me pasó lo mismo contigo.

Nick había cogido la botella y volvió a llenar las copas.

Por cierto, pregunté, ¿lo nuestro es solo sexo o resulta que también te gusto?

Frances, estás borracha.

Puedes decírmelo, no me ofenderé.

No, ya sé que no lo harás. Creo que quieres que te diga que lo nuestro es solo sexo.

Me eché a reír. Me alegró que dijera eso, porque era lo que quería que él pensara, y porque creía que Nick también lo sabía y solo estaba bromeando.

No te lo tomes a mal, dije. Es terriblemente placentero. Puede que te lo haya mencionado ya.

Solo un par de veces. Pero me gustaría que lo pusieras por escrito, si es posible. Algo duradero que pueda contemplar en mi lecho de muerte.

Entonces deslizó la mano entre mis rodillas. Yo llevaba puesto un vestido a rayas y tenía las piernas desnudas; en cuanto me tocó, me sentí acalorada y pasiva como si estuviera durmiendo. Cualquier rastro de fortaleza pareció abandonarme por completo, y cuando intenté decir algo balbuceé.

¿Qué pasará cuando vuelva tu mujer?

Bueno. Ya se nos ocurrirá algo.

10

No había hablado con Bobbi desde la noche que se quedó a dormir en mi apartamento. Cuando estaba con Nick no pensaba en nada más, así que no había intentado ponerme en contacto con ella ni le había dado muchas vueltas a por qué no me había llamado. Entonces, después de que Melissa volviera de Dublín, recibí un email de Bobbi con el asunto «Celosa???».

mira, no me importa que estés colada por nick, y no era mi intención avergonzarte ni nada parecido. lo siento si te lo pareció así. (y no me voy a poner en plan moralista por el hecho de que esté casado, estoy segura de que melissa también tiene sus historias.) PERO me jodió mucho que me acusaras de estar celosa de él. es un estereotipo de lo más homofóbico eso de acusar a una lesbiana de estar celosa en secreto de los hombres, y sé que lo sabes. pero peor aún es que hayas devaluado nuestra amistad insinuando que estoy compitiendo con un hombre por tu atención. qué dice eso sobre la forma en que me ves? de veras colocas nuestra relación por debajo de tu interés sexual pasajero por un madurito casado? joder, eso sí que ha herido mis sentimientos.

Estaba en la agencia cuando recibí el email, pero en ese momento no había nadie por allí cerca. Leí el mensaje varias veces. Lo borré sin saber bien por qué, pero enseguida abrí la papelera de reciclaje para recuperarlo. Luego lo marqué como no leído y volví a abrirlo para leerlo de nuevo como si fuera la primera vez. Bobbi tenía razón, por supuesto. La había acusado de estar celosa para intentar hacerle daño. Lo que no sabía entonces era que lo había conseguido, ni tan siquiera que fuera posible hacerle daño por más que me esforzara. Comprender no solo que estaba en mi mano herir los sentimientos de Bobbi, sino también que lo había hecho de forma displicente e inadvertida, me hizo sentir incómoda. Deambulé por el despacho, cogí un vasito de plástico y me serví agua del dispensador, aunque no tenía sed. Al final volví a sentarme.

Deseché varios borradores antes de redactar mi contestación.

Oye, tienes razón, me equivoqué en lo que te dije. Fue algo muy feo y no debería habértelo dicho. Estaba a la defensiva y quería hacerte enfadar. Me siento culpable por haber herido tus sentimientos por algo tan estúpido. Lo siento.

Lo envié y luego cerré el correo para poder trabajar un rato.

Philip llegó a eso de las once y estuvimos hablando un poco. Le dije que no había escrito nada en la última semana y arqueó las cejas.

Creía que eras muy disciplinada, dijo.

Y lo era.

¿Estás pasando un mes raro? Al menos eso parece.

En la pausa para almorzar, volví a abrir el correo electrónico. Bobbi había contestado.

vale te perdono. pero… en serio, nick? es ese tu rollo ahora? seguro que lee en plan serio artículos del tipo «sorprendente truco para conseguir unos abdominales perfectos»

si tenía que ser un hombre, imaginaba que sería alguien sumiso y afeminado como philip, esto sí que no me lo esperaba

No contesté. Bobbi y yo siempre habíamos compartido cierto desprecio por el culto fetichista a la dominación física masculina. De hecho, no hacía mucho nos habían pedido que nos marcháramos de un supermercado Tesco por sentarnos en el suelo a leer en voz alta pasajes estúpidos de revistas masculinas. Pero Bobbi se equivocaba respecto a Nick. Él no era así. En realidad era el tipo de persona que podía reírse de la cruel opinión que Bobbi tenía de él sin intentar corregirla. Pero eso no se lo podía explicar. Y desde luego no podía hablarle del que me parecía su rasgo más enternecedor: que se sintiera atraído por mujeres poco agraciadas y emocionalmente frías como yo.

Cuando acabé de trabajar estaba cansada y tenía un terrible dolor de cabeza. Volví andando a casa y decidí acostarme un rato. Eran las cinco de la tarde. No me desperté hasta la medianoche.

No volví a ver a Nick antes de que se fuera a Escocia. Como tenía que estar en el plató desde primera hora de la mañana, solo podíamos hablar por internet bien entrada la noche. Por lo general a esas horas ya estaba cansado y parecía retraído, así que empecé a contestar a sus mensajes con réplicas secas, o ni siquiera respondía. Él me hablaba de cosas banales, como lo mucho que detestaba a sus compañeros de rodaje. Nunca decía que me echaba de menos, ni tan siquiera que pensaba en mí. Cuando yo hacía alguna alusión al tiempo que habíamos pasado juntos en su casa, esquivaba el tema y hablaba de otra cosa. En respuesta, yo me mostraba cada vez más fría y sarcástica.

> Nick: la única persona razonable en el plató es stephanie
> yo: entonces por qué no te enrollas con ella?
> Nick: bueno, creo que eso solo perjudicaría nuestra relación laboral
> yo: es una sugerencia
> Nick: además tiene por lo menos 60 años
> yo: y tú tienes... qué, 63?
> Nick: muy graciosa
> Nick: pero si quieres lo intento con ella
> yo: hazlo, por favor

En casa, busqué vídeos en YouTube de sus apariciones en películas y televisión. Había interpretado al joven padre de un niño secuestrado en un episodio de una longeva serie policial, y en una de las escenas se derrumbaba y rompía a llorar en la comisaría. Ese era el fragmento que veía más a menudo. Lloraba tal como imaginaba que lo haría en la vida real: odiándose a sí mismo por llorar, pero odiándose tanto que eso solo lo hacía llorar más fuerte. Descubrí que, si veía aquella escena antes de que habláramos por la noche, me resultaba más fácil mostrarme agradable con él.

Nick tenía una página web de fans muy básica en HTML que nadie actualizaba desde 2011, y en la que entraba de vez en cuando mientras charlábamos.

Por entonces contraje una cistitis. Durante algún tiempo me pareció que las molestias persistentes y la febrícula se avenían con mi estado de ánimo y no hice nada por remediarlas, pero al final fui a ver al médico de la facultad, que me recetó antibióticos y unos analgésicos que me dejaban atontada. Me pasaba las noches mirándome las manos o tratando de enfocar la pantalla del portátil. Me sentía asquerosa, como si mi cuerpo estuviera lleno de bacterias inmundas. Sabía que Nick no estaba sufriendo ningún efecto secundario similar. No había nada equivalente entre nosotros. Me había estrujado entre los dedos como una hoja de papel y me había arrojado lejos.

Intenté volver a escribir, pero todo lo que producía estaba tan lleno de amargura que me hacía sentir vergüenza. Borré algunos de esos textos, otros los guardé en carpetas que jamás abría. Una vez más me estaba tomando las cosas demasiado en serio. Me regodeaba en los supuestos desaires de Nick, cosas crueles que me había dicho o insinuado, para poder odiarlo y así achacar la intensidad de lo que sentía por él a un odio puro y duro. Pero también reconocía que lo único que había hecho para herirme era retirarme su afecto, algo que tenía todo el derecho a hacer. Aparte de eso, siempre se había mostrado cortés y considerado. A veces pensaba que nunca me había sentido tan desgraciada en toda mi vida, pero también que mi desgracia era muy superficial, ya que en cualquier momento una palabra suya podría aliviarla por completo y transformarla en una felicidad estúpida.

Una de aquellas noches le pregunté si tenía inclinaciones sádicas.

Nick: no que yo sepa

Nick: por qué lo preguntas?

yo: es algo que te pega

Nick: mmm

Nick: eso es preocupante

Pasó un rato. Me quedé mirando la pantalla fijamente pero no escribí nada. Me faltaba un día para acabar los antibióticos.

Nick: estás pensando en algún ejemplo en particular?

yo: no

Nick: vale

Nick: creo que cuando hago daño a los demás suele ser por egoísmo

Nick: en vez de ser un fin en sí mismo

Nick: te he hecho daño de algún modo?

yo: no

Nick: estás segura?

Dejé pasar otro rato. Con la yema del dedo tapé su nombre en la pantalla del portátil.

Nick: sigues ahí?

yo: sí

Nick: ah

Nick: entonces supongo que no te apetece hablar

Nick: no pasa nada, de todos modos debería acostarme ya

A la mañana siguiente me envió un email que decía:

veo que por el momento no te apetece mucho que sigamos en contacto, así que voy a dejar de mandarte mensajes, vale? nos vemos cuando vuelva.

Pensé en mandarle una réplica desdeñosa, pero al final no respondí nada.

La noche siguiente Bobbi sugirió que viéramos una de las películas de Nick.

Se me haría raro, dije.

Es nuestro amigo, ¿por qué iba a ser raro?

Bobbi estaba con mi portátil, buscando en Netflix. Yo había preparado una infusión de menta que estábamos dejando reposar.

Aquí la tienen, dijo. La he visto aquí. Es esa sobre la dama de honor que se casa con su jefe.

¿Por qué te ha dado por buscar sus películas?

Tiene un papel muy pequeño, pero en un momento dado se quita la camisa. No te lo querrás perder, ¿verdad?

Déjalo ya, en serio, dije.

Bobbi me hizo caso. Estaba sentada en el suelo con las piernas cruzadas y alargó el brazo para servirse un poco de té y comprobar si estaba listo.

¿Te gusta como persona?, preguntó. ¿O es más el hecho de que es guapo y está casado con alguien interesante?

Podía ver que seguía dolida por mi comentario sobre los celos, pero ya me había disculpado por eso. No quería alimentar su hostilidad hacia Nick, sobre todo ahora que no hablaba con él. Para mí resultaba obvio que Bobbi ya no estaba sinceramente ofendida, si es que lo había estado alguna vez, y que simplemente le gustaba burlarse de mí cada vez que experimentaba sentimientos románticos. La miré como si fuera algo muy alejado de mí, una amistad del pasado o alguien cuyo nombre no alcanzaba a recordar.

Tampoco es que Melissa sea tan interesante, repuse.

Cuando Bobbi se fue a casa busqué la película que había mencionado. Se había estrenado seis años antes, cuando yo tenía quince. Nick interpretaba a un personaje con el que la protagonista tiene un lamentable rollo de una noche. Encontré el enlace del vídeo y avancé hasta la escena en que él sale de la ducha de ella a la mañana siguiente. Tenía una expresión distinta y parecía más joven, aunque entonces ya era mayor que yo. Vi la escena dos veces. Cuando su personaje se marcha, la protagonista llama a una amiga y ambas lo ponen a parir entre risas, en un momento de gran complicidad.

Después de ver aquellas imágenes le mandé un email. Escribí:

> Claro, si eso es lo que quieres. Espero que el rodaje vaya bien.

Nick me contestó sobre la una de la madrugada.

> tendría que habértelo dicho antes, pero voy a pasar la mayor parte de agosto en el norte de francia con melissa y un grupo de amigos. nos quedaremos en una especie de gran casa de campo, en un pueblo llamado etables. habrá gente entrando y saliendo todo el tiempo, así que si quieres puedes venir a pasar unos días, aunque entendería perfectamente que no te apetezca.

Yo estaba sentada en la cama con las piernas cruzadas, intentando escribir algo para un recital de poesía, cuando sonó la alerta del correo. Respondí:

Pero seguimos teniendo una aventura o ya se ha acabado?

Nick no contestó hasta pasado un buen rato. Supuse que se habría acostado, pero la posibilidad de que aún no lo hubiese hecho me quitó las ganas de seguir trabajando. Me preparé una taza de café instantáneo y me puse a ver otras actuaciones de *spoken word* en YouTube.

Al cabo de un rato oí el tono de una notificación.

Nick: estás despierta?

yo: sí

Nick: a ver, escucha

Nick: no sé qué quieres

Nick: es evidente que no podemos vernos muy a menudo

Nick: y tener una aventura es algo bastante estresante

yo: ja ja

yo: estás rompiendo conmigo?

Nick: si nunca nos vemos

Nick: entonces la aventura consiste solo en

Nick: preocuparse por la aventura

Nick: entiendes a qué me refiero?

yo: no puedo creer que estés rompiendo conmigo por email

yo: creía que ibas a dejar a tu mujer para que pudiéramos escaparnos juntos

Nick: no necesitas ponerte a la defensiva

yo: cómo sabes lo que necesito

yo: quizá esté dolida de verdad

Nick: lo estás

Nick: nunca tengo la menor idea de lo que sientes
   respecto a nada
yo: bueno ahora ya no importa, no?

Nick tenía que volver al plató a primera hora del día siguiente, así que se fue a la cama. Yo no podía dejar de pensar en aquella vez que se la había chupado y él se había quedado allí tumbado en silencio dejándome hacer. Era la primera vez que lo hacía, quise explicarle. Podrías haberme dicho qué estaba haciendo tan mal en lugar de dejarme seguir adelante. No estuvo bien por tu parte. Qué tonta me sentí. Pero sabía que en el fondo Nick no había hecho nada malo. Pensé en llamar a Bobbi y contárselo todo con la esperanza de que se fuera de la lengua con Melissa y le destrozara la vida a Nick. Pero luego decidí que era una historia demasiado humillante como para contarla.

11

Al día siguiente no fui a trabajar porque me quedé dormida. Le envié un email a Sunny mortificándome y me contestó: Hemos sobrevivido. Ya era mediodía cuando por fin me duché. Me puse un vestido camiseta negro y salí a dar una vuelta, aunque hacía demasiado calor para disfrutar del paseo. El aire parecía impotente, atrapado entre las calles. Los escaparates reflejaban destellos cegadores y sentía la piel húmeda. Me senté a solas en el campo de críquet de la universidad y me fumé dos cigarrillos, uno detrás de otro. Me dolía la cabeza, no había probado bocado en todo el día. Sentía mi cuerpo como algo agotado e inútil. No quería seguir alimentándolo con comida ni medicinas.

Esa tarde, cuando volví a casa, tenía un nuevo email de Nick.

tengo la impresión de que nuestra charla de anoche fue un poco rara. es evidente que me cuesta saber lo que quieres de verdad, y aún no tengo claro si bromeabas cuando dijiste que estabas dolida. hablar contigo por internet resulta muy estresante. espero que no estés enfadada o lo que sea.

Le contesté:

Olvídalo. Nos vemos en septiembre, espero que os haga buen tiempo en Francia.

No hubo respuesta a este mensaje. Tres días más tarde, Melissa nos invitó a Bobbi y a mí a pasar unos días en agosto en la casona de Étables. Bobbi no hacía más que enviarme enlaces a la página web de Ryanair, decía que teníamos que ir aunque solo fuera una semana, o por lo menos cinco días. Yo podía pagarme el vuelo y Sunny no me diría nada por tomarme unos días libres. Al final dije: Vale. Vámonos.

Bobbi y yo ya habíamos viajado varias veces juntas al extranjero. Siempre buscábamos los vuelos más baratos, a alguna hora intempestiva de la mañana o de la noche, por lo que solíamos pasar nuestro primer día de vacaciones de un humor de perros, buscando wifi gratuita. El único día de mi vida en Budapest lo pasamos metidas en una cafetería con nuestro equipaje, mientras Bobbi tomaba un café tras otro y se enzarzaba en una acalorada discusión en la red sobre los ataques con drones que me iba retransmitiendo en voz alta. Cuando le dije que no estaba especialmente interesada en seguir el debate, me soltó: Están matando a niños, Frances. Después de aquello, no volvimos a hablarnos durante horas.

En los días previos al viaje, Bobbi no paró de enviarme mensajes al móvil sobre cosas que debíamos incluir en el equipaje. A diferencia de ella, yo era previsora por naturaleza y solía acordarme de todo lo necesario. Una noche se presentó en mi piso con una lista, y cuando fui a abrir la encontré con el móvil encajado entre el hombro y la oreja.

Oye, ahora mismo estoy llegando a casa de Frances. ¿Te importa que te ponga en altavoz?

Bobbi cerró la puerta y me siguió hasta la sala de estar, donde dejó caer el móvil sobre la mesa sin demasiados miramientos tras haber activado el altavoz.

Hola, Frances, dijo Melissa.

La saludé, aunque lo que quería decirle era: Espero que no hayas descubierto que me estoy tirando a tu marido.

¿Y de quién dices que es la casa?, preguntó Bobbi.

De una amiga mía, Valerie, contestó Melissa. La llamo amiga, pero tiene más de sesenta años. Es más bien una especie de mentora. Me ayudó mucho a publicar el libro y todo eso. En fin, que es de familia muy, muy rica. Y le gusta que los amigos se queden en sus numerosas propiedades cuando ella no está por allí.

Yo dije que me parecía una mujer interesante.

Te caería bien, dijo Melissa. Tal vez lleguéis a conocerla, a veces viene a pasar uno o dos días con nosotros en la casa. Normalmente vive en París.

La gente rica me pone enferma, dijo Bobbi. Pero oye, seguro que es fantástica.

¿Qué tal va todo, Frances?, preguntó Melissa. Hace siglos que no nos vemos.

Hice una pausa y luego contesté: Bien, gracias. ¿Y tú? Melissa también hizo una pausa antes de contestar: Bien.

¿Qué tal por Londres?, pregunté. Estuviste allí el mes pasado, ¿verdad?

¿Fue el mes pasado?, repuso. El tiempo es tan extraño.

Entonces dijo que la estaban esperando para cenar y colgó. Yo no creía que hubiera nada extraño acerca del tiempo, y mucho menos «tan extraño».

Esa noche, después de que Bobbi se marchara, estuve escribiendo durante hora y media, poemas en los que veía mi propio cuerpo como un despojo, un envoltorio vacío o una pieza de fruta desechada a medio comer. Castigarme con tanta saña no me hizo sentir mejor, pero me dejó agotada. Después me tumbé de costado con el libro *Crítica de la razón poscolonial* medio abierto y apoyado en la almohada. De cuando en cuando levantaba un dedo para pasar la página y dejaba que la farragosa sintaxis del libro me entrara por los ojos y rezumara hacia mi cerebro como un fluido. Estoy progresando como persona, pensé. Voy a llegar a ser tan lista que nadie me entenderá.

Antes de partir hacia Francia le envié un email a Nick para avisarle de que íbamos a pasar unos días con ellos. Le dije: Seguro que Melissa te lo ha comentado, solo quiero tranquilizarte y decirte que no pienso montar ninguna escena. Él contestó: Estupendo, me encantará verte. Leí el mensaje una y otra vez, y volví a abrirlo muchas más para intentar descifrarlo. Estaba tan desprovisto de intención y significado que me sacaba de mis casillas. Era como si, ahora que nuestra relación había llegado a su fin, me hubiese relegado a mi anterior condición de mera conocida. Puede que lo nuestro se haya acabado, pensé, pero que algo se acabe no significa que nunca haya ocurrido. Llevada por la ira, incluso me puse a buscar en el correo electrónico y el móvil «pruebas» de nuestra aventura, que se reducían a unos pocos e insulsos mensajes logísticos sobre cuándo volvería él a casa o a qué hora llegaría yo. No había apasionadas declaraciones de amor ni mensajes de texto sexualmente explícitos. Tampoco era de extrañar, ya que nuestra aventura se había desarrollado en la vida real y no por internet, pero aun así sentí como si me hubieran arrebatado algo.

En el avión compartí mis auriculares con Bobbi, que se había olvidado los suyos. Tuvimos que subir mucho el volumen para poder oír algo debido al ruido de los motores.

Bobbi tenía miedo a volar, o eso decía, pero yo creo que hasta cierto punto lo fingía por pura diversión. Cuando volábamos juntas me obligaba a cogerle la mano. Me hubiese gustado preguntarle qué creía que debería hacer respecto a Nick, pero estaba segura de que, si se enteraba de lo sucedido, la mera idea de que yo me presentara en Étables la horrorizaría. A mí también me horrorizaba en cierto sentido, pero al mismo tiempo me fascinaba. Hasta ese verano no había tenido ni idea de que fuera la clase de persona capaz de aceptar una invitación como esa de una mujer con cuyo marido me había acostado repetidas veces. Esa revelación tenía para mí un interés morboso.

Bobbi se pasó la mayor parte del vuelo durmiendo y solo se despertó cuando aterrizamos. Mientras los demás pasajeros se levantaban para coger su equipaje, me apretó la mano y dijo: Volar contigo es de lo más relajante. Tienes una actitud muy estoica. El aeropuerto olía a ambientador artificial, y Bobbi fue a buscar café para las dos mientras yo averiguaba qué autobús teníamos que tomar. Ella había estudiado alemán en el instituto y no hablaba francés, pero allí donde íbamos se las arreglaba para hacerse entender sin problemas con las manos y la cara. Vi cómo el hombre de detrás de la barra del café le sonreía como si fueran primos queridos, mientras que yo me desesperaba repitiendo nombres de poblaciones y líneas de autobús a la mujer de la ventanilla.

Bobbi tenía un don natural para encajar en todas partes. Aunque decía que odiaba a los ricos, su familia era rica y la demás gente acaudalada la reconocía como una de los suyos. Veían su radicalidad política como una especie de autoflagelación burguesa, nada demasiado serio, y conversaban con ella sobre los mejores restaurantes o sobre dónde alojarse en Roma. En esas ocasiones yo me sentía fuera de lugar, ignorante y resentida, pero también temerosa de que acabaran desenmascarándome como una persona moderadamente pobre y comunista. De igual modo, me costaba entablar conversación con gente de la misma extracción social que mis padres, pues temía que mi acento sonara pretencioso o que mi holgado abrigo de segunda mano me hiciera parecer rica. Philip también lo pasaba mal por el hecho de parecer rico, pero en su caso porque lo era de veras. A menudo los dos guardábamos silencio mientras Bobbi charlaba con naturalidad con el taxista de turno sobre cualquier tema de actualidad.

Eran las seis de la mañana cuando por fin subimos a un autobús con destino a Étables. Yo estaba agotada y tenía un dolor de cabeza que se me clavaba justo detrás de los ojos, por lo que tuve que entornarlos para poder leer los billetes. El autobús nos llevó a través de la verde campiña, sobre la que se había posado una neblina blanca entreverada de sol. En la radio del autobús varias voces parloteaban en francés, riéndose de vez en cuando, y luego empezó a sonar música. A ambos lados de la carretera se sucedían tierras de labranza, viñedos con letreros pintados a mano e inmaculadas panaderías que se anunciaban con elegantes letras de palo seco. Había muy poco tráfico, era temprano.

Hacia las siete había aclarado y el cielo era de un suave azul uniforme. Bobbi dormía apoyada sobre mi hombro. Yo también me quedé dormida y soñé que tenía algún problema con mis dientes. Mi madre estaba sentada muy lejos de mí, en el otro extremo de la habitación, y decía: Arreglar esas cosas cuesta mucho dinero, no sé si lo sabes. Obediente, removí el diente con la lengua hasta que se soltó de la encía y lo escupí en la mano. ¿Ya está?, preguntó mi madre, pero yo no podía contestarle porque no paraba de sangrar por el boquete que había dejado el diente.

Notaba la sangre densa, coagulada y salada. Podía sentir, vívidamente, cómo se deslizaba por mi garganta. Vamos, escupe de una vez, dijo mi madre. Escupí en el suelo, impotente. Mi sangre era del color de las moras. Cuando me desperté, el conductor del autobús estaba anunciando: Étables. Y Bobbi me tiraba suavemente del pelo.

12

Melissa nos estaba esperando en la parada del autobús, situada junto al puerto. Se había puesto un vestido cruzado de color rojo y escote pronunciado, anudado con un lazo a la cintura. Tenía los senos grandes, una silueta voluptuosa, nada que ver con la mía. Estaba apoyada en la barandilla contemplando el mar, que se veía plano como una lámina de plástico. Se ofreció a ayudarnos con el equipaje, pero le dijimos que no hacía falta y se encogió de hombros. La piel de su nariz se estaba despellejando. Estaba guapa.

Cuando llegamos a la casa, la perra salió corriendo y se puso a ladrar y a saltar sobre las patas traseras como un animalito de circo. Melissa no le hizo caso y abrió la verja. La casa tenía una inmensa fachada de mampostería, contraventanas de madera azules y una pequeña escalinata blanca que conducía a la puerta principal. Dentro, todo estaba inmaculadamente limpio y desprendía un vago olor a productos de limpieza y crema solar. Las paredes estaban empapeladas con un patrón de dibujitos de veleros, y vi que las estanterías estaban abarrotadas de novelas en francés. Nuestras habitaciones quedaban abajo, en un semisótano: la de Bobbi tenía vistas al patio, mientras que la mía daba al mar. Dejamos el equipaje en los dormitorios y

Melissa nos informó de que los demás estaban desayunando en la parte de atrás.

En el jardín, una gran carpa blanca con faldones de lona enrollados y recogidos con un lazo daba sombra a una mesa rodeada de sillas. La perra me seguía pegada a mis tobillos, ladrando para reclamar mi atención. Melissa nos presentó a una pareja, Evelyn y Derek. Parecían de su misma edad, tal vez un poco mayores. Estaban poniendo los cubiertos sobre la mesa. La perra volvió a ladrarme y Melissa dijo: Vaya, parece que le caes bien. ¿Sabías que necesita un pasaporte para viajar al extranjero? Es como tener un niño pequeño. Yo me reí tontamente, mientras la perra gimoteaba y hociqueaba contra mis espinillas.

Nick salió de la casa llevando una pila de platos. Me descubrí tragando con fuerza. Me pareció más delgado y muy cansado. El sol le daba en los ojos y miró en nuestra dirección entornándolos, como si no se hubiese dado cuenta de que habíamos llegado. Entonces nos vio. Ah, hola, dijo. ¿Qué tal el viaje? Luego apartó la mirada y la perra se puso a aullar. Nada digno de mención, dijo Bobbi. Nick dejó los platos sobre la mesa y se pasó la mano por la frente como si estuviera sudando, aunque no lo parecía.

¿Siempre has estado tan flacucho?, le preguntó Bobbi. Te recordaba más corpulento.

Nick ha estado enfermo, dijo Derek. Ha tenido bronquitis, pero no le gusta hablar del tema.

He tenido neumonía, precisó Nick.

¿Ya estás recuperado?, pregunté.

Nick miró hacia mis zapatos y asintió. Dijo: Sí, claro, estoy bien. Era cierto que parecía distinto, tenía el rostro más delgado y profundas ojeras. Dijo que ya había acabado de tomar los antibióticos. Me pellizqué el lóbulo de la oreja con fuerza para pensar en otra cosa.

Mientras Melissa ponía la mesa me senté junto a Bobbi, que no paraba de bromear y reírse. Todos parecían haberse rendido a sus encantos. En la mesa, sobre un hule ligeramente pegajoso, había montones de cruasanes recién hechos, mermeladas de varios sabores y café caliente. No se me ocurría nada que decir que no me hiciera sentir fuera de lugar. Guardé silencio y me llené la taza de café tres veces. Junto a mi brazo había un pequeño cuenco lleno de azucarillos de un blanco resplandeciente, que fui sumergiendo en mi taza y disolviendo uno a uno.

Entonces Bobbi comentó algo sobre el aeropuerto de Dublín y Derek dijo: Ah, el segundo hogar de Nick.

¿Tienes una debilidad especial por ese aeropuerto?, preguntó Bobbi.

Nick pertenece a la jet set, dijo Evelyn. Prácticamente vive allí.

Hasta tuvo una tórrida aventura con una azafata, añadió Derek.

Sentí que se me encogía el pecho, pero no alcé la vista. Aunque mi café ya estaba demasiado dulce, cogí otro terrón de azúcar y lo dejé en el platillo.

No era una azafata, dijo Melissa. Trabajaba en el Starbucks.

Dejadlo ya, protestó Nick. Al final van a creer que habláis en serio.

¿Cómo se llamaba?, preguntó Evelyn. ¿Lola?

Louisa, precisó Nick.

Al final lo miré, pero él no me estaba mirando. Una media sonrisa le curvaba los labios.

Nick tuvo una cita con una chica a la que había conocido en el aeropuerto, nos contó Evelyn.

Sin pretenderlo, dijo Nick.

Bueno, un poco sin pretenderlo, replicó Derek.

Entonces Nick miró a Bobbi con un gesto de fingida exasperación, como si dijera: Bueno, vamos allá. Pero en realidad no parecía que le molestara contar la historia.

Hará unos tres años de esto, empezó Nick. Por entonces yo me pasaba la vida en el aeropuerto, así que conocía a esa chica de vista, y a veces charlábamos un poco mientras esperaba a que me sirvieran. En fin, el caso es que un día me pidió que quedáramos para tomar un café en el centro. Yo creía…

Llegados a este punto, los demás empezaron a hablar a la vez, riéndose y haciendo toda clase de comentarios.

Yo creía, repitió Nick, que solo quería tomar un café.

¿Y qué pasó?, preguntó Bobbi.

Bueno, cuando llegué comprendí que se suponía que aquello era una cita, explicó Nick. Me entró el pánico, me sentí fatal.

Los demás empezaron a interrumpir otra vez, Evelyn riendo, Derek poniendo en duda que Nick se sintiera tan mal. Sin levantar los ojos del plato, Melissa dijo algo que no alcancé a oír.

Así que le dije que estaba casado, concluyó Nick.

Pero algo debiste de intuir, replicó Derek. De lo que buscaba esa chica.

Te aseguro que no, insistió Nick. La gente queda para tomar café todos los días, no se me pasó por la cabeza que quisiera algo más.

Es una gran coartada, dijo Evelyn. Si es que realmente tuviste un lío con ella.

¿Era guapa?, preguntó Bobbi.

Nick se echó a reír y alzó la palma de la mano como diciendo: ¿Tú qué crees? Despampanante, respondió.

Al oírlo Melissa soltó una carcajada y Nick sonrió para sí bajando la mirada, como si le complaciera hacerla reír.

Bajo la mesa, me pisé los dedos de los pies con el tacón de la sandalia.

Además era absurdamente joven, ¿verdad?, preguntó Derek. Veintitrés o algo así.

Tal vez ella sabía que estabas casado, apuntó Evelyn. Hay chicas que sienten debilidad por los hombres casados, los ven como un reto.

Me pisé el pie con tanta fuerza que el dolor me subió por la pierna y tuve que morderme el labio para no gritar. Cuando levanté el tacón, noté un doloroso palpitar en mis dedos.

No lo creo, dijo Nick. Se llevó una gran decepción cuando se lo conté.

Evelyn y Derek bajaron a la playa después de desayunar, y Bobbi y yo nos quedamos para deshacer el equipaje. Oíamos a Melissa y Nick hablando arriba, pero solo nos llegaba la cadencia de sus voces, no sus palabras. Un abejorro entró por la ventana abierta y proyectó una coma de sombra sobre el papel pintado antes de volver a salir volando. Cuando acabé, me di una ducha y me puse un vestido de tirantes de algodón gris mientras oía a Bobbi entonando una canción de Françoise Hardy en la habitación de al lado.

Eran las dos o las tres de la tarde cuando salimos de la casa todos juntos. Para llegar hasta la playa había que tomar una cuesta asfaltada, pasar junto a dos casas blancas y finalmente bajar los escalones en zigzag tallados en la pared del acantilado. La playa estaba llena de jóvenes familias tumbadas sobre coloridas toallas que se aplicaban crema solar en la espalda unos a otros. La marea había bajado, dejando tras de sí una larga costra de algas secas, y un grupo de adolescentes jugaba a voleibol junto a los rocas. Los oíamos gritar con acentos extranjeros. El sol caía a plomo sobre la arena y empecé a sudar. Vimos a Evelyn y Derek saludándonos de lejos, ella con un bañador de color marrón, sus muslos llenos de hoyuelos con la textura de la nata montada.

Tendimos las toallas y Melissa le aplicó un poco de protector en la nuca a Bobbi. Derek le dijo a Nick que el agua estaba «refrescante». El olor a salitre me escocía en la garganta. Bobbi se quitó la ropa hasta quedarse en bikini. Evité mirar a Nick y Melissa mientras se desvestían. Ella le preguntó algo y le oí contestar: No, estoy bien. Os vais a quemar, les advirtió Evelyn.

¿No vas a meterte en el agua, Frances?, preguntó Derek.

En ese instante todo el mundo se volvió para mirarme. Me toqué un lado de las gafas de sol y encogí un solo hombro con desgana.

Prefiero tomar el sol, dije.

La verdad era que no quería quedarme en bañador delante de ellos. Sentía que se lo debía a mi cuerpo. A nadie le importó, me dejaron donde estaba. Cuando se alejaron, me quité las gafas de sol para evitar las marcas en la cara. Cerca de mí había unos niños jugando con cubos y palas de plástico, hablando a gritos en un francés que me sonaba elegante y sofisticado porque no lo entendía. Yo estaba boca abajo y no podía verles la cara, pero de vez en cuando captaba con el rabillo del ojo algún borrón de color primario, una pala o un cubo, o el fugaz destello de un tobillo. Un peso como de arena se había asentado sobre mis articulaciones. Pensé en el calor del autobús de esa mañana.

Cuando me di la vuelta, Bobbi salía del agua; temblaba y se la veía muy blanca. Se envolvió en una enorme toalla de playa, y se cubrió la cabeza con otra de color azul claro, como la Virgen María.

Caray con el Báltico, dijo. Creía que iba a darme un paro cardíaco.

Tendrías que haberte quedado aquí. Yo estoy como mucho un poco acalorada.

Bobbi se quitó la toalla de la cabeza y se sacudió el pelo como un perro, rociando mi piel desnuda con una lluvia de gotas. Solté un taco. Te lo tienes merecido, dijo. Entonces se sentó y abrió su libro, todavía envuelta en su toalla de playa, que tenía un Super Mario estampado.

Cuando hemos ido a bañarnos todo el mundo hablaba de ti, dijo.

¿Qué?

Sí, eras el centro de todos los comentarios. Al parecer, están impresionados contigo. Eso es algo nuevo para mí, obviamente.

¿Quién lo ha dicho?, pregunté.

¿Se puede fumar en la playa o no?

Le dije que no creía que estuviera permitido. Bobbi soltó un suspiro teatral y se escurrió el agua que le quedaba en el pelo con las manos. Puesto que se negaba a decirme quién me había elogiado, di por sentado que solo podía haber sido ella.

Nick no ha dicho gran cosa, comentó. De si está o no impresionado contigo. Pero lo he estado observando y parecía muy incómodo.

A lo mejor es porque tú lo estabas observando.

O porque Melissa tampoco le quitaba ojo.

Carraspeé, pero no dije nada. Bobbi sacó una barrita de cereales del fondo de su bolsa y empezó a mordisquearla.

Dime, ¿hasta qué punto estás colada por él, del uno al diez?, preguntó. El diez es que te guste tanto como te gustaba yo en el instituto.

Y el uno que me guste de verdad, ¿no?

Bobbi se echó a reír, pese a tener la boca llena.

Tú sabrás, dijo. Pero ¿es un rollo del tipo me divierte hablar con él por internet, o más bien quiero desgarrarle las entrañas y beberme su sangre?

No quiero beberme su sangre.

De forma inconsciente hice un poco de énfasis en la última palabra, y Bobbi resopló. No quiero ni pensar qué es lo que quieres beberle, dijo. Sería muy jodido. En ese momento pensé en contarle lo que había pasado entre Nick y yo, porque podría enmarcarlo en el contexto de una broma y porque de todos modos lo nuestro había acabado. Pero por algún motivo no lo hice, y ella se limitó a decir: Sexo con hombres, qué raro.

13

Al día siguiente estábamos fregando los platos del desayuno cuando Melissa le preguntó a Nick si podía acercarse en coche a un centro comercial de las afueras para comprar tumbonas nuevas. Dijo que tenía pensado haberlo hecho ella el día anterior, pero que se le había olvidado. A Nick no pareció entusiasmarle la idea, pero accedió. Dijo algo del tipo: Joder, eso está lejísimos, pero sin demasiada convicción. Él estaba fregando los platos y yo los secaba y se los pasaba a Melissa, que los iba guardando en el aparador. Allí plantada entre los dos me sentía torpe, como si sobrara, y no me cabía duda de que Bobbi se había fijado en mi sonrojo. Estaba sentada sobre la mesa de la cocina, balanceando las piernas y comiéndose una pieza de fruta.

Pues llévate a las chicas, dijo Melissa.

No nos llames chicas, por favor, replicó Bobbi.

Melissa se volvió para mirarla y ella mordió la nectarina con aire inocente.

Pues llévate a estas jóvenes mujeres, corrigió Melissa.

¿Por qué, para que me entretengan?, repuso Nick. Estoy seguro de que prefieren ir a la playa.

Podrías llevarlas al lago, sugirió Melissa. O también podríais ir a Châtelaudren.

¿Ese sitio sigue aún abierto?, repuso Nick.

Estuvieron debatiendo sobre si ese sitio de Châtelaudren seguiría abierto. Luego Nick se volvió para mirar a Bobbi. Tenía las manos y las muñecas mojadas.

¿Os apetece pasaros la mañana metidas en el coche?, preguntó.

No le hagáis caso, no es para tanto, dijo Melissa. Será divertido.

Se rio al decir esto, como para indicar que sabía perfectamente que no lo sería. Nos dio una caja con pastas y una botella de vino rosado, por si queríamos parar por el camino a hacer un picnic. Apretó fugazmente la mano de Nick al darle las gracias.

El coche llevaba toda la mañana al sol y tuvimos que bajar las ventanillas antes de subirnos. Dentro olía a polvo y a plástico recalentado. Yo me senté atrás y Bobbi asomó su cara menuda por la ventanilla del copiloto como si fuera un terrier. Nick encendió la radio y Bobbi metió la cabeza para preguntar: ¿Tienes reproductor de cedés? ¿Podemos poner música? A lo que Nick contestó: Sí, claro. Bobbi empezó a revisar los cedés que había en el coche, tratando de adivinar cuáles eran de Melissa y cuáles de Nick.

¿A quién le gustan los Animal Collective, a Melissa o a ti?, preguntó.

Diría que a los dos.

Pero ¿quién compró el disco?

No me acuerdo, dijo él. Ya sabes, son cosas que compartimos, no recuerdo de quién es qué.

Bobbi se volvió para mirarme. La ignoré.

¿Frances?, dijo. ¿Sabías que en 1992 Nick apareció en un documental de Channel 4 sobre niños superdotados?

Entonces la miré a los ojos y dije: ¿Qué? Nick ya estaba diciendo: ¿Cómo te has enterado? Bobbi había sacado una pasta de la caja, algo cubierto con nata montada, que se iba metiendo en la boca con el dedo índice.

Me lo contó Melissa, dijo. Frances también fue una niña superdotada, así que he pensado que le gustaría saberlo. Pero ella no ha salido en ningún documental. En 1992 ni siquiera había nacido.

Desde entonces solo he ido cuesta abajo, dijo Nick.

¿Y por qué te contó eso Melissa?

Bobbi lo miró, chupando la nata de su dedo con un gesto que parecía más insolente que seductor.

Me hace confidencias, dijo.

Miré a Nick por el espejo retrovisor, pero él no apartó los ojos de la carretera.

Está muy pillada por mí, continuó Bobbi. Pero lo nuestro no tiene futuro, creo que está casada.

Con un actor del montón, dijo Nick.

Bobbi se acabó la pasta en tres o cuatro bocados. Luego puso el cedé de Animal Collective a todo volumen. Cuando llegamos a la tienda de muebles y decoración, Bobbi y yo nos quedamos fumando en el aparcamiento mientras Nick iba a comprar las tumbonas. Volvió cargándolas bajo un solo brazo, lo que le daba un aspecto de lo más varonil. Aplasté el cigarrillo con la punta de la sandalia mientras él abría el maletero diciendo: Me temo que el lago os va a decepcionar mucho.

Veinte minutos después aparcó el coche y enfilamos un pequeño sendero rodeado de árboles. El cielo se reflejaba en la superficie plana y azul del lago. No se veía a nadie por allí. Nos sentamos en la hierba de la orilla, a la sombra de un sauce, y comimos pastas con nata. Bobbi y yo bebimos a morro de la botella de vino, que era dulzón y estaba tibio.

¿Se puede nadar?, preguntó Bobbi. En el lago.

Sí, creo que sí, contestó Nick.

Bobbi estiró las piernas sobre la hierba. Dijo que le apetecía nadar.

No has traído traje de baño, señalé.

¿Y qué?, repuso. Aquí no hay nadie.

Yo estoy aquí, dije.

Bobbi soltó una carcajada. Echó la cabeza hacia atrás y se rio mirando a los árboles. Llevaba una blusa de algodón sin mangas, con un diminuto estampado floral, y sus brazos se veían delgados y oscuros en la sombra. Empezó a desabotonarse la blusa. Bobbi, dije. No irás en serio.

¿Él puede quitarse la camisa y yo no?, preguntó.

Levanté los brazos en un gesto de impotencia. Nick carraspeó, una especie de tosecilla divertida.

Yo no pensaba quitármela, dijo.

Me ofenderé si intentas impedírmelo, dijo Bobbi.

Es Frances la que se opone, no yo.

Ah, ella, dijo Bobbi. Sobrevivirá.

Entonces dejó la ropa doblada sobre la hierba y se encaminó hacia el lago. Los músculos de su espalda se movían suavemente bajo la piel, y con el resplandor del sol apenas se advertían las marcas del bikini, por lo que se veía absolutamente perfecta. Después no se oyó más sonido que el de sus miembros deslizándose en el agua. Hacía mucho calor y se habían acabado las pastas. El sol se había desplazado y ya no estábamos a la sombra. Tomé un poco más de vino y busqué la figura de Bobbi con la mirada.

No tiene ninguna vergüenza, dije. Ojalá yo fuera más así.

Nick y yo estábamos sentados muy cerca el uno del otro, tanto que si inclinaba la cabeza podía rozar su hombro. El sol brillaba con una fuerza inusitada. Cerré los ojos y dejé que se formaran extraños dibujos detrás de mis párpados. Notaba el calor derramándose sobre mi pelo y el zumbido de pequeños insectos entre la maleza. Reconocí el olor a limpio que desprendía la ropa de Nick, el gel de ducha con aceite esencial de naranja que yo había usado cuando me quedé en su casa.

Lo de ayer fue un poco raro, dijo. Lo de la chica del aeropuerto.

Intenté responder con una sonrisa agradable, imparcial, pero su tono hizo que me costara respirar con normalidad. Era como si hubiese estado esperando una oportunidad para hablar conmigo a solas, y al momento sentí que se restablecía la intimidad entre ambos.

A algunas chicas les gustan los hombres casados, dije.

Lo oí reír. Yo seguía con los ojos cerrados, dejando que las formas rojas tras mis párpados se desplegaran como un caleidoscopio.

Como dije, no creo que fuera el caso, repuso.

Muy caballeroso por tu parte.

Me daba miedo que pensaras que hablaban en serio.

¿No te gustaba esa chica?, pregunté.

¿Louisa? Bueno, ya sabes. Era simpática. Pero… no soñaba con ella por las noches.

Nick jamás me había dicho que soñara conmigo por las noches, ni siquiera que le gustara especialmente. Que yo recordara, «No soñaba con ella por las noches» era la primera declaración que hacía que implicara que yo ocupaba un lugar importante en su vida.

¿Y tú, estás saliendo con alguien en este momento?, preguntó.

Entonces abrí los ojos. Nick no me estaba mirando, examinaba un diente de león que sostenía entre el pulgar y el índice.

No me pareció que lo dijera en broma. Junté las piernas y las apreté con fuerza.

Bueno, he estado saliendo con alguien un tiempo, dije. Pero me temo que él lo ha dejado.

Nick hacía girar el tallo de la flor entre sus dedos, sonriendo a su pesar.

¿De veras?, repuso. ¿En qué estaría pensando?

La verdad, no tengo ni idea.

Entonces me miró, y temí lo que pudiera expresar mi rostro.

Me alegro mucho de que estés aquí, dijo. Me encanta volver a verte.

Arqueé una ceja y aparté la cara. Veía la cabeza de Bobbi sumergirse y emerger en el agua plateada como un león marino.

Y lo siento, añadió.

Sonreí de forma mecánica y dije: ¿Qué sientes, haber herido mis sentimientos? Nick suspiró como si soltara un objeto pesado. Se relajó, noté que cambiaba de postura. Me recliné hacia atrás y dejé que las briznas de hierba me acariciaran los hombros.

Claro, si es que los tienes, dijo.

¿Has dicho algo sincero en toda tu vida?

He dicho que lo sentía, y he sido sincero. He intentado decirte lo mucho que me alegro de volver a verte. ¿Qué más quieres? Podría arrastrarme, pero me parece que contigo no serviría de mucho.

¿Crees que me conoces bien?, le pregunté.

Entonces me miró, como si por fin hubiese abandonado todo fingimiento. Era una buena mirada, pero sabía que a fuerza de practicar podía dominarla tan bien como todas las demás.

Bueno, me gustaría llegar a conocerte mejor, contestó.

Entonces vimos que Bobbi salía del agua, pero yo seguí tumbada a la sombra de Nick y él no movió el brazo con el que casi me rozaba la mejilla. Bobbi subió por la orilla temblando y escurriéndose el pelo. Cuando se vistió, su piel mojada empapó la blusa hasta volverla casi transparente. La miramos y le preguntamos cómo estaba el agua, y ella contestó: Helada, ha sido increíble.

En el trayecto de vuelta, yo me senté delante y Bobbi se tumbó en el asiento de atrás con las piernas estiradas. Nick y yo nos miramos y apartamos la vista enseguida, pero no lo bastante deprisa para poder reprimir una sonrisa. ¿Qué tiene tanta gracia?, preguntó Bobbi desde atrás. Pero lo dijo en un tono indolente, sin exigir una respuesta. Puse un álbum de Joni Mitchell en el reproductor de cedés y miré por la ventanilla para sentir el aire fresco en la cara. Para cuando llegamos a la casa, empezaba a oscurecer.

Esa noche Nick y yo nos sentamos juntos a la mesa. Después de cenar, Melissa abrió otra botella de vino y Nick se inclinó para darme fuego. Cuando apagó la cerilla, dejó el brazo sobre el respaldo de mi silla con toda naturalidad. Nadie más pareció reparar en ello, seguramente desde fuera parecía un gesto de lo más normal, pero a partir de entonces me resultó imposible concentrarme en nada. La conversación giraba en torno a los refugiados. Evelyn no paraba de repetir: Algunas de esas personas tienen títulos universitarios, estamos hablando de médicos y catedráticos. Yo había advertido con anterioridad la tendencia de alguna gente a subrayar el grado académico de los refugiados. Derek dijo: Aparte de a los demás, es que no dejan entrar ni a los médicos. Es de locos.

¿Qué quieres decir?, preguntó Bobbi. ¿Que no hay que dejarlos entrar a menos que tengan el título de médico?

Evelyn replicó que Derek no había querido decir eso, y Derek la interrumpió para comentar algo sobre el sistema de valores occidental y el relativismo cultural. Bobbi dijo que el derecho universal de asilo era parte constituyente del «sistema de valores occidental», si es que existía tal cosa. Señaló las comillas con los dedos.

El ingenuo sueño del multiculturalismo, dijo Derek. Žižek lo explica muy bien. Las fronteras existen por algo, ¿sabes?

No sabes cuánta razón tienes, dijo Bobbi. Pero apuesto a que no estamos de acuerdo en cuál es el motivo.

Nick se echó a reír. Melissa se limitó a apartar la mirada, como si no prestara atención a la conversación. Eché los hombros levemente hacia atrás para notar el roce del brazo de Nick en mi piel.

Todos estamos en el mismo bando, dijo Derek. Nick, tú eres un varón blanco opresor, apóyame en esto.

Lo cierto es que estoy de acuerdo con Bobbi, dijo Nick. Aunque ciertamente soy un opresor.

Vaya, lo que nos faltaba, dijo Derek. ¿Quién necesita la democracia liberal? Quizá deberíamos prender fuego a las sedes gubernamentales a ver qué pasa.

Sé que estás exagerando, dijo Nick, pero cada vez me cuesta más encontrar argumentos en contra.

¿Cuándo te has vuelto tan radical?, preguntó Evelyn. Pasas demasiado tiempo rodeado de estudiantes universitarias, te están llenando la cabeza de ideas.

Melissa sacudió el cigarrillo en el cenicero que sostenía con la mano izquierda. Ahora sonreía, una sonrisita divertida.

Eso, Nick, antes te encantaba el Estado policial, dijo. ¿Qué ha pasado?

Fuiste tú quien invitó a estas universitarias a pasar las vacaciones con nosotros, contestó él. No he podido resistirme.

Melissa se recostó y lo miró a través de un velo de humo. Nick apartó el brazo de mi silla y apagó el cigarrillo en el cenicero. La temperatura pareció bajar de forma perceptible, y de pronto fue como si los colores perdieran intensidad.

¿Habéis ido al lago?, preguntó Melissa.

Sí, en el camino de vuelta, contestó Nick.

Frances se ha quemado, dijo Bobbi.

En realidad no me había quemado, pero tenía la cara y los brazos un poco sonrosados y calientes al tacto. Me encogí de hombros.

Bueno, Bobbi se empeñó en quitarse la ropa y meterse en el agua, repliqué.

Serás chivata, dijo Bobbi. Me avergüenzo de ti.

Melissa seguía observando a Nick. Este no parecía inmutarse, le sostenía la mirada y sonreía, una sonrisa relajada y espontánea que le daba un aspecto muy atractivo. Ella negó con la cabeza, en un gesto divertido o exasperado, y finalmente apartó la mirada.

Esa noche todos nos acostamos tarde, hacia las dos de la mañana. Durante diez o veinte minutos permanecí tendida en la oscuridad, oyendo la queja suave de los tablones del suelo en la planta de arriba y el chasquido de las puertas al cerrarse. No oí voces. La habitación de Bobbi, contigua a la mía, estaba en completo silencio. Me incorporé y luego volví a tumbarme. Me descubrí pergeñando un plan para subir a buscar un vaso de agua, aunque en realidad no tenía sed. Incluso me oí justificar mi supuesta sed achacándola al vino que había tomado durante la cena, como si alguien fuera a preguntarme qué estaba haciendo allí arriba. Me incorporé de nuevo y me toqué la frente, que no estaba más caliente de lo habitual. Me levanté de la cama y subí las escaleras sin hacer ruido; llevaba mi camisón blanco con estampado de diminutos capullos de rosa. La luz de la cocina estaba encendida. Mi corazón empezó a martillear con fuerza.

Nick estaba guardando las copas de vino limpias en el aparador de la cocina. Me miró y dijo: Ah, hola. Al instante, como si estuviera recitando algo, contesté: Venía por un vaso de agua. Él hizo una mueca graciosa, como si no acabara de creérselo, pero me tendió un vaso de todos modos. Lo llené de agua y bebí con la espalda pegada a la puerta de la nevera. Estaba tibia y sabía a cloro. Poco después Nick se plantó delante de mí y dijo: Ya no quedan más copas de vino, así que… Nos miramos. Eres una auténtica vergüenza, le dije, a lo que él contestó que era «muy consciente» de ello. Entonces me puso la mano en la cintura y noté cómo todo mi cuerpo se elevaba hacia él. Toqué la hebilla de su cinturón y dije: Podemos acostarnos si quieres, pero que sepas que solo lo hago de un modo irónico.

La habitación de Nick quedaba en la misma planta que la cocina. Era el único dormitorio que había en ese piso; los demás estaban arriba o en el sótano, como el mío. Su ventana daba al mar, así que entornó los postigos sin hacer ruido y luego cerró la ventana mientras yo me metía en la cama. Cuando Nick estuvo dentro de mí, pegué la cara a su hombro y pregunté: ¿Te gusta?

Sigo teniendo ganas de darte las gracias, contestó él. Es raro, ¿no crees?

Le dije que me las diera, y lo hizo. Entonces le dije que iba a correrme y él cerró los ojos y dijo: Oh. Después me senté con la espalda apoyada en la pared y me quedé mirando a Nick, que estaba tumbado boca arriba, respirando.

Estas dos últimas semanas han sido difíciles para mí, dijo. Siento lo que pasó por internet.

Sé que estuve fría contigo. No me di cuenta de que tenías neumonía.

Nick sonrió, me acarició la corva de la rodilla con los dedos.

Pensé que querías que te dejara en paz, dijo. Estaba muy enfermo y me sentía solo, ¿sabes? Parecía que no quisieras saber nada de mí.

Estuve tentada de decirle: No, lo que quería era que me dijeras que soñabas conmigo por las noches.

Yo también lo he pasado mal, dije. Olvidémoslo.

Muy generoso por tu parte, pero creo que podría haberlo hecho mucho mejor.

Te perdono, así que no le des más vueltas.

Nick se incorporó apoyándose en los codos y me miró.

Ya, pero me refiero a que me has perdonado muy deprisa, dijo. Teniendo en cuenta que intenté romper contigo. Podrías haberme castigado mucho más si hubieras querido.

Ya, pero solo quería volver a acostarme contigo.

Nick se echó a reír, como si mis palabras le hubieran llenado de alegría. Volvió a tumbarse con el rostro alejado de la luz, los ojos cerrados.

No creía que fuera tan bueno, dijo.

No lo haces mal.

Pero ¿no has dicho que soy una auténtica vergüenza?

Y lo eres, pero me das lástima, dije. Y me encanta el sexo contigo.

Nick no dijo nada. No podía quedarme a dormir en su habitación por si alguien me veía salir por la mañana, así que volví abajo a mi cama, sola, y me acurruqué hasta hacerme muy pequeña.

14

A la mañana siguiente me sentía cálida y soñolienta, como una niña. Para desayunar comí cuatro rebanadas de pan y tomé dos grandes cuencos de café, con nata y azúcar. Bobbi me llamó cerdita, aunque según ella lo decía «con todo el cariño del mundo». Y yo rocé la pierna de Nick por debajo de la mesa y lo vi esforzarse por no reír. Me sentía llena de una alegría desbordante y casi maliciosa.

Tres días enteros transcurrieron de este modo en Étables. Comíamos en el jardín, y Nick, Bobbi y yo nos sentábamos juntos a un extremo de la mesa y nos interrumpíamos constantemente. Tanto él como yo creíamos que Bobbi era escandalosamente divertida y siempre nos reíamos de todo lo que decía. En cierta ocasión Nick llegó incluso a llorar de risa durante el desayuno, cuando Bobbi se puso a imitar a un amigo de ellos llamado David. Nosotras lo conocíamos muy poco, de los actos literarios de Dublín, pero Bobbi imitaba su voz a la perfección. Nick también nos ayudó a mejorar nuestro dominio del idioma hablándonos en francés y pronunciando una y otra vez la «r» cuando se lo pedíamos. Bobbi le dijo que yo sabía hablar francés, pero que estaba fingiendo para que él me diera clases. Ambas nos dimos cuenta de que él se ruborizaba al oírlo, y Bobbi me lanzó una mirada desde la otra punta de la habitación.

Por las tardes, en la playa, Melissa se sentaba debajo de la sombrilla a leer el diario mientras nosotros tomábamos el sol, bebíamos botellas de agua y nos untábamos crema solar unos a otros. A Nick le gustaba ir a nadar y luego salir del agua con la piel resplandecientemente húmeda, como en un anuncio de colonia. Derek dijo que aquello le parecía castrador. Yo pasé una página de mi libro de Robert Fisk y fingí no escuchar. Derek preguntó: Dime, Melissa, ¿se pasa mucho tiempo acicalándose? Ella no levantó la vista del periódico. Dijo: No, es guapo por naturaleza, me temo. Eso es lo que te llevas cuando te casas por el físico. Nick se rio. Pasé otra página del libro, aunque no había leído la anterior.

Durante dos noches seguidas me acosté en mi cama y esperé a que la casa quedara en silencio para subir a la habitación de Nick. No me sentía demasiado cansada pese a estar despierta hasta tan tarde, aunque durante el día solía quedarme traspuesta en la playa o en el jardín. Nick y yo no estaríamos durmiendo más de cuatro o cinco horas, pero él no se quejaba de estar cansado ni me urgía a que me marchara de su habitación por muy tarde que fuese. Después de la primera noche dejó de beber vino durante la cena. De hecho, creo que no volvió a probar el alcohol. Derek se lo hacía notar a menudo, y me di cuenta de que Melissa insistía en ofrecerle vino incluso después de que él lo rechazara.

Una vez, cuando salíamos del mar después de haber estado nadando, le pregunté: No se habrán dado cuenta, ¿verdad? El agua nos llegaba aún por la cintura. Nick se hizo visera con la mano y me miró. Los demás estaban en la orilla, tendidos en las toallas, podíamos verlos. A la luz del sol mis brazos presentaban un blanco liláceo, punteados por la piel de gallina.

No, dijo. No lo creo.

Podrían haber oído algo por la noche.

Diría que somos bastante discretos.

Aun así lo que estamos haciendo es demencialmente arriesgado, dije.

Sí, claro que lo es. ¿Ahora te das cuenta?

Hundí las manos en el agua y sentí el escozor del salitre. Levanté una de mis palmas ahuecadas y dejé que el líquido se fuera derramando sobre la superficie.

Y entonces ¿por qué lo haces?, pregunté.

Bajó la mano con que se protegía los ojos y empezó a negar con la cabeza. Su cuerpo blanco parecía hecho de mármol. Había algo sumamente austero en su aspecto.

¿Estás flirteando conmigo?, preguntó.

Venga, di que te mueres por mis huesos.

Nick me arrojó agua sobre la piel desnuda. Me salpicó la cara, y estaba tan fría que casi me dolió. Levanté los ojos hacia el cielo inmaculadamente azul.

Que te den, dijo.

Nick me gustaba, pero él no tenía por qué saberlo.

Después de cenar la cuarta noche salimos todos a dar un paseo por el pueblo. Más allá del puerto, el cielo presentaba un pálido rosa coralino y el océano se veía oscuro como el plomo. Hileras de yates cabeceaban en el muelle, y gente de aspecto atractivo caminaba descalza por el embarcadero con botellas de vino. Melissa llevaba la cámara colgada al hombro y de vez en cuando sacaba alguna foto. Yo me había puesto un vestido de lino azul marino, con botones.

Cuando estábamos delante de la heladería, mi móvil empezó a sonar. Era mi padre. Me aparté instintivamente de los demás para contestar, como si tratara de escudarme.

Su voz sonaba apagada y creí oír algún ruido de fondo. Empecé a morderme la uña del pulgar, sintiendo en mis dientes su textura rugosa.

¿Va todo bien?, pregunté.

Oh, muy bien. ¿Es que no puedo llamar a mi única hija de vez en cuando?

Al hablar, su voz subía y bajaba erráticamente por la escala tonal. Su embriaguez me hizo sentir sucia. Me entraron ganas de ducharme, o de comerme una fruta fresca. Me alejé un poco de los demás, pero tampoco quería perderlos de vista, así que me demoré cerca de una farola mientras los otros decidían si les apetecía o no un helado.

Claro que puedes, repuse.

¿Y cómo va todo? ¿Qué tal el trabajo?

Sabes que estoy en Francia, ¿verdad?

¿Qué has dicho?

Que estoy en Francia.

Sentí vergüenza ajena por tener que repetir una frase tan sencilla, aunque no creía que los demás pudieran oírme.

Ah, que estás en Francia… Es verdad, perdona. ¿Y qué tal va todo por ahí?

Muy bien, gracias.

Es un sitio estupendo. Oye, tu madre te dará el dinero el mes que viene, ¿vale? Para la facultad.

Vale, perfecto, contesté. Perfecto.

Bobbi me hizo señas para indicarme que iban a entrar en la heladería, y yo respondí con lo que seguramente parecía una sonrisa maníaca agitando una mano para que se adelantaran.

No andarás mal de dinero, ¿verdad?, preguntó mi padre.

¿Cómo? No.

Hay que ahorrar siempre, ¿me oyes? Es una buena costumbre.

Sí, dije.

A través de los ventanales de la heladería veía un largo expositor acristalado con helados de todos los sabores y la silueta de Evelyn frente al mostrador, gesticulando.

¿Cuánto tienes ahorrado?, preguntó mi padre.

No lo sé. No mucho.

Es una buena costumbre, Frances. ¿Hummm? Vaya si lo es. Ahorrar.

La llamada concluyó poco después. Cuando los demás salieron de la heladería, Bobbi sostenía dos cucuruchos, uno de ellos para mí. Me sentí tremendamente agradecida por que me hubiera comprado un helado. Cogí el cucurucho y le di las gracias, y ella me escrutó el rostro y preguntó: ¿Estás bien? ¿Quién era? Parpadeé y respondí: Solo era mi padre. Ninguna novedad. Bobbi sonrió y dijo: Ah, vale. Bueno, no tienes que darme las gracias por el helado. Si no lo quieres ya me lo como yo. Con el rabillo del ojo vi a Melissa levantando la cámara y me di la vuelta irritada, como si me hubiese ofendido con solo levantar la cámara, o por algo más que hubiera hecho tiempo atrás. Sabía que era un gesto desdeñoso e infantil, pero no estoy segura de que ella se diera cuenta.

Esa noche fumamos mucho, y Nick todavía estaba medio colocado cuando entré en su habitación, después de que todos se hubiesen ido a dormir. Lo encontré completamente vestido, sentado en el borde de la cama y leyendo algo en su MacBook, aunque entornaba los ojos como si no pudiera ver bien el texto o como si le resultara confuso. Tenía un aspecto estupendo allí sentado. Un poco quemado por el sol, quizá. Supongo que yo también estaba colocada. Me senté en el suelo a sus pies y apoyé la cabeza en su pantorrilla.

¿Qué haces en el suelo?, preguntó.

Me gusta estar aquí abajo.

Ah. Oye, ¿con quién hablabas antes por teléfono?

Cerré los ojos y presioné la cabeza con fuerza contra su pierna hasta que él me pidió que parara.

Hablaba con mi padre, dije.

¿No sabía que estabas aquí?

Me subí a la cama y me senté detrás de Nick, rodeándole la cintura con los brazos. Pude ver lo que estaba leyendo, un largo artículo sobre los acuerdos de Camp David. Me eché a reír y dije: ¿Esto es lo que haces cuando estás colocado, leer ensayos sobre Oriente Próximo?

Es interesante, dijo. Oye, entonces ¿tu padre no sabía que estabas aquí, o qué?

Se lo dije, pero nunca me escucha.

Me froté levemente la nariz y luego apoyé la frente en la espalda de Nick, sobre la tela blanca de su camiseta. Olía a limpio, como a jabón, y también vagamente a agua de mar.

Tiene problemas con el alcohol, comenté.

¿Tu padre? Nunca me lo habías dicho.

Cerró el MacBook y se volvió hacia mí.

Nunca se lo he dicho a nadie, dije.

Nick se sentó con la espalda apoyada en el cabecero y preguntó: ¿Qué clase de problemas?

Cuando me llama está casi siempre borracho, dije. Nunca hemos hablado del tema a fondo ni nada por el estilo. No estamos muy unidos.

Entonces me acomodé en el regazo de Nick, de manera que quedamos frente a frente, y él me acarició el pelo con un gesto automático, como si me tomara por otra persona. Por lo general nunca me tocaba de ese modo. Pero me estaba mirando, por lo que supuse que debía de saber quién era.

¿Lo sabe tu madre?, preguntó. Aunque ya sé que no están juntos.

Me encogí de hombros y dije que él siempre había sido así. Soy una hija espantosa, añadí. Nunca hablo de cosas serias con mi padre, pero me pasa una asignación para la universidad. Eso no está bien, ¿verdad?

¿No?, replicó Nick. Lo que pasa es que crees que de algún modo lo estás justificando, porque aceptas su dinero pero no le recriminas que beba.

Lo miré y él me sostuvo la mirada, con los ojos ligeramente vidriosos y una expresión grave. Comprendí que realmente estaba hablando en serio, y que también había querido tocar mi pelo como lo había hecho, afectuosamente. Sí, dije. Supongo.

¿Y qué se supone que deberías hacer?, repuso. Todo ese rollo de la dependencia económica es una mierda. Las cosas empezaron a irme muchísimo mejor cuando dejé de pedirles dinero a mis padres.

Pero tú quieres a tus padres. Te llevas bien con ellos.

Nick soltó una carcajada y dijo: Oh, Dios, para nada. ¿Estás de broma? Ten en cuenta que son las mismas personas que me obligaron a salir por la tele cuando tenía diez años llevando una ridícula chaqueta y hablando de Platón.

¿Te obligaron?, pregunté. Yo supuse que había sido idea tuya.

Qué va. Lo pasé fatal en aquella época. Pregúntaselo a mi psiquiatra.

¿De verdad vas al psiquiatra o me estás tomando el pelo?

Nick hizo un ruido como mmm y me tocó la mano de un modo peculiar. Estaba claro que seguía colocado.

No, sufro episodios depresivos, dijo. Me estoy medicando y todo eso.

¿En serio?

Sí, el año pasado estuve bastante mal durante un tiempo. Y esto... he pasado un par de semanas muy malas en Edimburgo, con la neumonía y demás. Creo que no debería contarte todo este rollo tan poco interesante. Pero el caso es que ahora estoy bien.

No creo que sea poco interesante, dije.

Pensé que Bobbi sabría qué decir en una situación así, porque tenía un montón de opiniones sobre la salud mental en el discurso público. Lo que dije fue: Bobbi cree que la depresión es una respuesta humana a las condiciones de vida impuestas por el capitalismo tardío. Nick sonrió. Le pregunté si quería hablar sobre su enfermedad y dijo: No, no desesperadamente. Tenía los dedos enredados en mi pelo, sobre mi nuca, y el roce de su piel me hizo enmudecer.

Durante un breve rato nos besamos y dejamos de hablar, aunque de vez en cuando yo soltaba algo como: Tenía tantas ganas de esto. Nick respiraba agitadamente y decía cosas del tipo Mmm y Oh, qué gusto, como solía hacer. Metió la mano por debajo de mi vestido y me acarició la cara interna del muslo. Le agarré la muñeca en un súbito impulso y él me miró. ¿Es esto lo que quieres?, dije. Él pareció confuso, como si le estuviera planteando un acertijo que yo podría resolver por él si él no podía. Bueno, sí, dijo. Y... ¿es lo que tú quieres? Noté cómo se me tensaba la boca, los chirriantes engranajes de mi mandíbula.

Verás, a veces no pareces demasiado entusiasmado, dije.

Nick se echó a reír, lo que no era precisamente la reacción empática que yo esperaba. Bajó la mirada, ligeramente ruborizado. ¿No lo parezco?, dijo.

Entonces me sentí dolida, y dije: Me refiero a que yo siempre estoy diciéndote lo mucho que te deseo y lo bien que me lo paso contigo, pero nunca es algo recíproco. La mayor parte del tiempo tengo la sensación de que no te satisfago.

Nick alzó la mano y empezó a frotarse la nuca. Vaya, dijo. De acuerdo. Bueno, lo siento.

Me estoy esforzando, ¿sabes? Si hay cosas que hago mal, quiero que me lo digas.

Nick contestó en un tono ligeramente compungido: No estás haciendo nada mal. El problema soy yo, que soy un poco torpe.

Y no dijo nada más. Yo tampoco sabía qué más añadir, y de todos modos estaba claro que no importaba la franqueza con que se lo pidiera, él no iba a proporcionarme la tranquilidad que disipara mis temores. Seguimos besándonos y procuré no pensar más en ello. Me preguntó si me apetecía ponerme a cuatro patas esta vez, y yo contesté que claro. Nos desnudamos sin mirarnos. Hundí la cara en el colchón y noté cómo me acariciaba el pelo. Entonces me rodeó el cuerpo con el brazo y dijo: Ven aquí un momento. Me incorporé sobre las rodillas, pude sentir su pecho pegado a mi espalda, y cuando volví la cabeza hacia atrás noté el roce de sus labios en mi oreja. Frances, no sabes cuánto te deseo, dijo. Cerré los ojos. Fue como si sus palabras traspasaran mi mente, como si fueran directas a mi cuerpo y se quedaran allí. Cuando hablé, mi voz sonó grave y sensual. ¿Te morirás si no puedes tenerme?, pregunté. Y él dijo: Sí.

Cuando entró en mí, sentí como si se me hubiera olvidado cómo respirar. Me rodeó la cintura con las manos. Le pedí una y otra vez que me embistiera con más fuerza, aunque me dolía un poco. Él me preguntaba cosas como: ¿Estás segura de que no te hago daño? Le dije que quería que me hiciera daño, aunque no sé si lo deseaba en realidad. Y lo único que Nick decía era: Vale. Al cabo de un rato sentía tanto placer que ya no veía con claridad y no estaba segura de poder pronunciar frases completas. No hacía más que repetir Por favor, por favor, aunque no sabía qué estaba suplicando. Nick me puso un dedo sobre los labios para que me callara y yo me lo metí en la boca hasta que me llegó al fondo de la garganta. Lo oí decir: Oh, no, no lo hagas. Pero era demasiado tarde, se corrió. Estaba sudando y no paraba de decir: Joder, lo siento mucho. Joder. Yo temblaba violentamente. Tenía la sensación de no entender nada de lo que estaba pasando entre nosotros.

Para entonces empezaba a clarear y tenía que irme. Sentado en la cama, Nick me observó mientras me vestía. Yo no sabía qué decirle. Nos miramos con expresión angustiada y apartamos la mirada. Una vez abajo, en mi habitación, no logré conciliar el sueño. Me senté en la cama, abrazándome las rodillas contra el pecho y viendo cómo la luz se colaba por las rendijas de los postigos. Al final abrí la ventana y contemplé el mar. Estaba amaneciendo y el cielo se veía de un exquisito azul plateado. Oía a Nick caminando de aquí para allá en la habitación de arriba. Si cerraba los ojos podía sentirme muy cerca de él, lo suficientemente cerca para oírlo respirar. Me quedé así, asomada a la ventana, hasta que oí ruido de puertas abriéndose arriba, y a la perra ladrando, y la cafetera eléctrica encendiéndose para el desayuno.

15

La noche siguiente, Evelyn propuso un juego en el que nos dividimos en dos equipos y metimos nombres de gente famosa en un gran cuenco. Sacabas un nombre y los demás miembros de tu equipo tenían que ir haciendo preguntas de sí o no sobre la persona en cuestión hasta adivinar de quién se trataba. Fuera estaba oscuro, y nos habíamos instalado en el salón con las luces encendidas y los postigos abiertos. De vez en cuando alguna polilla entraba volando por la ventana, y Nick la cogía entre las manos y volvía a echarla afuera mientras Derek lo animaba a matarla. Bobbi le dijo que parase y él replicó: ¡No me digas que los derechos de los animales también se aplican a las polillas! Bobbi tenía los labios oscuros por el vino, estaba borracha.

No, dijo. Pero mátala tú mismo si quieres verla muerta.

Melissa, Derek y yo estábamos en el mismo equipo, mientras que el otro estaba formado por Nick, Bobbi y Evelyn. Melissa trajo otra botella de vino mientras apuntábamos los nombres y los metíamos en el cuenco, aunque ya habíamos bebido bastante durante la cena. Nick puso la mano sobre su vaso de agua vacío cuando Melissa fue a ponerle vino. Parecieron intercambiar algún tipo de mirada antes de que ella se alejara para rellenarse su copa.

Le tocó empezar al otro equipo, y Nick era el encargado de sacar los nombres. Cuando leyó el primero frunció el ceño y dijo: Bueno, vale. Bobbi preguntó si era un hombre y él respondió que no. ¿Es una mujer?, dijo entonces. Sí, claro. Evelyn preguntó si era política, actriz o deportista, no era ninguna de esas cosas. ¿Se dedica a la música?, aventuró Bobbi. Y Nick contestó: No que yo sepa.

¿Es famosa?, preguntó Bobbi.

Bueno, define famosa, repuso él.

¿La conocemos todos los presentes?, preguntó Evelyn.

Vosotras dos desde luego que la conocéis, contestó Nick.

Ah, dijo Bobbi. Vale, así que es una mujer a la que conocemos en la vida real, ¿no?

Nick contestó afirmativamente. Melissa, Derek y yo observábamos este intercambio en silencio. De pronto tuve plena conciencia de la copa de vino en mi mano, cuyo pie apretaba con demasiada fuerza contra el pulgar.

¿Es alguien que te gusta?, preguntó Bobbi. ¿O que no te gusta?

¿Personalmente? Me gusta, sí.

¿Y tú le gustas a ella?, dijo Bobbi.

¿De veras crees que eso te ayudará a averiguar quién es?, replicó Nick.

Tal vez, dijo Bobbi.

No lo sé, contestó él.

Así que a ti te gusta, pero no sabes si tú le gustas a ella, concluyó Bobbi. ¿No la conoces demasiado bien? ¿O es una mujer misteriosa?

Nick negó con la cabeza y se rio para sus adentros, como si encontrara aquella línea de interrogatorio extremadamente estúpida. Me di cuenta de que Melissa, Derek y yo nos habíamos quedado muy quietos. Ninguno hablábamos ni bebíamos ya.

Supongo que un poco de ambas cosas, dijo Nick.

¿No la conoces demasiado bien y es misteriosa?, preguntó Evelyn.

¿Es más lista que tú?, preguntó Bobbi.

Sí, pero mucha gente lo es. Estas preguntas no me parecen una buena estrategia.

Vale, vale, dijo Bobbi. ¿Esta persona es más emocional o más racional?

Eh, racional, supongo.

O sea, no es emocional, dijo Bobbi. Nada inteligente emocionalmente.

¿Qué? No. Yo no he dicho eso.

Noté un leve calor subiéndome por la cara y miré dentro de mi vaso. Pensé que Nick parecía vagamente alterado, o por lo menos no tan relajado y seguro de sí como fingía ser por lo general, y luego me pregunté cuándo había decidido que su aplomo era fingido.

¿Extrovertida o introvertida?, preguntó Evelyn.

Introvertida, diría yo, contestó Nick.

¿Joven o mayor?, preguntó Evelyn.

Joven, desde luego.

¿Es una niña?, preguntó Bobbi.

No, no, es adulta. Por Dios.

Una mujer adulta, muy bien, dijo Bobbi. ¿Y crees que te parecería atractiva si la vieras en traje de baño?

Nick miró a Bobbi durante un segundo mortificantemente largo, y luego dejó el trozo de papel sobre la mesa.

Bobbi ya sabe quién es, dijo Nick.

Todos sabemos quién es, replicó Melissa en voz baja.

Yo no, dijo Evelyn. ¿Quién es? ¿Eres tú, Bobbi?

Ella sonrió con malicia y dijo: Es Frances. Yo la observaba, pero no conseguía determinar a quién había estado dirigida aquella representación. La propia Bobbi era la única que parecía encontrar aquello divertido, pero eso no era un obstáculo para ella; daba la impresión de que todo había salido como esperaba. Comprendí, estúpidamente tarde, que casi con total certeza había sido ella quien había puesto mi nombre en el cuenco. Aquello me hizo recordar su carácter indómito, su tendencia a meterse en asuntos ajenos y forzarlos, y sentí miedo de ella, y no por primera vez. Bobbi quería sacar a la luz algo íntimo sobre mis sentimientos, transformar un secreto en otra cosa, una broma o un juego.

Al terminar la ronda de preguntas, la atmósfera en el salón había cambiado. En un primer momento temí que los demás supieran lo nuestro, que nos hubiesen oído por la noche, que incluso Melissa se hubiese enterado, pero luego comprendí que lo que había allí era una tensión de naturaleza distinta. Derek y Evelyn parecían sentirse incómodos por Nick, como si creyeran que había estado intentando ocultar sus sentimientos hacia mí; y respecto a mí expresaban una especie de tácita preocupación, como si temieran que me hubiera sentido ofendida o molesta. Evelyn no paraba de mirarme con gesto compasivo. Después de que Melissa adivinara el nombre de Bill Clinton, me excusé para ir al baño, que estaba al otro lado del pasillo. Dejé que el agua fría me mojara las manos y me di unos toquecitos con los dedos bajo los ojos, luego me sequé la cara con una toalla limpia.

En el pasillo me encontré con Melissa, que estaba esperando para entrar en el cuarto de baño. Antes de poder pasar junto a ella, me preguntó: ¿Estás bien?

Sí, claro, contesté. ¿Por qué?

Melissa frunció los labios. Ese día llevaba una blusa azul de escote pronunciado y una falta plisada. Yo me había puesto unos vaqueros con las perneras remangadas y una camiseta blanca muy arrugada.

No te ha hecho nada, ¿verdad?, preguntó. Quiero decir, no te estará molestando.

Comprendí que se refería a Nick y noté que me mareaba.

¿Quién?, dije.

Entonces me lanzó una mirada hostil, una mirada que sugería que estaba decepcionada conmigo.

Está bien, dijo. Olvídalo.

Me sentí culpable, consciente de que se estaba esforzando por preocuparse por mí, un esfuerzo que seguramente le resultaba doloroso. Con un hilo de voz, dije: No, oye, por supuesto que no me ha molestado. No sé qué… Creo que no es nada. Lo siento. Creo que son cosas de Bobbi.

No, está encaprichado o algo así, dijo ella. Estoy segura de que no es nada serio, pero quiero que sepas que puedes acudir a mí si pasa algo que te incomode.

Te lo agradezco, eres muy amable. Pero de verdad que no… no me está molestando.

Entonces me sonrió, como si le aliviara saber que yo estaba bien y que su marido no había hecho nada inapropiado. Le devolví la sonrisa con gratitud y ella se secó las manos en la falda.

No es propio de él, dijo. Pero supongo que tú eres su tipo.

Bajé la vista a nuestros pies, me sentía aturdida.

¿O me estoy halagando a mí misma?, añadió.

Entonces la miré a los ojos y me di cuenta de que intentaba hacerme reír. Me reí, agradecida por su amabilidad y su aparente confianza en mí.

Creo que soy yo la que debería sentirse halagada, dije.

No por él, es un completo inútil. Aunque tiene muy buen gusto para las mujeres.

Melissa señaló el cuarto de baño. Me aparté y ella entró. Me pasé la muñeca por la cara y la noté húmeda. Me pregunté a qué se refería con eso de que Nick era un «inútil». No habría sabido decir si su tono era afectuoso o vitriólico; de alguna manera, hacía que sonaran idénticos.

Después de aquello no tardamos en dejar el juego. Yo no crucé ni media palabra con Bobbi hasta que fue a acostarse. Me quedé sentada en el sofá hasta que los otros también se fueron, y al cabo de unos minutos Nick regresó al salón. Cerró los postigos y luego se apoyó en el alféizar. Bostecé y me toqué el pelo. Él dijo: Ha sido raro, ¿verdad? Lo de Bobbi. Asentí. Nick parecía abordar con cautela todo lo relacionado con Bobbi, como si no estuviera seguro de cuáles eran mis sentimientos hacia ella.

¿Has dejado de beber?, pregunté.

El alcohol me deja hecho polvo. Y de todos modos prefiero estar sobrio para llevar todo esto.

Se sentó en el brazo del sofá, como si no fuera a tardar mucho en volver a levantarse. ¿A qué te refieres con todo esto?, pregunté. Y él contestó: Bueno, a nuestras estimulantes conversaciones de madrugada.

¿No te gusta tener sexo estando borracho?, pregunté.

Creo que seguramente es mejor para todos que no lo esté.

¿Qué pasa, es una cuestión de rendimiento? Yo no tengo ninguna queja.

No, eres muy fácil de complacer.

No me gustó que lo dijera, aunque era cierto y seguramente lo pensaba de veras. Me acarició la cara interna de la muñeca y me hizo estremecer.

No creas, repuse. Lo que pasa es que sé que te encanta oírme decir lo bueno que eres en la cama.

Qué golpe más bajo, replicó Nick con una mueca. Yo me reí y dije: ¿Qué pasa, te estoy arruinando la fantasía? Si lo prefieres, volveré a susurrarte al oído lo fuerte y varonil que eres. Esta vez Nick no replicó.

De todos modos, debería irme ya a la cama, dije. Estoy exhausta.

Nick posó la mano sobre mi espalda, en un gesto de inusitada ternura en él. Yo no moví un solo músculo.

¿Por qué no has tenido ninguna aventura hasta ahora?, pregunté.

Ah. Supongo que no había aparecido nadie.

¿A qué te refieres?

Por un instante pensé que iba a decir: No había aparecido nadie a quien deseara como te deseo a ti. Pero lo que dijo fue: Bueno, no sé. Durante mucho tiempo hemos sido bastante felices, así que ni siquiera se me había pasado por la cabeza. Ya sabes, cuando estás enamorado no piensas en esas cosas.

¿Y cuándo dejaste de estar enamorado?

Nick apartó la mano, y nuestros cuerpos dejaron de tocarse.

No creo que haya dejado de estarlo, dijo.

Me estás diciendo que todavía la quieres.

Bueno... sí.

Me quedé mirando la lámpara del techo. Estaba apagada. Antes de empezar el juego habíamos encendido la de la mesa, que ahora proyectaba sombras alargadas hacia la ventana.

Perdona si esto te hace daño, dijo.

No, claro que no. Pero entonces... ¿esto es una especie de jueguecito que te traes con ella? Estás intentando llamar su atención teniendo un lío con una estudiante universitaria, ¿no es eso?

Uau. Vaya. ¿Que estoy intentando llamar su atención?

¿Ah, no? Desde luego se ha fijado en cómo me miras. Antes me ha preguntado si me estabas haciendo sentir incómoda.

Joder, dijo. Muy bien. ¿Te hago sentir incómoda?

No estaba de humor para decirle que no, así que puse los ojos en blanco y me levanté del sofá alisándome la camiseta.

Te vas a la cama, dijo.

Le dije que sí. Metí el móvil en el bolso para llevármelo abajo sin mirar a Nick en ningún momento.

Me ha dolido, ¿sabes?, añadió. Eso que acabas de decir.

Recogí mi rebeca del suelo y la colgué sobre el bolso. Mis sandalias estaban alineadas junto a la chimenea.

Crees que haría todo esto solo para llamar su atención, dijo. ¿Qué te lleva a pensar eso de mí?

Quizá el hecho de que sigas enamorado de tu mujer aunque ella ya no esté interesada en ti.

Nick se echó a reír, pero no lo miré. Miré al espejo sobre la chimenea, y mi rostro se veía desencajado, tanto que me dejó horrorizada. Tenía las mejillas encendidas como si alguien me hubiese abofeteado, los labios secos y casi blancos.

No estarás celosa, ¿verdad, Frances?, preguntó.

¿De veras crees que siento algo por ti? No me hagas reír.

Entonces me fui abajo. Cuando me metí en la cama me sentí fatal, no tanto por la tristeza como por la conmoción y una extraña sensación de agotamiento. Era como si alguien me hubiese cogido por los hombros y me hubiese zarandeado con fuerza aun cuando le suplicaba que parara. Sabía que era culpa mía: había hecho lo indecible por provocar una discusión con Nick. Ahora, acostada a solas en el silencio de la casa, tenía la impresión de que todo aquello se me había ido de las manos. Lo único que podía decidir era si me acostaba o no con Nick; no podía decidir cómo me sentía al respecto, ni lo que significaba. Y aunque podía decidir discutir con él, y sobre qué discutir, no podía controlar lo que me diría, ni cuánto daño me haría. Acurrucada en la cama con los brazos rodeándome el cuerpo, pensé con amargura: Es él quien tiene todo el poder, no yo. No era del todo cierto, pero esa noche comprendí por primera vez lo mucho que había subestimado mi propia vulnerabilidad. Le había mentido a todo el mundo, a Melissa, incluso a Bobbi, solo para poder estar con Nick. No me quedaba nadie con quien sincerarme, nadie sentiría ninguna compasión por lo que había hecho. Y después de todo, él seguía enamorado de otra persona. Cerré los ojos con fuerza y hundí la cabeza en la almohada. Pensé en la noche anterior, cuando Nick me había dicho que me deseaba, cómo me había sentido en ese instante. Reconócelo de una vez, me dije. No te quiere. Eso es lo que te duele.

16

A la mañana siguiente durante el desayuno, el día antes de que Bobbi y yo volviéramos a casa, Melissa nos dijo que Valerie iba a venir de visita. Mientras decidían cuál de las habitaciones había que preparar, yo seguía con los ojos a una mariquita roja de aspecto metálico que cruzaba la mesa valerosamente en dirección a los azucarillos. El insecto parecía un robot en miniatura con sus patitas articuladas.

Y habrá que salir a comprar cosas para la cena, estaba diciendo Melissa. Podéis ir unos pocos al supermercado, ¿verdad? Haré una lista.

A mí no me importa ir, dijo Evelyn.

Melissa esparcía una gruesa capa de mantequilla sobre un cruasán abierto por la mitad, y mientras hablaba agitaba el cuchillo vagamente en el aire.

Nick puede llevarte en el coche, dijo. Tenemos que comprar un postre, uno de esos tan buenos recién hechos. Y flores. Llevaos a alguien más en el coche para que os eche una mano. Llevaos a Frances. No te importa, ¿verdad?

La mariquita alcanzó el azucarero y emprendió el ascenso por el borde de cristal blanco. Alcé los ojos con lo que esperaba que fuera una expresión cortés y contesté: Claro que no.

Derek, tú podrías preparar la mesa grande del jardín, continuó Melissa. Y, mientras, Bobbi y yo arreglaremos un poco la casa.

Tras la asignación de tareas, acabamos de desayunar y recogimos la mesa. Nick fue a buscar las llaves del coche y Evelyn se sentó en los escalones de la entrada con los codos sobre las rodillas; las gafas le daban un aire adolescente. Melissa estaba escribiendo la lista de la compra apoyada en el alféizar de la cocina mientras Nick rebuscaba entre los cojines del sofá y preguntaba: ¿Alguien las ha visto? Yo me quedé en el recibidor con la espalda pegada a la pared, intentando no estorbar. Están en el gancho, dije, pero tan bajo que no me oyó. A lo mejor me las he dejado en algún bolsillo, dijo Nick. Melissa iba abriendo los armarios para comprobar si tenían tal o cual ingrediente. ¿Las has visto?, le preguntó Nick, pero ella no le hizo caso.

Al final cogí las llaves del gancho y, sin decir palabra, las puse en la mano de Nick cuando pasó por mi lado. Ah, vaya, dijo. Bueno, gracias. Evitaba mirarme a los ojos, pero no como algo personal. Parecía rehuir la mirada de todo el mundo. ¿Las has encontrado?, preguntó Melissa desde la cocina. ¿Has mirado en el gancho?

Entonces Evelyn, Nick y yo nos fuimos hacia el coche. Esa mañana había mucha niebla, pero Melissa había asegurado que acabaría levantándose. Bobbi se asomó a la ventana de su habitación justo cuando me volvía para buscarla con la mirada. Estaba abriendo los postigos. Eso, dijo. Abandóname. Ve a pasártelo bien con tus nuevos amigos en el supermercado.

Quizá no vuelva, dije.

No lo hagas, replicó ella.

Me subí al asiento trasero del coche y me puse el cinturón. Evelyn y Nick se sentaron delante y cerraron las portezuelas, sellando una intimidad compartida en la que me sentía de más. Evelyn soltó un expresivo suspiro de cansancio y Nick arrancó.

¿Habéis solucionado al final lo de vuestro coche?, le preguntó a Evelyn.

No, Derek no me deja llamar al concesionario, contestó ella. Dice que «ya se encarga él».

Abandonamos el camino de la casa y enfilamos la carretera que bajaba hasta la playa. Evelyn iba frotándose los ojos por detrás de las gafas y negando con la cabeza. La niebla era como un velo gris. Fantaseé con la idea de asestarme un puñetazo en el estómago.

Ah, ya se encarga él, bien, dijo Nick.

Ya sabes cómo es.

Nick emitió un sonido elocuente tipo mmm. Bordeamos el puerto, donde los barcos se insinuaban como conceptos tras la niebla. Rocé la ventanilla del coche con la nariz.

Lo está llevando bastante bien, dijo Evelyn. O eso creía. Hasta hoy.

Bueno, es por la llegada de Valerie, repuso él.

Pero hasta que empezó todo esto, ha estado relativamente relajada, ¿no crees?, dijo Evelyn.

Sí, tienes razón.

Nick puso el intermitente para girar a la izquierda y yo seguí en silencio. Estaba claro que se referían a Melissa. Evelyn se había quitado las gafas y estaba limpiándolas con la suave tela de algodón de su falda. Luego volvió a ponérselas y se miró en el retrovisor. Al ver mi reflejo esbozó una especie de mueca irónica.

Nunca te cases, Frances, dijo.

Nick se echó a reír y dijo: Frances nunca se rebajaría a formar parte de una institución tan burguesa. Estaba girando el volante para doblar una esquina y no apartó los ojos de la calzada. Evelyn sonrió y miró por la ventanilla hacia los barcos.

No sabía que Valerie iba a venir, dije.

¿No te lo había comentado?, repuso Nick. Quería decírtelo anoche. Solo viene a cenar, puede que ni siquiera se quede a dormir, pero siempre la tratamos a cuerpo de reina.

Melissa se siente un poco acomplejada por ella, dijo Evelyn.

Nick volvió la cabeza para echar un vistazo por la luna trasera del coche, pero no me miró. Me gustaba que estuviera concentrado en la conducción, porque eso significaba que podíamos hablar sin la intensidad de tener que reconocer la presencia del otro. Por supuesto, la noche anterior no me había mencionado a Valerie porque, en vez de eso, me había estado explicando que aún quería a su mujer y que yo no significaba nada para él. Lo que tenía pensado contarme sobre Valerie implicaba una clase de intimidad entre nosotros que parecíamos haber perdido para siempre.

Estoy segura de que todo irá bien, comentó Evelyn.

Nick no dijo nada, y yo tampoco. Su silencio era significativo, a diferencia del mío, porque lo que él pensara al respecto sí importaba.

Por lo menos no será algo totalmente insufrible, dijo Evelyn. Frances y Bobbi estarán allí para disipar la tensión.

¿Es esa su función?, repuso Nick. Me lo he estado preguntando.

Evelyn me dedicó otra sonrisita por el espejo retrovisor y dijo: Bueno, también son muy decorativas.

A eso sí que me opongo, dijo Nick. Enérgicamente.

El supermercado era un gran edificio acristalado en las afueras del pueblo, donde no escatimaban en aire acondicionado. Nick cogió un carrito y nosotras lo seguimos a través de las pequeñas puertas de solo entrada hasta la sección donde estaban los libros de bolsillo y los relojes de caballero metidos en estuches de metacrilato con alarma antirrobo. Nick dijo que las únicas cosas que teníamos que llevar en mano eran el postre y las flores, todo lo demás podía meterse en el carrito. Evelyn y él se plantearon qué postre daría menos pie a una discusión, y al final se decantaron por algo caro cubierto con muchas fresas glaseadas. Ella se fue hacia el pasillo de la repostería y Nick y yo nos quedamos solos.

De camino a la salida te acompaño a buscar las flores, me dijo.

No hace falta.

Verás, si acabamos comprando las flores equivocadas, prefiero decir que ha sido culpa mía.

Estábamos en el pasillo de los cafés, y Nick se había parado a examinar varias clases de café molido, en paquetes de distinto tamaño.

No tienes por qué ser tan caballeroso, dije.

No lo soy, pero una discusión entre Melissa y tú sería más de lo que podría soportar hoy.

Me metí las manos en los bolsillos de la falda mientras él echaba varios paquetes de envoltorio negro en el carrito.

Al menos sabemos de parte de quién estarías, dije.

Nick alzó la vista, con una bolsa de café etíope en la mano izquierda y una expresión ligeramente burlona en el rostro.

¿De quién?, dijo. ¿De la que ya no está interesada en mí o de la que solo me quiere por el sexo?

Noté que me sonrojaba violentamente. Nick dejó la bolsa de café, pero antes de que pudiera decir nada ya me había alejado. No paré hasta llegar al mostrador de delicatessen y la pecera con crustáceos vivos que había al fondo del supermercado. Los crustáceos parecían criaturas ancestrales, como ruinas mitológicas. Golpeaban en vano con sus pinzas contra las paredes de vidrio y me lanzaban miradas acusadoras. Me llevé el lado frío de mi mano a la mejilla y los miré con aire malévolo.

En ese momento vi acercarse a Evelyn por el pasillo, sosteniendo una gran caja de fino plástico azulado con una tarta de fresas en su interior.

No me digas que hay langostas en la lista, dijo.

No que yo sepa.

Me miró y me dedicó otra sonrisa alentadora. Por alguna razón, esa parecía su forma preferida de comunicarse conmigo.

Hoy todo el mundo tiene los nervios a flor de piel, dijo.

Vimos a Nick acercarse empujando con el carrito, pero se metió por otro pasillo sin vernos. Llevaba la lista de Melissa en la mano derecha y controlaba el carrito con la izquierda.

El año pasado hubo un pequeño percance, dijo. Con Valerie.

Ah.

Fuimos en busca de Nick mientras yo esperaba que se explayara un poco más, pero no lo hizo. El supermercado tenía su propia floristería cerca de las cajas, con plantas en macetas y cubos llenos de claveles y crisantemos cortados. Nick escogió dos ramos de rosas de color rosa y un ramillete variado. Como en una especie de pesadilla sexual, las rosas tenían enormes y sensuales pétalos en torno a unos centros prietos y cerrados. Evité mirar a Nick cuando me tendió las flores y las llevé hasta la caja en silencio.

Salimos del supermercado sin apenas intercambiar palabra. Una fina llovizna nos rociaba la piel y el pelo, y los coches aparcados parecían insectos muertos. Evelyn se puso a contar que en una ocasión Derek y ella habían traído su coche en el ferry y que de camino a Étables se les pinchó una rueda, y Nick tuvo que ir en su coche para cambiarla. Deduje que la anécdota tenía la intención, velada y quizá no del todo consciente, de animarlo recordándole las buenas acciones que había realizado en el pasado. Nunca me he alegrado tanto de verte en mi vida, concluyó Evelyn. Podrías haber cambiado la rueda tú misma, dijo Nick. Si no estuvieras casada con un autócrata.

Cuando aparcamos delante de la casa, Bobbi salió corriendo con la perra pegada a sus tobillos. Seguía habiendo algo de niebla, aunque ya era casi mediodía. Bobbi llevaba unos pantalones cortos de lino, que resaltaban sus piernas largas y bronceadas. La perra soltó un par de ladridos. Dejad que os eche una mano con la compra, dijo Bobbi. Nick le tendió diligente una bolsa de comestibles y ella lo miró como si tratara de decirle algo.

¿Ha ido todo bien mientras estábamos fuera?, preguntó él.

La tensión crece por momentos, dijo Bobbi.

Oh, Dios, repuso Nick.

Le tendió otra bolsa, que Bobbi se llevó sujetándola contra el cuerpo. Nick cogió las bolsas que quedaban y Evelyn y yo entramos en la casa con paso cauteloso, llevando las flores y el postre como dos lúgubres sirvientas eduardianas.

Melissa estaba en la cocina, que se veía vacía sin la mesa y las sillas. Bobbi se fue arriba a acabar de barrer la habitación de Valerie. Nick dejó las bolsas en el alféizar sin abrir la boca y empezó a guardar la compra, mientras Evelyn ponía la caja del postre encima de la nevera. Yo no sabía qué hacer con las flores, así que seguí con ellas en brazos. Olían sospechosamente frescas. Melissa se pasó el dorso de la mano por los labios y dijo: Vaya, al final habéis decidido volver.

Tampoco hemos tardado tanto, repuso Nick.

Parece que va a llover, dijo Melissa, así que hemos tenido que llevar la mesa y las sillas al comedor de delante. Queda fatal, las sillas ni siquiera pegan entre sí.

Son las sillas de Valerie, repuso él. Seguro que ella sabe si pegan o no.

No me pareció que Nick se esforzara demasiado por aplacar el mal humor de Melissa. Me quedé allí de pie con las flores en las manos, esperando para decir algo como ¿Dónde queréis que las ponga?, pero no me salían las palabras. Evelyn estaba ayudando a Nick a sacar las cosas de las bolsas mientras Melissa inspeccionaba la fruta que habíamos comprado.

Te has acordado de los limones, ¿verdad?, preguntó.

No, dijo Nick. ¿Estaban en la lista?

Melissa dejó caer la mano sobre las nectarinas y luego se la llevó a la frente, como si fuera a desmayarse.

No me lo puedo creer, dijo. Te lo he dicho cuando salías por la puerta, te he pedido expresamente que no te olvidaras de los limones.

Pues no te he oído, replicó él.

Hubo un silencio. Noté que me estaba clavando una espina en la carne blanda de la base del pulgar, que empezaba a amoratarse. Intenté reacomodar las flores para que no me hicieran daño sin llamar la atención sobre mi presencia continuada en la cocina.

Iré por limones a la tienda de la esquina, dijo Nick al cabo. No es el fin del mundo.

No me lo puedo creer, repitió Melissa.

¿Dónde dejo las flores?, pregunté. Quiero decir, ¿las pongo en un jarrón o…?

Todos los presentes se volvieron hacia mí. Melissa me cogió de las manos uno de los ramos y lo observó. Primero hay que cortar los tallos, dijo.

Ya lo hago yo, me ofrecí.

Estupendo, dijo Melissa. Nick te enseñará dónde están los jarrones. Yo iré a ayudar a Derek a preparar el comedor. Muchas gracias a todos por vuestro duro trabajo de esta mañana.

Y se marchó de la habitación dando un portazo. Pensé: ¿Esta mujer? ¿Esta es la mujer a la que amas? Nick cogió las flores de mis manos y las dejó sobre la encimera. Los jarrones estaban en un armario, debajo del fregadero. Evelyn observaba a Nick con gesto angustiado.

Lo siento, dijo.

No te disculpes, repuso él.

A lo mejor debería ir a echarles una mano.

Claro, por qué no.

Cuando Evelyn se fue, Nick estaba cortando el plástico de los ramos con unas tijeras. Ya me encargo yo de eso, le dije. Tú ve por los limones. Nick no me miró. Le gustan los tallos cortados al bies, dijo. ¿Sabes cómo te digo, al bies? Así. Y cortó el extremo de un tallo en diagonal. Yo tampoco la he oído decir nada de los limones, comenté. Entonces sonrió, y Bobbi entró en la cocina sin que nos diéramos cuenta. Ahora vas a ponerte de mi parte, ¿no?, dijo él.

Sabía que estabais intimando a mis espaldas, dijo Bobbi.

Creía que estabas limpiando la habitación, señaló Nick.

Es una sola habitación, repuso Bobbi. No puedo limpiarla más de lo que ya está. ¿Intentas deshacerte de mí?

¿Qué ha pasado mientras estábamos fuera?, preguntó él.

Bobbi se subió de un salto al alféizar y balanceó las piernas mientras yo cortaba los tallos de uno en uno, dejando caer las puntas al fregadero.

Creo que tu mujer está un pelín histérica, dijo Bobbi. Ni siquiera la ha impresionado mi técnica para doblar sábanas. Además, me ha dicho que ni se me ocurra «hacer comentarios insidiosos sobre los ricos» mientras Valerie esté aquí. Palabras textuales.

Nick soltó una carcajada. Siempre se lo pasaba en grande con Bobbi, mientras que yo, por el contrario, le había causado probablemente más angustia que alegría.

Durante el resto de la tarde, Melissa nos tuvo ocupados con diversas tareas domésticas. Los vasos no le parecían lo bastante limpios, así que tuvimos que volver a lavarlos a mano. Derek llevó un jarrón con flores a la habitación de Valerie, junto con una botella de agua con gas y un vaso limpio para la mesilla de noche. Bobbi y Evelyn se dedicaron a planchar fundas de almohada en el salón. Nick fue por limones y volvió a salir más tarde para comprar azucarillos. Al caer la noche, mientras Melissa cocinaba y Derek sacaba brillo a la plata, los demás nos sentamos en la habitación de Nick, mirando a nuestro alrededor con expresión ausente y sin apenas hablar. Parecemos niños traviesos, dijo Evelyn.

Abramos una botella de vino, sugirió Nick.

¿Es tu último deseo antes de morir?, replicó Bobbi.

Venga, sí, dijo Evelyn.

Nick bajó al garaje y trajo vasos de plástico y una botella de Sancerre. Bobbi estaba tumbada boca arriba en su cama, exactamente en la misma postura en que me quedaba después de que él me hiciera correrme. Evelyn y yo nos habíamos sentado en el suelo, una al lado de la otra. Nick sirvió el vino en los vasos mientras desde la cocina nos llegaban las voces de Derek y Melissa.

¿Cómo es Valerie en realidad?, preguntó Bobbi.

Evelyn carraspeó, pero no dijo nada.

Ah, dijo Bobbi.

Cuando todos habíamos acabado nuestro primer vaso de vino, oímos a Melissa llamar a Nick desde la cocina. Él se levantó y me tendió la botella. Evelyn dijo: Voy contigo. Salieron los dos y cerraron la puerta. Bobbi y yo nos quedamos a solas en la habitación, en silencio. Valerie había dicho que llegaría al pueblo hacia las siete. Eran ya las seis y media. Llené el vaso de Bobbi y el mío, y luego volví a sentarme con la espalda apoyada en la cama.

Sabes que Nick siente algo por ti, ¿verdad?, preguntó Bobbi. Todos los demás se han dado cuenta. Siempre te está mirando para ver si le ríes las gracias.

Mordisqueé el borde del vaso de plástico hasta oír cómo se resquebrajaba. Cuando miré hacia abajo, vi una grieta blanca descendiendo en vertical. Me acordé del numerito que había montado Bobbi con el juego de la noche anterior.

Nos llevamos bien, dije al fin.

Podría pasar perfectamente. Él es un actor fracasado y su matrimonio está acabado, son los ingredientes perfectos.

Yo diría más bien que es un actor de cierto éxito.

Bueno, al parecer se esperaba que alcanzara la fama pero no lo logró, y ahora ya es demasiado viejo o algo así. Liarse con una mujer más joven seguramente sería bueno para su autoestima.

Solo tiene treinta y dos años, señalé.

Creo que su agente lo dejó tirado. En fin, parece como si le avergonzara seguir vivo.

Mientras la escuchaba, experimenté una creciente sensación de pavor, un miedo sutil y físico que me empezó por los hombros. Al principio no entendía qué podía ser. Era como un mareo, o como la extraña y difusa sensación que precede a una enfermedad virulenta. Intenté identificar la causa, algo que había comido, tal vez, o el viaje en coche de antes. Solo cuando recordé lo que había sucedido la noche anterior comprendí qué me pasaba. Me sentía culpable.

Estoy bastante segura de que sigue enamorado de Melissa, dije.

Se puede estar enamorado y tener una aventura.

Me deprimiría acostarme con alguien que quiere a otra persona.

En ese instante Bobbi se incorporó, pude oírla. Bajó las piernas de la cama y supe que me estaba mirando, sus ojos clavados en mi coronilla.

Tengo la impresión de que has estado pensando detenidamente en todo esto, dijo. ¿Se te ha insinuado o algo?

No exactamente. Pero no me gustaría ser plato de segunda mesa.

¿No exactamente?

Quiero decir que probablemente solo intenta ponerla celosa, dije.

Bobbi se deslizó fuera de la cama, sosteniendo la botella de vino, y me la pasó. Ahora estábamos las dos sentadas en el suelo, pegadas la una a la otra. Vertí un poco de vino en el vaso de plástico agrietado.

Se puede querer a más de una persona, dijo.

Eso es discutible.

¿Por qué tendría que ser diferente de tener más de un amigo? Tú y yo somos amigas, pero tú también tienes otras amistades, ¿significa eso que no me aprecias realmente?

Yo no tengo otras amistades, dije.

Se encogió de hombros y me quitó la botella. Giré el vaso para que el vino no se derramara por la grieta y le di un par de tragos tibios.

¿Se te ha insinuado?, preguntó Bobbi.

No. Solo digo que, si lo hiciera, yo no estaría interesada.

¿Sabes?, una vez besé a Melissa. No te lo había dicho, ¿verdad?

Me volví y me quedé mirándola, torciendo el cuello para poder verle la cara. Bobbi se echó a reír. Tenía una expresión divertida, soñadora, que la hacía parecer aún más atractiva de lo habitual.

¿Cómo?, dije. ¿Cuándo?

Lo sé, lo sé. Fue en su fiesta de cumpleaños, en el jardín. Estábamos las dos borrachas, tú te habías ido a dormir. Fue una tontería.

Bobbi estaba mirando la botella de vino. Contemplé su perfil, la extraña forma de su rostro a medias. Tenía un diminuto corte junto a la oreja, tal vez de rascarse, del color rojo brillante de una flor.

¿Qué?, dijo. ¿Vas a juzgarme?

No, no.

Oí el coche de Valerie en el camino de acceso a la casa, y escondimos la botella de vino bajo la almohada de Nick. Bobbi enlazó su brazo con el mío y me dio un leve beso en la mejilla, que me pilló por sorpresa. Tenía la piel muy suave y su pelo olía a vainilla. Estaba equivocada respecto a Melissa, dijo. Tragué saliva y dije: Bueno, todos nos equivocamos alguna vez.

17

Para cenar había pato, con patatas pequeñas asadas y ensalada. La carne sabía dulce como la sidra y se desprendía del hueso en hebras oscuras y melosas. Intenté comer despacio por educación, pero estaba hambrienta y agotada. El comedor era grande, con paredes revestidas de madera y una ventana que daba a la calle lluviosa. Valerie hablaba con el acento británico de las clases adineradas, demasiado rico para resultar cómico. Derek y ella conversaron sobre el mundo editorial mientras los demás permanecíamos en silencio. Valerie creía que en ese mundo abundaban los charlatanes y los diletantes, aunque esa circunstancia parecía resultarle más divertida que deprimente. En un momento dado, frotó una mancha de su copa de vino con la punta de la servilleta y todos miramos a Melissa, cuyo rostro pareció contraerse y desplomarse como un muelle de alambre.

Durante el postre, y aunque Melissa se había encargado de presentarnos a todos antes de cenar, Valerie preguntó cuál de nosotras era Bobbi. Cuando esta se identificó, dijo: Ah, sí, claro. Pero una cara como esa no durará, me temo. Yo puedo decírtelo porque ya soy una anciana.

Por suerte, Bobbi ha sido bendecida con algo más que una cara bonita, apuntó Evelyn.

Bueno, cásate joven, ese es mi consejo, dijo Valerie. Los hombres son muy volubles.

Genial, dijo Bobbi. Pero de hecho soy lesbiana.

Melissa se ruborizó y clavó los ojos en su copa. Yo apreté los labios sin decir palabra. Valerie enarcó una ceja y señaló con el tenedor el espacio que mediaba entre Bobbi y yo.

Entiendo, dijo. ¿Y vosotras dos sois...?

Ah, no, contestó Bobbi. Lo fuimos, pero ya no.

Ya veo, repuso Valerie.

Bobbi y yo nos miramos y enseguida apartamos la vista para no romper a reír o gritar.

Frances es escritora, informó Evelyn.

Bueno, dije, más o menos.

No digas eso, protestó Melissa. Es poeta.

¿Y es buena?, preguntó Valerie.

No se había molestado en mirarme durante todo este intercambio.

Sí que lo es, afirmó Melissa.

En fin, dijo Valerie. Siempre he pensado que la poesía no tiene demasiado futuro.

Como aficionada sin una opinión formada sobre el futuro de la poesía, y dado que después de todo Valerie no parecía haber reparado en mi presencia, no dije nada. Bobbi me pisó un pie por debajo de la mesa y tosió. Después del postre, Nick fue a la cocina a preparar café y, en cuanto salió, Valerie dejó el tenedor y clavó la mirada en la puerta cerrada.

No tiene muy buen aspecto, ¿verdad?, empezó. ¿Qué tal ha estado de salud?

Me la quedé mirando fijamente. No se había molestado en dirigirse a mí en ningún momento, y sin duda fingiría no darse cuenta de que la estaba observando.

Tiene sus altibajos, dijo Melissa. Ha estado estupendo durante un tiempo, pero creo que sufrió una pequeña recaída el mes pasado. Cuando estuvo en Edimburgo.

Bueno, tuvo neumonía, intervino Evelyn.

Fue algo más que una neumonía, replicó Melissa.

Es una lástima, dijo Valerie. Pero en el fondo es muy pasivo. Deja que todas esas cosas le superen. Acordaos del año pasado.

No hace falta meter a las chicas en esto, ¿no creéis?, dijo Evelyn.

Tampoco tenemos por qué andarnos con secretos, replicó Valerie. Aquí todos somos amigos. Me temo que Nick sufre una depresión.

Sí, dije. Lo sé.

Melissa me miró y la ignoré. Valerie observó el arreglo floral de la mesa y, con aire distraído, desplazó una flor levemente a la izquierda.

Así que eres amiga suya, ¿no, Frances?, preguntó Valerie.

Pensaba que aquí todos éramos amigos, repuse.

Finalmente me miró. Lucía unas piezas de bisutería artesanal hechas con resina marrón y unos anillos preciosos.

Bueno, sé que a Nick no le importaría que me interesara por su salud, dijo Valerie.

En ese caso tal vez puedas hacerlo cuando él esté presente, dije.

Frances, intervino Melissa. Valerie es una vieja amiga nuestra.

Valerie se rio y dijo: Por favor, Melissa, tampoco soy tan vieja, ¿no? Me temblaba el mentón. Eché la silla hacia atrás y me excusé de la mesa. Evelyn y Bobbi me vieron salir, como dos perritos de juguete asintiendo desde la luna trasera de un coche que se alejara. En el pasillo me crucé con Nick, que llevaba dos tazas de café. Hola, dijo. Eh,

¿qué ha pasado? Negué con la cabeza y me encogí de hombros, gestos estúpidos carentes de significado. Pasé junto a él, bajé por la escalera de atrás y salí al jardín. No lo oí seguirme, supuse que habría vuelto al comedor con los demás.

Fui hasta el fondo del jardín y abrí la cancela que daba al callejón trasero. Estaba lloviendo y llevaba una blusa de manga corta, pero no notaba el frío. Cerré la cancela de golpe y seguí alejándome de la casa en dirección a la playa. Se me estaban calando los pies y me froté la cara con fuerza con el dorso de la mano. Los faros de los coches pasaban lanzando destellos blancos, pero no se veía a otros transeúntes. No había farolas en el camino que llevaba a la playa, y entonces empecé a sentir frío. No podía volver a la casa. Me quedé allí temblando con los brazos cruzados sobre el pecho, mientras la lluvia me empapaba la blusa y la tela de algodón se me pegaba a la piel.

Era improbable que Nick se molestara por lo que había dicho Valerie. Seguramente se habría limitado a encogerse de hombros, si es que llegaba a enterarse de lo que había pasado. Mi angustia por él parecía totalmente ajena a lo que el propio Nick pudiera sentir al respecto, un fenómeno que ya había experimentado con anterioridad. En nuestro último año de instituto, Bobbi se había presentado a la presidencia del consejo estudiantil y uno de los chicos la había derrotado por treinta y cuatro votos a doce. Bobbi se sintió decepcionada, eso era evidente, pero no se enfadó. Sonrió y felicitó al vencedor, y luego el timbre sonó y todos empezamos a recoger los libros. Pero en lugar de ir a clase, yo me encerré en los lavabos de la planta superior y lloré hasta que oí el timbre de la hora del almuerzo, lloré hasta que me dolieron los pulmones y se me desencajó la cara. No sabría explicar de dónde nacía aquella furia, aquella pena que me consumía por dentro, pero aún ahora había momentos en que al pensar en aquellas elecciones se me llenaban los ojos de lágrimas tontamente.

Al cabo de un rato oí que se abría la cancela del jardín, el ruido de unas sandalias y la voz de Bobbi diciendo: Estás como una cabra. ¿Cómo se te ocurre? Vuelve dentro y tómate un café. Al principio no alcanzaba a verla en la oscuridad, pero luego noté su brazo deslizándose por debajo del mío, el sonido crepitante de su gabardina. Menuda escenita, dijo. No recuerdo la última vez que te vi perder los estribos de esa manera.

A la mierda todo, dije.

No te enfades.

Bobbi apoyó su cálida cabecita en la curva de mi cuello. La recordé desnudándose junto al lago.

Odio a esa mujer, dije.

Notaba el aliento de Bobbi en mi cara, el regusto amargo del café sin endulzar, y entonces me besó en los labios. La agarré de la muñeca cuando se apartó, intentando verle la cara, pero estaba demasiado oscuro. Se escabulló entre mis dedos como un pensamiento.

No deberíamos hacer esto, dijo. Obviamente. Pero cuando te pones tan digna estás sencillamente adorable.

Dejé caer el brazo a un costado, impotente, y Bobbi echó a andar hacia la casa. Iluminada por los faros de los coches que pasaban, podía verla con las manos metidas en los bolsillos de la gabardina y chapoteando entre los charcos. La seguí, sin nada que pudiera decir.

En la casa, el grupo se había repartido entre la sala de estar y la cocina, y alguien había puesto música. Yo estaba calada hasta los huesos, y en el espejo vi que mi rostro presentaba un rosa lívido muy poco natural. Seguí a Bobbi hasta la cocina, donde Evelyn, Derek y Nick estaban tomando café. Oh, Frances, dijo Evelyn, estás empapada. Nick estaba de pie apoyado contra el fregadero; llenó una taza de café y me la ofreció. Nuestras miradas parecían mantener una conversación privada. Lo siento, dije. Evelyn me tocó el brazo. Bebí un buen sorbo de café y Bobbi dijo: Voy a buscarte una toalla, ¿vale? Cómo sois, de verdad... Se fue y cerró la puerta a su espalda.

Lo siento, repetí. He perdido los estribos.

Ya, y yo siento no haber estado allí para verlo, dijo Nick. No te imagino perdiendo los estribos.

Seguíamos mirándonos a los ojos. Bobbi regresó a la cocina y me tendió una toalla. Yo pensé en su boca, en el sabor extrañamente familiar de sus labios, y me estremecí. Al parecer ya no tenía ningún poder sobre lo que estaba pasando, o sobre lo que iba a pasar. Me sentía como si un largo proceso febril empezara a remitir y yo solo tuviera que quedarme allí tumbada esperando a que la enfermedad pasara.

Después de haberme secado el pelo nos reunimos con Melissa y Valerie en la otra estancia. Valerie mostró una alegría exagerada al verme y manifestó interés por leer mi obra. Yo sonreí débilmente y miré alrededor buscando algo que hacer o que decir. Claro, contesté. Ya te enviaré algunas cosas, claro. Nick sacó una botella de brandy, y cuando le estaba sirviendo un poco a Valerie ella le apretó la muñeca con gesto maternal y dijo: Ay, Nick, ojalá mis hijos fueran tan guapos como tú. Él le tendió la copa y repuso: ¿Es que puede haber alguien tan guapo?

Después de que Valerie se fuera a dormir caímos en una especie de silencio tenso, lleno de resentimiento. Evelyn y Bobbi intentaron comentar una película que habían visto ambas, hasta que resultó evidente que estaban hablando de dos películas distintas, lo cual puso fin a la conversación. Melissa se levantó para llevar las copas vacías a la cocina y dijo: ¿Me echas una mano, Frances? Me levanté. Podía notar cómo Nick me observaba, como un niño que ve a su madre entrar en el despacho del director.

Recogimos el resto de las copas y fuimos a la cocina, que estaba a oscuras. Melissa no encendió la luz. Depositó los vasos en el fregadero y se quedó allí plantada, cubriéndose el rostro con las manos. Yo dejé lo que llevaba sobre la encimera y le pregunté si estaba bien. Tardó tanto en contestar que pensé que iba a chillar o a arrojar algo. Luego, con un rápido movimiento, abrió el grifo y empezó a llenar el fregadero.

¿Sabes?, yo tampoco la soporto, dijo.

Me limité a mirarla. En la oscuridad casi total su piel tenía un tono plateado, espectral.

No quiero que pienses que la aprecio, continuó Melissa, o que me gusta la forma en que habla de Nick, o que apruebo su conducta. No es así. Siento que te haya amargado la cena.

No, yo sí que lo siento, dije. Lamento haber montado esa escena. No sé por qué lo he hecho.

No te disculpes. Es lo que habría hecho yo si tuviera agallas.

Tragué con fuerza. Melissa cerró el grifo y empezó a lavar las copas en el fregadero sin demasiado afán, como si ya no le importara que quedaran impolutas.

Si no fuera por ella, no creo que pudiera publicar mi próximo libro, dijo Melissa. Me resulta un poco mortificante contarte esto.

No pasa nada.

Y siento haberme mostrado tan irracional esta tarde. Imagino lo que habrás pensado de mí. Me sentía muy angustiada después de todo lo que ocurrió el año pasado. Pero quiero que sepas que no suelo hablarle así a Nick. Obviamente las cosas entre nosotros no son perfectas, pero lo quiero, ¿sabes? Lo quiero de veras.

Claro, dije.

Melissa seguía fregando las copas. Yo me quedé allí de pie, junto a la nevera, sin saber qué decir. Ella levantó una mano mojada, se frotó algo debajo del ojo y luego volvió a sumergirla en el agua.

No te estarás acostando con él, ¿verdad, Frances?, preguntó.

Por Dios, no, dije.

Vale. Lo siento. No debería habértelo preguntado.

Es tu marido.

Sí, me consta.

Yo seguía plantada junto a la nevera. Había empezado a sudar. Notaba cómo las gotas de sudor caían por mi nuca y se deslizaban entre mis hombros. No dije nada, me mordí la lengua.

Puedes volver con los demás si te apetece, dijo.

No sé qué decir, Melissa.

No pasa nada, ve con ellos.

Volví a la sala de estar. Todos giraron la cabeza para mirarme. Creo que me voy a acostar, dije. Todos coincidieron en que era una buena idea.

Esa noche, cuando llamé a la puerta de Nick, la luz de su habitación estaba apagada. Le oí decir: Pasa, y al cerrar la puerta a mi espalda susurré: Soy yo, Frances. Bueno, eso espero, dijo él. Se incorporó y encendió la lámpara, y yo me quedé de pie junto a la cama. Le conté lo que Melissa me había preguntado y él dijo que le había preguntado lo mismo, pero un poco antes, mientras yo estaba fuera, bajo la lluvia.

Yo lo he negado, dijo Nick. ¿Y tú?

Por supuesto que lo he negado.

La botella de Sancerre estaba en su mesilla de noche. La cogí y saqué el corcho. Nick me observó mientras bebía y aceptó la botella cuando se la ofrecí. Apuró lo que quedaba y volvió a dejarla sobre la mesilla de noche. Se examinó las uñas y luego miró al techo.

No se me dan muy bien estas conversaciones, dijo.

No tenemos por qué hablar, repliqué.

Vale.

Me metí en la cama y él me quitó el camisón por la cabeza. Le rodeé el cuello con los brazos y lo atraje hasta estrechar su cuerpo contra el mío. Besó la firme concavidad de mi estómago, besó la cara interna de mi muslo. Cuando llegó a mi sexo me mordí la mano para no hacer ruido. Sentí su boca con fuerza. Me clavé los dientes en el pulgar hasta hacerme sangre, y tenía la cara bañada en sudor. Cuando levantó la cabeza para preguntar ¿Te gusta?, asentí y noté que el cabecero golpeaba suavemente contra la pared. Nick se incorporó de rodillas y dejé que mi boca formara una larga sílaba murmurada, como la que haría un animal. Entonces me tocó y cerré las piernas bruscamente. No, le dije, estoy a punto. Ah, eso está bien, repuso.

Sacó la caja de la mesilla y yo cerré los ojos. Entonces noté su cuerpo, su calor y su complejo peso. Aferré su mano con fuerza entre el índice y el pulgar, como si tratara de comprimirla a un tamaño que pudiera absorber. Sí, dije. Intenté alargar el momento todo lo que pude. Estaba tan dentro de mí que sentí que podría morir. Cerré las piernas en torno a su espalda y él dijo: Dios, me encanta, me encanta que hagas eso. Susurramos nuestros nombres una y otra vez. Entonces todo acabó.

Después me quedé tumbada con la cabeza sobre su pecho, escuchando el latido de su corazón.

Melissa parece una buena persona, dije. Ya sabes… en el fondo.

Sí, creo que lo es.

¿Nos convierte eso en malas personas?

Espero que no, contestó. A ti no, al menos. A mí quizá.

Su corazón seguía latiendo como un reloj excitado o desdichado. Pensé en la mordaz interpretación ideológica del amor no monógamo que había hecho Bobbi y me dieron ganas de sacar el tema a colación, tal vez como una broma, sin mostrarme totalmente seria pero dejando flotar la posibilidad para ver qué pensaba él.

¿Te has planteado alguna vez contarle lo nuestro?, pregunté.

Nick soltó un suspiro, la clase de suspiro audible que es como una palabra. Me incorporé y él me miró con ojos tristes, como si el tema le pesara.

Sé que debería contárselo, dijo. Me siento fatal obligándote a mentir para protegerme. Y yo ni siquiera soy un buen mentiroso. El otro día Melissa me preguntó si sentía algo por ti y le dije que sí.

La palma de mi mano descansaba sobre su esternón y todavía podía sentir la sangre bombeando bajo la superficie de su piel. Oh, dije.

Pero ¿qué pasaría si se lo contara?, continuó. Quiero decir, ¿qué querrías tú que pasara? No creo que te haga mucha ilusión que me vaya a vivir a tu piso.

Me reí, y él también. Estábamos riéndonos sobre la imposibilidad de nuestra relación, pero aun así resultaba agradable.

No, dije. Pero ella también ha tenido aventuras y no por ello se ha ido de casa.

Sí, pero ya sabes, las circunstancias eran muy distintas. Mira, está claro que lo ideal sería que se lo contara todo y ella dijera: Adelante, vive tu vida, no me importa. Ni siquiera estoy diciendo que eso no vaya a pasar, solo digo que podría no ser así.

Deslicé un dedo por su clavícula y dije: No recuerdo si al principio pensé en todo esto. En que lo nuestro estaba condenado a acabar mal.

Nick asintió, mirándome. Yo sí lo hice. Pero también pensé que valdría la pena.

Durante unos segundos guardamos silencio. ¿Y ahora qué piensas?, pregunté al fin. Supongo que dependerá de lo mal que acabe.

No, repuso Nick. Lo curioso es que no creo que dependa de eso. Pero, mira, se lo voy a contar, ¿vale? Ya lo arreglaremos de algún modo.

Antes de que pudiera decir nada, oímos ruido de pasos subiendo por la escalera de atrás. Nos quedamos callados mientras los pasos se acercaban hasta la puerta. Alguien llamó y se oyó la voz de Bobbi: ¿Nick? Él apagó la luz y dijo: Sí, un segundo. Se levantó de la cama y se puso un pantalón de chándal. Yo me quedé acostada, mirándolo. Entonces abrió la puerta. Yo no podía ver a Bobbi en la rendija de luz, apenas si distinguía el contorno de la espalda de Nick y su brazo apoyado en el marco de la puerta.

Frances no está en su habitación, dijo Bobbi. No sé dónde se ha metido.

Ah.

He mirado en el baño y afuera, en el jardín. ¿Crees que tendría que salir a buscarla? ¿Deberíamos despertar a los demás?

No, no lo hagas, dijo Nick. Frances está… eeeh… Oh, Dios. Está aquí conmigo.

Hubo un largo silencio. Yo no alcanzaba a ver la cara de Bobbi, ni la de Nick. Recordé cómo me había besado en los labios poco antes y me había dicho que era tan digna. Era terrible que Nick se lo hubiera soltado de ese modo. Sabía lo terrible que era.

No tenía ni idea, dijo Bobbi. Lo siento.

No pasa nada, tranquila.

Bueno, lo siento. Buenas noches.

Nick le deseó buenas noches y cerró la puerta. Oímos sus pasos bajando por la escalera de atrás hasta las habitaciones de la planta inferior. Oh, joder, exclamó Nick. Joder.

Yo dije con gesto inexpresivo: No se lo contará a nadie.

Nick soltó un suspiro irritado y dijo: Sí, bueno, eso espero. Parecía absorto en sus pensamientos, como si ya no fuera consciente de que yo seguía allí. Me puse el camisón y le dije que dormiría abajo. Claro, vale, dijo él.

Nick aún estaba en la cama cuando Bobbi y yo nos marchamos a la mañana siguiente. Melissa nos acompañó caminando hasta la estación, cargadas con nuestro equipaje, y nos observó en silencio mientras subíamos al autobús.

SEGUNDA PARTE

18

Estábamos a finales de agosto. En el aeropuerto Bobbi me preguntó: ¿Cuánto hace que empezó lo vuestro? Y se lo dije. Ella se encogió de hombros, vale. En el autobús que tomamos en el aeropuerto de Dublín, oímos la noticia de una mujer que había muerto en el hospital. Era un caso que yo había seguido durante algún tiempo y del que me había olvidado por completo. De todos modos, estábamos demasiado cansadas para hablar de ello. La lluvia azotaba las ventanillas cuando el autobús se detuvo delante de la universidad. Ayudé a Bobbi a sacar su maleta del compartimento del equipaje y ella se bajó las mangas de la gabardina. Llueve a cántaros, dijo. Para variar. Yo iba a tomar el tren hasta Ballina para pasar unos días con mi madre, y le dije a Bobbi que la llamaría. Ella paró un taxi y yo me fui andando hacia la parada del autobús para coger el 145 hasta la estación de Heuston.

Cuando llegué a Ballina esa noche, mi madre se puso a preparar pasta boloñesa y yo me senté a la mesa de la cocina tratando de desenredarme el pelo. Al otro lado de la ventana, las gotas de lluvia creaban en las hojas un efecto como de muaré. Mi madre me dijo que estaba morena. Dejé caer unos cuantos pelos sueltos al suelo de la cocina y contesté: ¿Ah, sí? Aunque sabía que lo estaba.

¿Has tenido noticias de tu padre mientras estabas fuera?, preguntó.

Me llamó una vez. No sabía dónde estaba, parecía borracho.

Mi madre sacó de la nevera una bolsa de plástico con pan de ajo. Me dolía la garganta y no se me ocurría nada que decir.

No ha estado siempre tan mal, ¿verdad?, pregunté. Ha ido a peor.

Es tu padre, Frances. Dímelo tú.

Tampoco es que lo vea muy a menudo.

El agua empezó a hervir, expulsando una nube de vapor sobre los fogones y la tostadora. Sentí un escalofrío. No podía creer que esa misma mañana me hubiese despertado en Francia.

Lo que quiero decir es… ¿ya era así cuando te casaste con él?

Mi madre no contestó. Miré hacia el jardín, al comedero de pájaros que colgaba de un abedul. Mi madre privilegiaba a determinadas especies de aves en detrimento de otras; el comedero estaba allí para beneficio de los pájaros más pequeños y encantadoramente vulnerables. Los cuervos no gozaban para nada de su favor. Los ahuyentaba en cuanto los veía. Todos son pájaros, le señalé una vez. Ella dijo que sí, pero que algunos podían arreglárselas por su cuenta.

Mientras ponía la mesa empecé a sentir un incipiente dolor de cabeza, pero me lo callé. Siempre que le decía a mi madre que me dolía la cabeza ella lo achacaba a que no comía suficiente y a que tenía el azúcar bajo, aunque nunca había indagado si sus teorías tenían alguna base científica. Para cuando la cena estuvo lista también me dolía la espalda, una especie de dolor muscular o nervioso que me impedía sentarme recta.

Después de cenar ayudé a poner los platos en el lavavajillas y mi madre dijo que se iba a ver la tele. Llevé la maleta a mi habitación, pero según subía por la escalera me iba costando cada vez más andar erguida. Lo veía todo más brillante y nítido de lo habitual. Tenía miedo de moverme con demasiado brío, como si temiera que eso agitara y empeorara el dolor. Me encaminé despacio al cuarto de baño, cerré la puerta y me sujeté con las manos al lavabo.

Estaba sangrando otra vez. Esta vez la sangre me había empapado la ropa y no me sentía con fuerzas para poder quitármela toda de golpe. En varias fases, usando el lavamanos como apoyo, conseguí desvestirme. Las prendas se desprendían húmedas como la piel de una herida. Me puse el albornoz que estaba colgado en la puerta, me senté en el borde de la bañera y me abracé el abdomen con fuerza, dejando la ropa sucia desperdigada en el suelo. Al principio el dolor remitió, luego empeoró. Quería ducharme, pero me sentía tan débil que temía desplomarme o perder el conocimiento.

Me di cuenta de que junto con la sangre había gruesos coágulos grises de lo que parecía tejido cutáneo. Nunca antes había visto algo así y me asusté tanto que lo más reconfortante que se me ocurrió pensar fue: Puede que nada de esto esté pasando. Me aferraba a esa idea para no sucumbir al pánico, como si perder la cordura y alucinar con una realidad paralela fuera menos aterrador que lo que estaba ocurriendo realmente. Puede que nada de esto esté pasando. Dejé que mis manos temblaran y esperé a que se me pasara, a volver a sentirme bien otra vez, hasta que comprendí que no se trataba solo de una sensación, algo que pudiera negar para mis adentros. Era una realidad externa que no podía cambiar. Jamás había sentido un dolor como aquel.

Me agaché para coger el móvil y marqué el número fijo de mi madre. Cuando contestó le dije: ¿Puedes subir un momento? No me encuentro muy bien. La oí subir las escaleras diciendo: ¿Frances? ¿Cariño? Cuando entró en el baño le expliqué lo que había pasado. Para entonces me dolía demasiado para sentir vergüenza o aprensión.

¿Se te ha retrasado la regla?, preguntó.

Traté de pensar en ello. Mis reglas nunca habían sido demasiado regulares, y calculé que habían pasado unas cinco semanas desde la última, aunque tal vez fueran más bien seis.

No lo sé, puede, contesté. ¿Por qué?

¿Hay alguna posibilidad de que estuvieras embarazada?

Tragué con fuerza. No dije nada.

¿Frances?, insistió.

Es muy poco probable.

Pero ¿no imposible?

Casi nada es imposible, repliqué.

Pues no sé qué decirte. Si te duele tanto tendremos que ir al hospital.

Con la mano izquierda me aferré al borde de la bañera hasta que los nudillos se me pusieron blancos. Luego volví la cabeza y vomité en la bañera. Al cabo de unos segundos, cuando estuve segura de que no ya no vomitaría más, me sequé la boca con el dorso de la mano y dije: Sí, será mejor que vayamos al hospital.

Después de tenerme un buen rato esperando, me ingresaron en el pabellón de Urgencias. Mi madre dijo que se iría a casa a dormir un par de horas y me pidió que la llamara si había alguna novedad. El dolor había remitido un poco, pero no había desaparecido. Cuando se despidió me aferré a su mano, a su palma grande y cálida, como si fuera algo que pudiera brotar de la tierra.

Una vez que estuve instalada en la cama, una enfermera me puso un gotero, pero no me dijo para qué servía. Intenté relajarme mirando al techo y empecé a contar desde diez hacia atrás para mis adentros. Los pacientes que alcanzaba a ver desde mi cama eran sobre todo ancianos, pero había un tipo joven que parecía estar borracho o colocado. No podía verlo, pero lo oía llorar y pedir perdón a todas las enfermeras que pasaban. Estas le decían cosas del tipo: Tranquilo, Kevin, te pondrás bien, buen chico.

El médico que vino a sacarme sangre no podía ser mucho mayor que yo. Al parecer necesitaba una gran cantidad, además de una muestra de orina, y me hizo una serie de preguntas sobre mi vida sexual. Le dije que nunca había tenido relaciones sin protección, y movió el labio inferior con gesto incrédulo y dijo: Nunca, de acuerdo. Carraspeé y añadí: Bueno, no completamente. Entonces apartó los ojos del sujetapapeles para mirarme. A juzgar por su expresión, pensaba que era idiota.

¿No completamente sin protección?, preguntó. No acabo de entenderlo.

Noté que me ruborizaba, pero contesté en el tono más seco e indiferente posible.

No, me refiero a que no he tenido relaciones sexuales completas, dije.

Entiendo.

Entonces lo miré y añadí: Quiero decir que él no se corrió dentro de mí, ¿ha quedado claro ahora? El médico volvió a bajar la vista al sujetapapeles. Nos detestábamos mutua e intensamente, de eso no había duda. Antes de marcharse, dijo que usarían la orina para hacerme un test de embarazo. Por lo general, los niveles de hCG siguen altos durante al menos diez días, eso fue lo que me dijo antes de irse.

Sabía que iban a hacerme un test de embarazo porque sospechaban que había sufrido un aborto espontáneo. Me pregunté si eran los coágulos de tejido los que les habían hecho pensar aquello. Una abrasadora ansiedad se instaló en mi interior ante ese pensamiento, adoptando la forma que siempre tomaba independientemente del estímulo externo que la desencadenara: primero la conciencia de que iba a morir, luego la de que todos morirían también, y por último la de que el propio universo sucumbiría finalmente a una muerte entrópica, y esta secuencia de pensamientos se expandía de forma tan incesante e inabarcable que no podía contenerla en mi interior. Temblaba, me sudaban las manos y supe que no tardaría en volver a vomitar. Me golpeé la pierna con el puño en un gesto absurdo, como si así pudiera impedir la muerte del universo. Luego busqué el móvil debajo de la almohada y marqué el número de Nick.

Contestó después de varios tonos. No podía oír mi propia voz, pero creo que dije algo así como que necesitaba hablar con él. Me castañeteaban los dientes y probablemente me expresaba de forma incoherente. Cuando él habló, lo hizo en susurros.

¿Estás borracha?, preguntó. ¿Cómo se te ocurre llamarme así?

Le dije que no lo sabía. Me ardían los pulmones y me notaba la frente húmeda.

Aquí solo son las dos de la madrugada, no sé si lo sabes. Aún están todos despiertos, en la habitación de al lado. ¿Quieres meterme en un lío?

Volví a decir que no lo sabía y él volvió a decir que sonaba borracha. En su voz había una curiosa mezcla de secretismo e ira: el secretismo alimentando la ira, la ira vinculada con el secretismo.

Cualquiera podría haber visto que eras tú quien me llamaba, dijo. Por Dios, Frances. ¿Cómo se supone que voy a explicarlo si alguien me pregunta?

Entonces noté que me invadía la rabia, una sensación mucho mejor que la del pánico. Vale, dije. Adiós. Y colgué. Nick no me devolvió la llamada, pero me mandó un mensaje de texto consistente en una serie de signos de interrogación. Estoy en el hospital, escribí. Luego mantuve pulsada la tecla de borrado hasta que desapareció todo el mensaje, y volví a dejar el móvil debajo de la almohada.

Intenté obligarme a pensar de un modo lógico. La ansiedad no era más que una reacción química que generaba sensaciones desagradables. Las sensaciones solo eran sensaciones, carecían de realidad material. Si de veras había estado embarazada, entonces seguramente estaba sufriendo un aborto espontáneo. ¿Y qué? El embarazo ya era historia, así que no tenía ningún sentido pensar en cosas como las leyes constitucionales irlandesas, el derecho a viajar al extranjero para abortar, el saldo de mi cuenta corriente y demás. Sin embargo, eso quería decir que en algún momento había llevado sin saberlo al hijo de Nick —o, mejor dicho, a una criatura que era una misteriosa mezcla a partes iguales de ambos— en mi interior. Era una idea a la que tendría que adaptarme, aunque no estaba segura de lo que significaba «adaptarme» ni de cómo hacerlo, o si ya no estaba pensando en todo aquello de un modo estrictamente lógico. A esas alturas me sentía agotada y cerré los ojos. Me descubrí preguntándome si habría sido un niño.

El médico regresó al cabo de varias horas y confirmó que no había estado embarazada, que no había sufrido un aborto espontáneo y que en mi analítica no había nada que indicara una infección ni ningún tipo de trastorno. Mientras hablaba, podía ver que yo estaba temblando, con el rostro empapado en sudor y seguramente hecha unos zorros, pero no me preguntó si me encontraba bien. Y qué, pensé, estoy bien. Dijo que la ginecóloga pasaría a verme cuando empezara su ronda a las ocho. Luego se marchó, sin molestarse en cerrar la cortina. Fuera empezaba a clarear y yo no había pegado ojo en toda la noche. El inexistente bebé entró en una nueva categoría de inexistencia, la de las cosas que no solo habían dejado de existir sino que de hecho nunca habían existido. Me sentí estúpida, y de pronto la idea de que podría haber estado embarazada me pareció llena de una ingenua melancolía.

La ginecóloga llegó a las ocho. Me hizo varias preguntas sobre mi ciclo menstrual y luego corrió la cortina para hacerme un examen pélvico. Yo no sabía muy bien qué estaba haciendo con sus manos, pero fuera lo que fuese resultaba terriblemente doloroso. Era como si dentro de mí hubiese una herida extremadamente sensible en la que ella hurgaba sin piedad. Después crucé los brazos en torno a mi pecho y asentí a todo lo que me iba diciendo, aunque apenas la podía oír. Aquella mujer había escarbado en mis entrañas y me había provocado el dolor más atroz que había experimentado en mi vida, y el hecho de que continuara hablando como si esperara que yo recordase lo que decía se me antojó una auténtica locura.

Sí recuerdo haberla oído decir que tendrían que hacerme una ecografía, y que lo sucedido podría deberse a varios motivos. Luego me recetó la píldora anticonceptiva y me dijo que si quería podía tomarme dos cajas seguidas, con lo que solo tendría el período cada seis semanas. Le dije que así lo haría. Luego me informó de que en unos días me llegaría una carta con la fecha de la ecografía.

Eso es todo, dijo. Ya puedes irte.

Mi madre me recogió a la entrada del hospital. Cuando cerré la puerta del coche, dijo: Parece que vengas de la guerra. Yo contesté que si el parto se parecía al examen pélvico que acababan de hacerme me sorprendía que la raza humana no se hubiese extinguido mucho tiempo atrás. Ella se echó a reír y me acarició el pelo. Pobre Frances, dijo. ¿Qué vamos a hacer contigo?

Cuando llegué a casa me quedé dormida en el sofá y no me desperté hasta la tarde. Mi madre me había dejado una nota diciendo que se había ido a trabajar y que la avisara si necesitaba algo. Para entonces me sentía lo bastante bien para moverme por la casa sin tener que encorvarme demasiado, y me preparé una taza de café instantáneo y una tostada. La unté con una generosa capa de mantequilla y me la comí despacio, a pequeños mordiscos. Luego me duché hasta sentirme completamente limpia y caminé con paso cauteloso hasta mi habitación envuelta en toallas. Me senté en la cama con el pelo chorreando sobre la espalda y rompí a llorar. Estaba bien llorar porque nadie podía verme, y yo no se lo iba a contar a nadie.

Cuando por fin paré, tenía mucho frío. Las yemas de mis dedos habían empezado a adquirir un inquietante tono blanco grisáceo. Me froté el cuerpo a conciencia con la toalla y me sequé el pelo con el secador hasta que lo oí crepitar. Luego me llevé la mano a la tierna carne del interior del codo izquierdo, y la pellizqué con tanta fuerza entre la uña del pulgar y el índice que me desgarré la piel. Ya estaba. Todo había acabado. Todo iba a salir bien.

19

Esa tarde mi madre salió temprano de trabajar y se puso a hacer una ensalada de pollo mientras yo tomaba té sentada a la mesa. La noté un poco distante conmigo mientras preparaba la cena, y apenas abrió la boca hasta que nos sentamos las dos a comer.

Así que no estás embarazada, dijo.

No.

Anoche no parecías estar tan segura.

Bueno, el test no deja lugar a dudas, dije.

Esbozó una sonrisita enigmática y cogió el salero. Con cuidado, se echó una pequeña cantidad de sal en el pollo y volvió a dejarlo junto al molinillo de pimienta.

No me habías contado que estuvieras saliendo con alguien, dijo.

¿Quién ha dicho que estoy saliendo con alguien?

No será ese amigo con el que te has ido de vacaciones, ¿verdad? Ese tan guapo, el actor.

Sorbí un poco de té tranquilamente, pero ya no tenía ningún apetito.

Sabes que fue su mujer quien nos invitó a pasar unos días con ellos, dije.

Últimamente apenas hablas de él. Antes mencionabas su nombre a menudo.

Pero por alguna razón no eres capaz de recordar cómo se llama.

Entonces soltó una carcajada. Sí que lo recuerdo, dijo, se llama Nick algo. Nick Conway. Un tipo muy guapo. Una noche lo vi por la tele, creo que lo guardé en el Sky Plus para que pudieras verlo.

Muy considerado por tu parte, mamá.

Bueno, me gustaría pensar que él ha tenido algo que ver en todo esto.

Le dije que la comida estaba muy rica y que le agradecía que me hubiera preparado algo tan bueno.

¿Has oído lo que he dicho, Frances?, insistió.

Ahora mismo no me apetece hablar de eso, de verdad.

Acabamos de cenar en silencio. Después subí al piso de arriba y me miré el brazo en el espejo, donde me había pellizcado. Estaba rojo y un poco hinchado, y cuando me lo toqué sentí una punzada de dolor.

Pasé los siguientes días en casa de mi madre sin hacer gran cosa aparte de leer. Podría haber aprovechado para adelantar alguna de las numerosas lecturas académicas de ese semestre, pero en vez de eso me puse a leer los Evangelios. Por alguna razón mi madre había dejado un pequeño ejemplar del Nuevo Testamento encuadernado en piel en la estantería de mi habitación, entre *Emma* y una antología de literatura colonial estadounidense. Había leído en internet que lo mejor era empezar por Marcos y luego continuar con los demás en el siguiente orden: Mateo, luego Juan, y finalmente Lucas. Con el evangelio de Marcos fui bastante rápida. Estaba dividido en secciones muy breves que hacían la lectura amena, y anoté varios pasajes interesantes en un cuaderno rojo. Jesús no hablaba demasiado en el libro de Marcos, lo que avivó mi interés por leer los otros.

De pequeña odiaba la religión. Mi madre me hizo ir a la iglesia todos los domingos hasta los catorce años, aunque ella no creía en Dios y consideraba la misa un ritual social que exigía que me lavara el pelo. Aun así, me acerqué a la Biblia pensando que el discurso de Jesús debía de tener cierta enjundia filosófica. Pero lo que descubrí fue que gran parte de lo que decía me resultaba críptico o incluso desagradable. Al que no tiene, aun lo que tiene se le quitará. Aquello no me gustaba nada, aunque tampoco estaba segura de comprenderlo. En Mateo había un pasaje en el que los fariseos preguntaban a Jesús por el matrimonio, y eso era lo que estaba leyendo a las ocho o nueve de esa noche mientras mi madre hojeaba los periódicos. Jesús decía que, en el matrimonio, hombre y mujer dejan de ser dos para convertirse en una sola carne. Por tanto, lo que Dios ha unido que no lo separe el hombre. Me sentí rastrera cuando leí aquello. Dejé la Biblia a un lado, pero no sirvió de mucho.

El día después de salir del hospital recibí un email de Nick.

hola. siento cómo me comporté anoche por teléfono. tenía miedo de que alguien viera tu nombre en la pantalla del móvil y que la cosa se me fuera de las manos. pero nadie lo vio y les dije que era mi madre la que llamaba (no entremos en el trasfondo psicológico de la cuestión). me di cuenta de que sonabas un poco rara. va todo bien?

pd todo el mundo dice que estoy de un humor de perros desde que te has ido. hasta evelyn cree que estoy «prendado» de ti, lo cual resulta violento.

Leí el mensaje muchas veces, pero no contesté. Al día siguiente llegó la carta del hospital en la que me daban cita para la ecografía en noviembre. Me pareció mucho tiempo de espera, pero mi madre dijo que la sanidad pública era así. ¿Aunque no sepan lo que me pasa?, objeté. Mi madre replicó que si fuera algo grave no me habrían dado el alta en el hospital. Yo no estaba tan segura. De todos modos, fui a comprar la píldora anticonceptiva que me habían recetado y empecé a tomarla.

Llamé a mi padre un par de veces, pero no cogió el teléfono ni me devolvió las llamadas. Mi madre sugirió que me «dejara caer» por su casa, que estaba en la otra punta del pueblo. Le dije que aún me sentía débil y que no me apetecía caminar hasta allí en balde, teniendo en cuenta que no contestaba a mis llamadas. Por toda respuesta, se limitó a decir: Es tu padre. Era como una especie de mantra para ella. Decidí dejarlo correr. Mi padre no estaba disponible.

Mi madre odiaba el modo en que yo hablaba de él, como si fuera cualquier otra persona normal en vez de mi ilustre benefactor personal, o una celebridad local. Su irritación iba dirigida contra mí, pero también era un síntoma de su decepción ante el hecho de que mi padre no hubiese sabido ganarse el respeto que ella hubiese deseado que yo sintiera por él. Yo sabía que, cuando estaban casados, ella había tenido que dormir con el monedero metido en la funda de la almohada. La había encontrado llorando la vez que él se quedó dormido en las escaleras en ropa interior. Lo vi allí tirado, gigantesco y enrojecido, con la cabeza acurrucada en uno de sus brazos. Roncaba como si nunca hubiera dormido mejor en su vida. Ella no podía entender que yo no lo quisiera. Tienes que quererlo, me dijo cuando yo tenía dieciséis años. Es tu padre.

¿Quién dice que tengo que quererlo?, repliqué.

Bueno, quiero creer que eres la clase de persona que quiere a sus padres.

Cree lo que quieras.

Creo que te he educado para ser buena con los demás. Eso es lo que creo.

¿Era buena con los demás? No era sencillo responder a esa pregunta. Me inquietaba pensar que, si al final resultaba que sí tenía personalidad, fuera una de las crueles. ¿Acaso me preocupaba solo porque, como mujer, se requería que antepusiera las necesidades de los demás a las mías? ¿Y si la «bondad» era solo otra forma de llamar a la sumisión ante el conflicto? Esas eran la clase de cosas sobre las que escribía en mi diario de adolescente: Como feminista, tengo derecho a no querer a nadie.

Encontré un vídeo del documental que Bobbi había mencionado en Francia, una producción de 1992 titulada *Kid Genius!* Nick no era el único protagonista del programa, salían en total seis niños superdotados, cada uno con sus diferentes áreas de interés. Avancé las imágenes hasta dar con una escena en la que Nick aparecía mirando unos libros, mientras una voz en off explicaba que con solo diez años «Nicholas» ya había leído varias obras capitales de la filosofía clásica y escrito algunos ensayos metafísicos. De pequeño Nick era muy flaco, parecía un insecto palo. La primera secuencia mostraba una casa familiar inmensa en Dalkey, con dos coches impresionantes aparcados fuera. Más adelante, Nick aparecía sobre un telón de fondo azul mientras una entrevistadora le hacía preguntas sobre el idealismo platónico, a las que él contestaba de forma competente sin resultar arrogante. En un momento dado, la entrevistadora le preguntaba: ¿Por qué te encanta tanto el mundo de la Antigüedad? Y los ojos de Nick se movían nerviosos a su alrededor, como si buscara a sus padres. Bueno, no es que me encante, decía. Yo solo lo estudio. ¿No te ves como un futuro rey filósofo?, le preguntaba la periodista en tono jocoso. No, contestaba Nick muy serio. Se tiraba de la manga de la chaqueta. Seguía mirando alrededor, como si esperase que alguien acudiera en su auxilio. Eso sería mi peor pesadilla, añadía. La entrevistadora se reía y Nick se tranquilizaba visiblemente. Hacer reír a las mujeres siempre lo relajaba, pensé.

Unos días después de lo del hospital, llamé a Bobbi para preguntarle si seguíamos siendo amigas. Me di cuenta de lo estúpida que se oía mi voz al decirle aquello, por más que intentara que sonase como una broma. Pensaba que me ibas a llamar la otra noche, dijo ella. Estaba en el hospital, contesté. Sentía la lengua enorme y traicionera en mi boca.

¿Qué quieres decir?, preguntó.

Le expliqué lo que había pasado.

Así que creían que era un aborto espontáneo, dijo. Qué fuerte, ¿no?

¿Tú crees? No lo sé, no supe muy bien cómo sentirme al respecto.

Bobbi suspiró de forma audible por el auricular. Yo quería explicarle que no sabía hasta qué punto tenía derecho a sentir nada al respecto, ni cuánto de lo que había sentido entonces tenía derecho a seguir sintiendo en retrospectiva. Me entró el pánico, quise decirle. Volví a pensar en la muerte entrópica del universo. Llamé a Nick y luego le colgué el teléfono. Pero hice todas esas cosas porque creía que me estaba pasando algo que después resultó no haber pasado. La idea del bebé, con su inmensa carga emocional y su potencial para generar un sufrimiento duradero, se había desvanecido en la nada. Nunca había estado embarazada. Era imposible, tal vez incluso ofensivo, llorar por un embarazo que jamás había existido, aunque las emociones que había experimentado en el momento sí fueran reales. En el pasado Bobbi se había mostrado receptiva a los análisis que hacía de mi propio sufrimiento, pero esta vez no confiaba en poder exponer mi razonamiento sin romper a llorar por el teléfono.

Siento que creas que te mentí respecto a Nick, le dije.

¿Sientes que crea eso? Ya.

Era complicado.

Claro, dijo Bobbi. Supongo que es lo que tienen las relaciones extraconyugales.

¿Sigues siendo mi amiga?

Sí. ¿Y cuándo dices que te hacen la ecografía?

Le dije que en noviembre. También le conté que el médico me había preguntado si había tenido relaciones sexuales sin protección, y Bobbi soltó un bufido. Yo estaba sentada en la cama, con los pies debajo del cobertor. En el espejo de la pared veía mi mano izquierda, la que tenía libre, recorriendo nerviosamente la costura de una funda de almohada. La dejé caer y la vi yacer inerte sobre la colcha.

Aun así, me cuesta creer que Nick intentara hacerlo sin usar condón, dijo Bobbi. Hay que estar muy mal.

Farfullé algo a la defensiva del tipo: Oh, no, nosotros no... ya sabes, en realidad no fue...

No te estoy culpando a ti, dijo ella. Solo que me sorprende de él, eso es todo.

Traté de pensar en algo que decir. Ninguna de las estupideces que habíamos hecho había sido culpa de Nick, porque él se limitaba a secundar lo que yo le sugería.

Seguramente fue idea mía, dije.

Cuando hablas así, suenas como si te hubieran lavado el cerebro.

En serio, él es muy pasivo.

Ya, pero podría haber dicho que no, replicó Bobbi. A lo mejor solo le gusta adoptar un papel pasivo para no tener que asumir la culpa de nada.

En el espejo advertí que mi mano había vuelto a las andadas. Esa no era la conversación que pretendía mantener.

Haces que parezca un hombre muy calculador, repuse.

No digo que lo hiciera de forma consciente. ¿Le has contado que estuviste en el hospital?

Le dije que no. Sentí que mi boca volvía a abrirse para explicarle lo de mi llamada, cuando Nick me había acusado de estar borracha, pero al final decidí no contárselo, y en su lugar dije: No, no.

Pero vosotros estáis muy unidos, repuso Bobbi. Tú le cuentas tus cosas.

No lo sé. No sé realmente lo unidos que estamos.

Bueno, a él le cuentas más cosas que a mí.

No, dije. Menos que a ti. Él seguramente piensa que nunca le cuento nada.

Esa noche decidí releer las antiguas conversaciones por mensaje que había mantenido con Bobbi. Había emprendido un proyecto similar con anterioridad, poco después de que rompiéramos, y ahora tenía años enteros de mensajes por leer. Me reconfortaba saber que mi amistad con ella no quedaba confinada solo al recuerdo, y que, de ser necesario, las pruebas textuales de su afecto pasado sobrevivirían a su afecto actual. En el momento de nuestra ruptura esa idea había estado muy presente en mi mente, por motivos obvios. Para mí era importante que Bobbi nunca pudiera negar que en el pasado me había tenido mucho cariño.

En esta ocasión descargué todas nuestras conversaciones en un enorme archivo de texto con marcas temporales. Me dije que era demasiado largo para leerlo de principio a fin, y tampoco tenía una estructura narrativa coherente, de modo que decidí buscar frases o palabras clave que guiaran mi lectura. La primera que busqué fue «amor», lo cual produjo el siguiente intercambio que se remontaba a seis meses atrás:

> Bobbi: si piensas en el amor como algo más que un fenómeno interpersonal
> Bobbi: y tratas de entenderlo como un sistema de valores social
> Bobbi: es lo antitético al capitalismo, en el sentido de que desafía el axioma del egoísmo
> Bobbi: sobre el que se basa toda la lógica de la desigualdad
> Bobbi: pero al mismo tiempo se pone al servicio del capitalismo y lo perpetúa
> Bobbi: p. ej. las madres que crían abnegadamente a sus hijos sin ningún ánimo de lucro
> Bobbi: lo que en cierto sentido parece contradecir las exigencias del mercado
> Bobbi: pero en realidad solo sirve para proveer gratuitamente de trabajadores al sistema
> yo: sí
> yo: el capitalismo utiliza el «amor» en su provecho
> yo: el amor es la práctica discursiva y el trabajo no remunerado es el efecto
> yo: pero lo entiendo, en ese sentido soy antiamor
> Bobbi: eso es demasiado vago, Frances
> Bobbi: tienes que hacer mucho más que declararte antialgo

Me levanté de la cama después de leer este intercambio de mensajes y me desvestí para mirarme en el espejo. Cada cierto tiempo me descubría haciéndolo, movida por una especie de compulsión, aunque nunca advertía el menor cambio en mi aspecto. Los huesos de la cadera seguían sobresaliendo de un modo poco atractivo a ambos lados de la pelvis, y mi abdomen seguía manteniéndose duro y redondeado al tacto. Parecía algo que se hubiese caído de una cuchara antes de tiempo, sin haber acabado de aposentarse. Mis hombros estaban salpicados de capilares rotos de un tono violáceo. Me quedé allí plantada un buen rato, mirándome y sintiendo una repulsión cada vez más profunda, como si tratara de averiguar cuánto rechazo podía experimentar. Al final mi móvil empezó a sonar y empecé a rebuscar en el interior del bolso.

Cuando por fin lo encontré vi que tenía una llamada perdida de mi padre. Intenté devolvérsela, pero no contestó. Para entonces empezaba a tener frío, así que volví a vestirme y bajé para decirle a mi madre que iba a pasarme por su casa. La encontré sentada a la mesa, leyendo el periódico; no alzó la vista. Buena chica, dijo. Dile que he preguntado por él.

Crucé caminando el pueblo por la misma ruta de siempre. No había cogido la chaqueta, y cuando llegué a su casa llamé al timbre y me puse a dar saltitos de un pie a otro para entrar en calor. Mi aliento empañó el cristal. Volví a llamar al timbre, en vano. Cuando abrí la puerta, la casa estaba en silencio. El recibidor olía a humedad y a algo peor, algo ligeramente agrio. Había una bolsa de basura cerrada con un nudo y abandonada bajo la mesita del recibidor. Llamé a mi padre por su nombre: ¿Dennis?

Vi que había luz en la cocina, así que empujé la puerta y, en un acto reflejo, me llevé una mano a la nariz. El hedor era tan intenso que parecía una sensación física, como el calor o el tacto. Apilados sobre la mesa y la encimera, entre pañuelos usados y botellas vacías, había restos de comida en diversas fases de descomposición. La puerta de la nevera estaba entreabierta, derramando sobre el suelo un triángulo de luz amarillenta. Una moscarda se paseaba por la hoja de un cuchillo olvidado en un gran tarro de mayonesa, mientras otras cuatro revoloteaban estrellándose contra la ventana de la cocina. En el cubo de basura pude ver un puñado de gusanos blancos, retorciéndose ciegamente como arroz hirviendo. Salí de la cocina y cerré la puerta.

Desde el pasillo intenté llamar de nuevo al móvil de Dennis. No contestaba. Estar en su casa era como ver la sonrisa de alguien familiar, pero con la dentadura mellada. Tuve ganas de volver a hacerme daño, para sentir que regresaba a la seguridad de mi cuerpo físico. En lugar de eso, di media vuelta y salí de la casa. Me cubrí la mano con la manga para cerrar la puerta.

20

Mi trabajo como becaria en la agencia terminaba oficialmente a principios de septiembre. Philip y yo nos reunimos con Sunny por separado para hablar de nuestros planes de futuro y de lo que habíamos aprendido de la experiencia, aunque yo no pensaba que tuviera mucho que decir al respecto. El último día entré en el despacho de Sunny y ella me pidió que cerrara la puerta y tomara asiento.

Bueno, está claro que no quieres trabajar en una agencia literaria, dijo.

Sonreí como si estuviera bromeando, mientras ella ojeaba unos documentos y luego los dejaba a un lado. Entonces apoyó los codos en el escritorio y la barbilla en las manos con gesto reflexivo.

Me pregunto qué será de ti, dijo. No pareces tener un plan.

Desde luego, eso es algo que no tengo.

Confías en que ya te las apañarás de algún modo.

Miré por la ventana que había a su espalda, hacia los elegantes edificios georgianos y los autobuses que pasaban. Había empezado a llover otra vez.

Cuéntame algo de tus vacaciones, dijo. ¿Qué tal va el artículo de Melissa?

Le hablé de Étables, de Derek, al que Sunny conocía, y de Valerie, de la que había oído hablar. Se refirió a ella como una «mujer formidable». Yo amagué una mueca y nos echamos a reír. Me di cuenta de que no quería irme del despacho de Sunny, sentí como si estuviera dejando escapar algo con lo que todavía no había acabado.

No sé lo que voy a hacer, dije al fin.

Sunny asintió y luego se encogió de hombros, resignada.

Bueno, tus informes de lectura siempre han sido muy buenos. Si alguna vez necesitas referencias, ya sabes dónde encontrarme. Y estoy segura de que volveremos a vernos pronto.

Gracias, le dije. Por todo.

Sunny me dedicó una última mirada, entre compasiva y desalentada, y luego se volcó de nuevo en los papeles de su escritorio. Me pidió que llamara a Philip al salir. Eso hice.

Esa noche en mi apartamento me quedé despierta hasta muy tarde retocando las comas de un largo poema en el que llevaba tiempo trabajando. Vi que Nick estaba conectado y le envié un mensaje: Hola. Estaba sentada a la mesa de la cocina, tomando una infusión de menta porque la leche de la nevera se había estropeado. Nick me contestó preguntando si había recibido su email de cinco días atrás y le dije que sí, y que no se preocupara por aquella incómoda llamada. No quería contarle que había estado ingresada, ni por qué. Era una historia sin conclusión, y además embarazosa. Me dijo que en Francia todos nos echaban de menos a Bobbi y a mí.

> yo: en la misma medida?
> Nick: ja ja
> Nick: bueno puede que yo te añore un poquito más
> yo: gracias

Nick: sí sigo despertándome por la noche cuando
oigo a alguien en la escalera
Nick: y luego me acuerdo de que ya no estás
Nick: y se me cae el alma a los pies

Me reí para mis adentros, aunque no había nadie que pudiera verme. Me encantaba cuando Nick se mostraba así, sin reservas, cuando nuestra relación era como un documento de Word que escribíamos y corregíamos juntos, o como una larga broma privada que nadie más podía entender. Me gustaba sentir que era mi cómplice. Me gustaba pensar en él despertándose en plena noche y pensando en mí.

yo: eres tan mono cuando quieres
yo: echo de menos tu dulce y hermosa cara
Nick: antes he estado a punto de enviarte una canción que me ha hecho pensar en ti
Nick: pero luego he imaginado tu réplica sarcástica y
me he echado atrás
yo: ja ja ja
yo: por favor, envíamela!
yo: prometo que no seré sarcástica
Nick: te importa si te llamo por teléfono?
Nick: he estado bebiendo y el esfuerzo de teclear me
está matando
yo: ah, estás borracho, por eso estás siendo tan agradable
Nick: creo que john keats tenía una palabra para las
mujeres como tú
Nick: una palabra francesa
Nick: no sé si ves por dónde voy
yo: por favor, llama

Me llamó. Por teléfono no sonaba borracho, sino más bien soñoliento de un modo agradable. Volvimos a decirnos que nos echábamos de menos. Yo sostenía la taza de la infusión entre mis dedos y notaba cómo se iba enfriando. Nick se disculpó una vez más por la llamada de la otra noche. Soy una mala persona, dijo. Le pedí que no dijera eso. No, lo soy, insistió. Soy un mal tipo. Me habló de lo que habían hecho esos días en Étables, del tiempo y de un castillo que habían ido a visitar. Yo le conté que mi trabajo de becaria se había terminado y me respondió que, de todos modos, nunca le había parecido muy interesada en él. El drama de mi vida personal me tenía algo distraída, repliqué.

Ah, sí, quería preguntártelo, dijo. ¿Cómo están las cosas entre Bobbi y tú? Supongo que no fue la mejor manera de que se enterara de lo nuestro.

Ya, estamos en un punto raro. Resulta un tanto incómodo.

Esta es la primera relación que has tenido desde que lo vuestro se acabó, ¿verdad?

Supongo que sí, respondí. ¿Crees que por eso es tan extraño?

Bueno, da la impresión de que apenas os habéis separado desde que rompisteis. Me refiero a que seguís pasando mucho tiempo juntas.

Fue ella la que rompió conmigo.

Nick hizo una pausa, y cuando volvió a hablar me pareció que sonreía de un modo extraño. Sí, ya lo sé, dijo. ¿Acaso importa?

Puse los ojos en blanco, aunque en el fondo estaba disfrutando. Dejé la taza en la mesa. Ah, dije. Ya veo por qué me has llamado.

¿Qué?

Tú lo que buscas es sexo telefónico.

Nick soltó una carcajada. Era justo lo que yo pretendía, y oírlo me produjo un enorme placer. No podía parar de reír. Lo sé, dijo. Típico de mí. Entonces sentí el impulso de contarle lo del hospital, porque estábamos muy a gusto los dos y pensé que seguramente intentaría reconfortarme, pero también sabía que eso volvería seria la conversación. No quería agobiarlo con conversaciones serias. Por cierto, dijo, hoy he visto una chica en la playa que se parecía a ti.

Me lo dicen muy a menudo, repliqué. Y luego, cuando veo a la persona en cuestión, siempre es más bien feúcha y tengo que fingir que no me importa.

Oh, para nada. Esta mujer era muy atractiva.

Me estás diciendo que te has fijado en una atractiva desconocida, qué considerado.

¡Se parecía a ti!, replicó él. Aunque seguramente era menos hostil. A lo mejor debería haberme liado con ella y no contigo.

Le di un sorbo a la infusión. Me sentía tonta por haber tardado tanto en contestar a su email y agradecida al comprobar que no me lo echaba en cara ni parecía dolido. Le pregunté qué había hecho durante el día y me dijo que había estado evitando las llamadas de sus padres y sintiéndose culpable por ello.

¿Tu padre es tan guapo como tú?, pregunté.

¿Por qué, estás pensando en ir a verle? Es muy de derechas. Te diría además que está casado, aunque ¿cuándo te ha frenado algo así?

Ah, muy bonito. ¿Quién es ahora el hostil?

Lo siento, dijo. Tienes toda la razón, deberías seducir a mi padre.

¿Crees que soy su tipo?

Desde luego. En el sentido de que te pareces mucho a mi madre.

Me eché a reír. Era una risa sincera, pero aun así quería asegurarme de que la oía.

Es broma, añadió Nick. ¿Te estás riendo o llorando? No te pareces a mi madre.

¿Tu padre es realmente de derechas, o también era broma?

No, no, es un rico chapado a la antigua. Odia a las mujeres. Y detesta profundamente a los pobres. Ya puedes imaginarte lo mucho que quiere a su hijo, el actor amanerado.

Entonces sí que me reí con ganas. Tú no eres amanerado, dije. Eres agresivamente heterosexual. Si hasta te has echado una amante de veintiún años.

Lo cual sospecho que mi padre vería con muy buenos ojos. Afortunadamente, nunca lo sabrá.

Miré a mi alrededor en la cocina desierta y dije: Hoy he estado limpiando mi habitación para cuando vuelvas de Francia.

¿De verdad? Me encanta. Creo que esto sí cuenta como sexo telefónico.

¿Vendrás a verme?

Tras una pausa, contestó: Por supuesto. No creía haber perdido del todo su atención, pero sabía que estaba pensando en otra cosa. Luego dijo: La otra noche, cuando llamaste, estabas muy rara. ¿Habías bebido?

Olvidémoslo.

Es solo que por lo general no eres de las que llaman. No estarías enfadada conmigo o algo así, ¿verdad?

Oí un ruido de fondo al otro lado de la línea, y luego una especie de chisporroteo. ¿Sí?, preguntó Nick. Alguien abrió la puerta, y entonces reconocí la voz de Melissa: Ah, estás hablando por teléfono. Nick dijo: Sí, un segundo. La puerta volvió a cerrarse. No abrí la boca.

Iré a verte, dijo en voz baja. Tengo que dejarte, ¿vale?

Claro.

Lo siento.

Adelante, dije. Vive tu vida.

Nick colgó.

Al día siguiente nuestra amiga Marianne volvió de Brooklyn y nos habló de todos los famosos a los que había conocido. Quedamos para tomar café y nos enseñó fotos en su móvil: el puente de Brooklyn, Coney Island, la propia Marianne sonriendo junto a la figura borrosa de un hombre que en el fondo yo no creía que fuera Bradley Cooper. Uau, dijo Philip. Genial, asentí. Bobbi lamió el dorso de su cucharilla sin decir nada.

Estaba contenta de volver a ver a Marianne, contenta de escuchar sus problemas como si mi propia vida transcurriera exactamente igual que siempre. Le pregunté por su novio, Andrew, si estaba a gusto en su nuevo trabajo y qué había pasado con aquella ex que le ponía mensajes en Facebook. Luego le hablé en términos elogiosos del trabajo de Philip en la agencia, asegurándole que iba camino de convertirse en un agente literario sin escrúpulos inmensamente rico, y me di cuenta de que Philip estaba encantado con mis palabras. Siempre es mejor que dedicarse al tráfico de armas, dijo. Bobbi soltó un bufido y replicó: Por Dios, Philip, ¿tan bajo te has puesto el listón? ¿Por lo menos no trafico con armas?

Llegados a este punto, la conversación se me fue de las manos. Antes de que pudiera preguntarle nada más a Marianne, Philip empezó a hacer preguntas sobre nuestra estancia en Étables. Nick y Melissa seguían allí, no volverían hasta dentro de dos semanas. Bobbi le contestó que había sido «divertido».

¿No ha habido suerte aún con Nick?, me preguntó.

Lo miré fijamente. Philip le comentó a Marianne: Frances tiene una aventura con un hombre casado.

No es verdad, repliqué.

Philip está de broma, dijo Bobbi.

¿El famoso Nick?, preguntó Marianne. Quiero saberlo todo de él.

Solo somos amigos, dije.

Pero está muy colgado por ti, añadió Philip.

Frances, picarona, dijo Marianne. ¿No está casado?

Felizmente casado, precisé.

Por cambiar de tema, Bobbi mencionó que estaba pensando en mudarse y buscar un apartamento más cerca del centro. Marianne dijo que había escasez de pisos de alquiler en Dublín, lo había oído en las noticias.

Y además nadie quiere alquilar pisos a los estudiantes, añadió. Lo digo en serio, fijaos en los anuncios.

¿Vas a mudarte?, preguntó Philip.

Debería estar prohibido poner «Abstenerse estudiantes» en un anuncio, insistió Marianne. Es discriminatorio.

¿Por qué zona estás buscando?, pregunté. Ya sabes que se ha quedado libre la otra habitación de mi apartamento.

Bobbi se me quedó mirando y luego soltó una risita.

Podríamos ser compañeras de piso, dijo. ¿Cuánto?

Se lo comentaré a mi padre, contesté.

No había hablado con él desde que había estado en su casa. Cuando lo llamé esa noche después del café, cogió el teléfono y parecía relativamente sobrio. Traté de reprimir la imagen del tarro de mayonesa, el ruido de las moscardas estrellándose contra el cristal. Quería estar hablando con alguien que viviera en una casa limpia, o con alguien que fuera solo una voz, de quien no tuviera que conocer su vida. Hablamos sobre el alquiler de la segunda habitación del apartamento. Me dijo que su hermano había concertado algunas visitas y le conté que Bobbi estaba buscando habitación.   .

¿De quién me hablas?, dijo. ¿Quién es Bobbi?

Ya sabes, Bobbi. Iba conmigo al instituto.

No puedo acordarme de todas tus amistades.

Bueno, de hecho solo tengo una, repliqué.

Pensaba que preferirías compartir piso con una chica.

Bobbi es una chica.

Ah, ¿te refieres a Bobbi Lynch?, preguntó.

En realidad Bobbi se apellidaba Connolly, Lynch era el apellido de su madre, pero no me molesté en llevarle la contraria. Dijo que su hermano podría alquilarle la habitación por seiscientos cincuenta al mes, un precio que el padre de Bobbi estaba dispuesto a pagar. Quiere que viva en un lugar tranquilo en el que pueda estudiar, me dijo Bobbi. No se entera de nada.

Al día siguiente, su padre la trajo en el todoterreno con todas sus pertenencias, entre las que había ropa de cama, un flexo amarillo y tres cajas de libros. Cuando acabamos de descargar el coche, su padre se marchó y yo la ayudé a hacer la cama. Mientras yo ponía las fundas de las almohadas, Bobbi empezó a pegar postales y fotos en la pared. En una salíamos las dos con el uniforme escolar, sentadas en la cancha de baloncesto. Llevábamos largas faldas de cuadros escoceses y unos horribles zapatos de cuero picado, pero estábamos riendo. La observamos juntas, aquellas dos caritas devolviéndonos la mirada como si fueran nuestros antepasados, o tal vez nuestras propias hijas.

Aún faltaba una semana para que empezaran las clases, y en ese tiempo Bobbi se compró un ukelele rojo y se tumbaba en el sofá a tocar «Boots of Spanish Leather» mientras yo preparaba la cena. Hizo la casa suya cambiando algunos muebles de sitio mientras yo estaba fuera y pegando recortes de revistas en los espejos. Puso mucho interés en conocer el barrio. Un día pasamos por la carnicería para comprar carne picada y Bobbi le preguntó al hombre que nos despachaba cómo tenía la mano. Yo no sabía de qué hablaba, ni que Bobbi hubiese estado allí antes, pero vi que el tipo llevaba la muñeca escayolada. No quieras saberlo, dijo. Ahora dicen que tienen que operarme y todo. Con una pequeña pala iba metiendo la carne roja en una bolsa de plástico. Menuda faena, dijo Bobbi. ¿Y cuándo te operan? El hombre contestó que por Navidad. Y no te creas que van a darme el día libre, se quejó. Tendrías que estar en una funeraria para que te den el día libre en este sitio. Le tendió la bolsa de carne y añadió: Dentro del ataúd.

El artículo de Melissa salió publicado justo antes de que empezaran las clases. Yo me acerqué a Eason esa mañana y hojeé la revista buscando mi nombre. Me detuve al ver una foto a toda página en la que salíamos Bobbi y yo en el jardín de Étables. No recordaba que Melissa la hubiese tomado. Estábamos las dos sentadas a la mesa del desayuno, yo inclinándome hacia Bobbi como si le susurrara algo al oído, y ella riendo. Era una imagen preciosa, tenía una luz perfecta y transmitía una espontaneidad y una calidez de las que carecían las fotos para las que habíamos posado antes. Me pregunté qué opinaría Bobbi al respecto. El artículo que acompañaba a la fotografía era una breve y elogiosa descripción de nuestros recitales de *spoken word* y de la escena poética dublinesa en general. Nuestros amigos lo leyeron y dijeron que salíamos muy favorecidas en la foto, y Sunny me mandó un email para felicitarme. Al principio, a Philip le gustaba llevar la revista a todas partes y ponerse a leer el artículo con voz impostada, pero al cabo de un tiempo la broma dejó de tener gracia. Artículos como aquel salían todos los días en revistas menores, y de todos modos Bobbi y yo no habíamos actuado juntas desde hacía meses.

Cuando empezaron las clases, volví a tener algo con lo que mantenerme ocupada. Philip y yo íbamos caminando juntos a la facultad, enzarzados en pequeñas discusiones sobre novelistas del siglo XIX a las que él siempre ponía fin con algún comentario del tipo: Mira, seguramente tienes razón. Una noche, Bobbi y yo llamamos a Melissa para darle las gracias por el artículo. La pusimos en altavoz y nos sentamos a la mesa para hablar. Ella nos contó lo que nos habíamos perdido en Étables, las tormentas eléctricas, y el día que fueron a visitar el castillo, aunque yo ya estaba al tanto de todo eso. Le contamos que estábamos viviendo juntas, algo que pareció complacerla. Tienes que venir a casa un día de estos, dijo Bobbi, y Melissa contestó que le encantaría. Luego comentó que al día siguiente regresaban a Dublín. Yo me cubrí la mano con la manga y froté con gesto ausente una manchita que había en la mesa.

Seguí repasando mi historial de conversaciones con Bobbi, introduciendo términos de búsqueda que parecían deliberadamente calculados para sacarme de quicio. Al buscar la palabra «sentimientos», rescaté este intercambio de nuestro segundo año en la facultad:

Bobbi: bueno, en realidad apenas hablas de tus sentimientos
yo: te empeñas en verme así
yo: como alguien con una especie de vida emocional
reprimida
yo: lo que pasa es que soy poco emocional
yo: no hablo de ello porque no hay nada de que hablar

Bobbi: no creo que ser «poco emocional» sea una cualidad personal

Bobbi: es como afirmar que no tienes pensamientos

yo: como tú tienes una intensa vida emocional, crees que todos la tenemos

yo: y si no hablamos de ello es porque ocultamos algo

Bobbi: bueno, vale

Bobbi: discrepamos en eso

No todos nuestros intercambios eran así. La búsqueda de «sentimientos» también sacó a la luz la siguiente conversación, fechada en enero:

yo: quiero decir que siempre he experimentado sentimientos de rechazo por las figuras de autoridad

yo: pero hasta que te conocí no había formulado esos sentimientos como creencias

yo: ya sabes a qué me refiero

Bobbi: habrías llegado a esa conclusión por tus propios medios

Bobbi: tienes una intuición comunista

yo: no creas, seguramente solo detestaba la autoridad porque odio que me digan lo que tengo que hacer

yo: si no fuera por ti podría haberme convertido en líder de una secta

yo: o en una fan de ayn rand

Bobbi: eh, que yo también odio que me digan lo que tengo que hacer!!

yo: sí, pero lo tuyo es por pureza de espíritu

yo: no por afán de poder

Bobbi: en muchos sentidos, eres la peor psicóloga del mundo

Recordaba aquella conversación; recordaba cuánto me esforcé, la sensación de que Bobbi malinterpretaba mis palabras, o de que incluso hacía oídos sordos deliberadamente a lo que yo trataba de expresar. Estaba sentada en mi dormitorio de la casa de mi madre, tapada con el edredón, y tenía las manos frías. Estaba pasando la Navidad en Ballina, lejos de Bobbi, y quería decirle que la echaba de menos. Eso era lo que había empezado a decir, o lo que había pensado decir.

Nick vino a mi apartamento a los pocos días de haber regresado de Francia, una tarde en que Bobbi estaba en la facultad. Cuando lo invité a pasar nos quedamos mirándonos unos segundos, y fue como beber agua fría. Estaba moreno y tenía el pelo más rubio que antes. Joder, estás tan guapo, dije. Se echó a reír. Su dentadura era de un blanco deslumbrante. Echó un vistazo alrededor y dijo: Un piso muy bonito. Y bastante céntrico. ¿Pagas mucho de alquiler? Le expliqué que el piso era de mi tío y él me miró y dijo: Oh, mi niñita del fideicomiso. No me habías dicho que tu familia tuviera propiedades en Liberties. ¿Todo el edificio o solo este piso? Le di un suave puñetazo en el brazo y contesté: Solo el piso. Nick me tocó la mano y al momento estábamos besándonos otra vez, y yo diciendo para mis adentros: Sí, sí.

21

La semana siguiente Bobbi y yo fuimos a la presentación de un libro en el que aparecía uno de los ensayos de Melissa. El acto se celebraba en Temple Bar, y yo sabía que ella y Nick acudirían juntos. Escogí una blusa que a él le gustaba mucho y la dejé a medio abotonar para que se me vieran las clavículas. Dediqué varios minutos a disimular cuidadosamente las pequeñas imperfecciones de mi rostro con polvos y maquillaje. Cuando Bobbi estuvo lista para salir, llamó a la puerta del cuarto de baño y dijo: Vamos. No hizo ningún comentario sobre mi aspecto. Se había puesto un jersey gris de cuello alto y estaba mucho más guapa que yo.

Nick y yo nos habíamos visto un par de veces esa semana, mientras Bobbi estaba en la universidad. Cada vez que venía a casa me traía algún detallito. Un día se presentó con una tarrina de helado, y el miércoles trajo una caja de dónuts del puesto callejero de O'Connell Street. Los dónuts aún estaban calientes cuando llegó, y nos los comimos tomando café y charlando. Me preguntó si había hablado con mi padre últimamente, y tras quitarme un poco de azúcar de los labios, contesté: Creo que no está demasiado bien. Le conté mi visita a su casa. Joder, dijo. Debió de resultarte traumático. Tomé un sorbo de café. Sí, dije. Fue bastante desagradable.

A raíz de aquella conversación me pregunté por qué me resultaba fácil hablar de mi padre con Nick cuando nunca había podido abordar el tema con Bobbi. Es verdad que él sabía escuchar con inteligencia, y que por lo general me sentía mejor después de que habláramos, pero lo mismo podría decir de Bobbi. La diferencia era que Nick parecía apoyarme de un modo incondicional, como si siempre estuviera de mi parte sin importar cómo actuara, mientras que Bobbi tenía unos fuertes principios que aplicaba a todo el mundo por igual, incluida yo. Yo no temía la reprobación de Nick tanto como la suya. Él parecía encantado de escucharme, aunque mis pensamientos fueran incoherentes o le contara cosas sobre mi comportamiento que no me dejaban en muy buen lugar.

Cuando venía a mi apartamento Nick siempre llevaba ropa bonita, como era habitual en él, una ropa que yo sospechaba que era cara. En lugar de dejarla en el suelo al desnudarse, la doblaba sobre el respaldo de la silla de mi habitación. Le gustaban las camisas de colores claros, a veces de lino que se veían ligeramente arrugadas, a veces de algodón con el cuello abotonado, siempre remangadas por encima de los codos. Tenía una cazadora de lona que parecía gustarle mucho, pero en los días de frío se ponía un abrigo de cachemira gris con forro de seda azul. Me encantaba aquel abrigo, su olor. Tenía un cuello muy fino y una sola hilera de botones.

El miércoles me probé el abrigo mientras Nick estaba en el baño. Me levanté de la cama y metí los brazos desnudos en las mangas, sintiendo la fresca caricia de la seda sobre mi piel. Los bolsillos estaban llenos de objetos personales: el móvil y la cartera, las llaves. Los sopesé en la mano como si fueran míos. Me miré en el espejo. Dentro del abrigo de Nick, mi cuerpo se veía delgado y pálido, como una vela de cera blanca. Entonces regresó a la habitación, y al verme se rio de buena gana. Siempre se vestía para ir al baño por si Bobbi volvía a casa de improviso. Nuestras miradas se cruzaron en el espejo.

No te lo vas a quedar, dijo.

Me gusta.

Por desgracia, a mí también.

¿Te costó mucho?, pregunté.

Seguíamos mirándonos a través del espejo. Nick se había situado a mi espalda y abrió el abrigo con los dedos. Lo observé mientras me contemplaba.

Me costó… eh…, dijo. No recuerdo cuánto me costó.

¿Mil euros?

¿Qué? No. Unos doscientos o trescientos, quizá.

Ojalá tuviese dinero, dije.

Nick deslizó una mano por dentro del abrigo y me acarició los senos. Es interesante el modo tan sexual que tienes de hablar del dinero, dijo. Aunque también resulta perturbador, claro. No querrás que te dé dinero, ¿verdad?

En cierto modo sí, dije. Pero no confiaría necesariamente en ese impulso.

Ya, es raro. Yo tengo dinero que no necesito de manera urgente, y preferiría que tú lo tuvieras. Pero la transacción de dártelo me haría sentir incómodo.

No te gusta sentirte demasiado poderoso. O no te gusta que te recuerden lo mucho que te gusta sentirte poderoso.

Se encogió de hombros. Seguía tocándome por debajo del abrigo. Me gustaba que lo hiciera.

Creo que nuestra relación ya me plantea bastantes conflictos morales, dijo. Darte dinero podría ser la gota que colmara el vaso. Aunque… no sé. Seguramente serías más feliz si lo tuvieras.

Lo miré, sin dejar de ver mi rostro en segundo plano, el mentón ligeramente alzado. Borrosa en la periferia de mi campo visual, me pareció que tenía un aspecto formidable. Me desprendí del abrigo y dejé a Nick sujetándolo. Volví a la cama y me pasé la lengua por los labios.

¿Nuestra relación te genera conflictos?, pregunté.

Se había quedado de pie sosteniendo el abrigo, lánguido entre sus manos. Se notaba que estaba disfrutando con todo aquello, demasiado distraído para pensar en colgarlo.

No, dijo. Bueno, sí, pero solo en abstracto.

¿No vas a dejarme?

Sonrió, una sonrisa tímida. ¿Me echarías de menos si lo hiciera?, dijo.

Me recosté en la cama, riendo tontamente. Él colgó el abrigo. Levanté una pierna en el aire y la crucé sobre la otra muy despacio.

Echaría de menos dominarte en la conversación, dije.

Se tumbó a mi lado y posó la palma de la mano sobre mi estómago.

Sigue, dijo.

Creo que tú también lo echarías de menos.

¿Sentirme dominado? Por supuesto. Para nosotros, es como si fueran los preliminares. Tú dices cosas crípticas que yo no entiendo, yo te doy respuestas inadecuadas, tú te ríes de mí, y luego tenemos sexo.

Me eché a reír. Él se incorporó un poco para verme hacerlo.

Es muy agradable, dijo. Me da la oportunidad de disfrutar de mi propia ineptitud.

Me recosté sobre un codo y lo besé en los labios. Él se abandonó, como si realmente quisiera ser besado, y me sentí embriagada por el poder que ejercía sobre él.

¿Te hago sentir mal contigo mismo?, pregunté.

De vez en cuando eres un poco dura conmigo. No es que te culpe por ello. Pero no, de momento creo que lo llevamos bastante bien.

Me miré las manos. Con cautela, como si me retara a mí misma, dije: Si te ataco es porque no pareces demasiado vulnerable a ello.

Entonces me miró fijamente. Ni siquiera se rio, sino que me dedicó una expresión ceñuda, como si creyera que me estaba burlando de él. Vaya, dijo. Bueno. No creo que a nadie le guste sentirse atacado.

Me refiero a que no tienes una personalidad vulnerable. Por ejemplo, me cuesta imaginarte probándote ropa. No pareces tener una relación contigo mismo en la que miras tu reflejo en el espejo preguntándote si esto o aquello te queda bien. Pareces más bien alguien que sentiría vergüenza haciendo algo así.

Ya, claro, dijo. Pero soy un ser humano, y me pruebo la ropa antes de comprarla. Aunque creo que entiendo lo que quieres decir. La gente suele encasillarme como un tipo algo frío y, digamos, no muy divertido.

Era excitante que compartiéramos una experiencia que me parecía tan personal, y repliqué al instante: A mí también suelen verme como una persona fría y poco divertida.

¿En serio?, dijo. A mí siempre me has parecido encantadora.

Entonces me asaltó el súbito e incontenible impulso de decir: Te quiero, Nick. No era una sensación precisamente desagradable; era más bien ligeramente divertida y alocada, como cuando te levantas de la silla y de pronto te das cuenta de lo borracha que estás. Pero era verdad. Me había enamorado de él.

Quiero ese abrigo, dije.

Sí, claro. Ni hablar.

A la noche siguiente, cuando llegamos a la presentación, Nick y Melissa ya estaban allí, hablando con varias personas a las que conocíamos, entre ellas Derek. Nick nos vio entrar, pero no me sostuvo la mirada cuando intenté cruzarla con él. Reparó en mí y apartó la vista. Bobbi y yo hojeamos el libro, pero no lo compramos. Saludamos a nuestros demás conocidos y Bobbi envió un mensaje a Philip preguntándole dónde estaba, mientras yo fingía leer las biografías de los autores. Entonces empezaron las lecturas.

Mientras Melissa leía, Nick la observaba con mucha atención y se reía cuando tocaba. El descubrimiento de que estaba enamorada de él, no solo encaprichada sino profunda y personalmente unida a ese hombre de un modo que tendría consecuencias duraderas para mi felicidad, había despertado en mí una nueva clase de celos hacia Melissa. No podía creer que Nick volviera a casa todas las noches con ella, o que cenaran juntos y a veces vieran películas en la televisión. ¿De qué conversaban? ¿Se lo pasaban bien juntos? ¿Hablaban de sus vidas sentimentales, se abrían el uno al otro? ¿Respetaba a Melissa más que a mí? ¿Le gustaba más que yo? Si estuviéramos las dos a punto de morir en un edificio en llamas y solo pudiera salvar a una, ¿acaso no salvaría a Melissa sin dudarlo un segundo? Me parecía poco menos que cruel tener tanto sexo con una persona a la que más tarde dejarás morir abrasada.

Tras concluir su lectura, Melissa sonrió radiante mientras todos aplaudíamos. Cuando volvió a sentarse, Nick le dijo algo al oído y su expresión cambió. Ahora sonreía de verdad, con los dientes y las comisuras de los ojos. Él siempre la llamaba «mi mujer» delante de mí. Al principio pensé que lo hacía como un juego, tal vez con algo de sarcasmo, como si en el fondo no la considerara su mujer. Ahora lo veía de un modo distinto. A Nick no le importaba que yo supiera que amaba a otra persona, es más, quería que lo supiera, pero le horrorizaba la idea de que Melissa descubriera lo nuestro. Era algo de lo que se avergonzaba, algo de lo que quería protegerla. Me tenía confinada en un compartimento de su vida en el que no le gustaba mirar o pensar cuando estaba con otras personas.

Una vez que se acabaron las lecturas, fui a buscar una copa de vino. Evelyn y Melissa estaban por allí cerca, sosteniendo sendos vasos de agua con gas, y la primera me hizo señas para que me uniera a ellas. Felicité a Melissa por su lectura. Por encima de su hombro vi que Nick venía hacia nosotras y que, al verme, vacilaba un poco. Evelyn estaba hablando sobre el editor del libro. Él se plantó a su lado y se abrazaron de un modo tan efusivo que las gafas de Evelyn quedaron torcidas y tuvo que recolocárselas. Nick y yo nos saludamos asintiendo educadamente con la cabeza. Esta vez me sostuvo la mirada durante un segundo más de lo necesario, como si lamentara que tuviéramos que encontrarnos de esa manera.

Tienes muy buen aspecto, le dijo Evelyn. En serio.

Ha estado prácticamente viviendo en el gimnasio, señaló Melissa.

Tomé un gran sorbo de vino blanco y lo retuve en la boca unos segundos. ¿Eso es lo que te él cuenta?, pensé.

Pues se nota, dijo Evelyn. Eres la viva imagen de la salud.

Gracias, repuso él. Me siento bien.

Melissa observaba a Nick con una especie de orgullo, como si gracias a sus cuidados él hubiese recuperado la salud tras una larga enfermedad. Me pregunté a qué se referiría con eso de «Me siento bien», o cómo pretendía que yo lo interpretara.

¿Y qué tal tú, Frances?, preguntó Evelyn. ¿Cómo va todo?

Muy bien, gracias, contesté.

Esta noche te veo un poco apagada, dijo Melissa.

Evelyn añadió alegremente: Yo también lo estaría si pasara tanto tiempo entre vejestorios como nosotros. ¿Dónde está Bobbi?

Ah, por ahí anda, dije. Señalé hacia la caja registradora, aunque en realidad no sabía dónde estaba.

¿Te estás cansando de los vejestorios?, preguntó Melissa.

En absoluto, contesté. De hecho, cada vez me gustan más.

Nick clavó los ojos en su copa.

Tendremos que buscarte una novia madurita, dijo Melissa. Alguien con mucho dinero.

No tuve valor para mirar a Nick. En torno al pie de mi copa, clavé la uña del pulgar en el índice hasta notar una punzada de dolor.

No estoy segura de cuál sería mi papel en esa relación, dije.

Podrías escribirle sonetos de amor, sugirió Evelyn.

Melissa sonrió con malicia. No subestimes el poder de la juventud y la belleza, dijo.

Eso suena a receta para la infelicidad más absoluta, dije.

Tienes veintiún años, dijo Melissa. Deberías ser absolutamente infeliz.

Estoy en ello, repliqué.

Entonces alguien se unió a la conversación para hablar con Melissa y yo aproveché la oportunidad para ir en busca de Bobbi. La encontré charlando con el cajero, cerca de la puerta principal. Bobbi nunca había tenido un empleo y le encantaba hablar con la gente sobre su trabajo. Hasta los detalles más prosaicos despertaban su interés, aunque por lo general no tardaba en olvidarlos. El cajero era un chico desgarbado con acné, que le estaba hablando con evidente entusiasmo sobre su grupo de música. Entonces el encargado de la librería se acercó y empezó a hablarnos del libro, que ninguna de nosotras había leído ni comprado. Me quedé junto a ellos, viendo cómo en la otra punta de la sala Melissa ponía su brazo distraídamente sobre la espalda de Nick.

Cuando vi que él nos miraba, me volví hacia Bobbi, sonriendo, y le aparté el pelo para susurrarle algo al oído. Ella miró a Nick y de repente me agarró de la muñeca, fuerte, más fuerte de lo que nunca antes me había tocado. El dolor me hizo reprimir un grito, y entonces Bobbi me soltó el brazo. Lo acuné contra mi pecho. Con una voz calmada y letal, mirándome directamente a los ojos, dijo: No vuelvas a utilizarme para tus putos jueguecitos. Me sostuvo la mirada unos segundos, con una seriedad aterradora, y luego se volvió de nuevo hacia el cajero.

Fui a buscar mi chaqueta. Sabía que nadie me estaba mirando, que a nadie le importaba lo que pensara o hiciera, y me pareció que casi vibraba con el poder de esa perversa y nueva libertad. Podía gritar o arrancarme la ropa si me apetecía, o arrojarme delante de un autobús mientras volvía a casa, ¿quién se iba a enterar? Bobbi no me iba a seguir. Nick ni siquiera quería que lo vieran hablando conmigo en público.

Me fui caminando a casa sin decirle a nadie que me marchaba. Cuando abrí la puerta de mi apartamento, los pies me estaban matando. Esa noche, sentada en la cama, me descargué en el móvil una aplicación para ligar por internet. Hasta subí una foto mía, una de las que me había hecho Melissa, en la que salía con los labios entreabiertos y mis ojos se veían enormes y perturbadores. Oí a Bobbi llegar a casa, la oí dejar caer el bolso en el recibidor en vez de colgarlo.

Iba canturreando «Green Rocky Road», lo suficientemente alto para que supiera que estaba borracha. Me quedé sentada a oscuras, pasando fotos de desconocidos que vivían en mi zona. Intenté pensar en ellos, imaginar que les dejaba besarme, pero no hacía más que pensar en Nick, mirándome con la cabeza apoyada en mi almohada, alargando la mano para tocarme el pecho como si le perteneciera.

No le dije a mi madre que me había llevado a Dublín el pequeño ejemplar encuadernado en piel del Nuevo Testamento. Sabía que no se percataría de su ausencia, y si intentaba explicárselo no entendería por qué me interesaba. Mi parte favorita de los Evangelios era un pasaje de Mateo en el que Jesús decía: Amad a vuestros enemigos, bendecid a los que os maldicen, haced bien a los que os aborrecen y orad por los que os ultrajan y os persiguen. Yo compartía ese deseo de superioridad moral frente a mis enemigos. Jesús siempre quería ser la mejor persona, y yo también. Subrayé ese pasaje varias veces con un lápiz rojo, para ilustrar que comprendía la forma de vida del cristianismo.

La Biblia tenía mucho más sentido para mí, un sentido casi perfecto, si imaginaba a Bobbi en el papel de Jesús. Ella nunca pronunciaba sus palabras de forma literal; a menudo las decía en tono sarcástico, o con una expresión extraña y distante. El versículo sobre los maridos y las mujeres se convertía en satírico, mientras que el pasaje sobre amar a nuestros enemigos resultaba totalmente sincero. Para mí tenía sentido que entablara amistad con mujeres adúlteras, y también que tuviera un grupo de discípulos que difundían su mensaje.

El día después de la presentación del libro, un viernes, le escribí a Bobbi un largo email en el que me disculpaba por lo sucedido entre nosotras en la librería. Intenté explicarle que me sentía vulnerable, pero lo hice sin emplear la palabra «vulnerable» ni ninguno de sus sinónimos. Sí dije que lo sentía, lo dije varias veces. Bobbi contestó al cabo de pocos minutos:

> no pasa nada, te perdono. pero últimamente tengo la sensación de estar viendo cómo desapareces.

Después de leer su mensaje me levanté de la mesa, y entonces recordé que estaba en la biblioteca de la universidad, aunque en realidad no podía ver el entorno a mi alrededor. Me abrí paso como pude hasta los lavabos y me encerré en un cubículo. Una bocanada de un agrio fluido me subió desde el estómago y me incliné sobre la taza del váter para vomitar. En ese instante perdí toda noción de mi cuerpo, desaparecido en algún lugar donde nadie volvería a verlo. ¿Quién iba a echarlo de menos? Me sequé la boca con un solo cuadrado de papel higiénico, tiré de la cadena y volví arriba. La pantalla de mi MacBook había fundido a negro e irradiaba un perfecto rectángulo resplandeciente procedente de la luz reflejada del techo. Me senté de nuevo, cerré la sesión de email y seguí leyendo un ensayo de James Baldwin.

Ese fin de semana después de la presentación del libro, no empecé exactamente a rezar, pero sí que busqué en internet cómo meditar. Básicamente consistía en cerrar los ojos y respirar mientras dejabas pasar los pensamientos sin tratar de retenerlos. Me concentraba en la respiración, eso sí estaba permitido. Incluso podías contar las veces que inhalabas y expulsabas el aire. Y luego, al final, podías pensar en cualquier cosa, en lo que quisieras, pero después de cinco minutos de contar respiraciones no tenía ganas de pensar.

Sentía la mente vacía, como el interior de un frasco de cristal. Me estaba apropiando de mi miedo a desaparecer por completo a través de una práctica espiritual. Estaba habitando la desaparición como algo que pudiera revelar e informar en lugar de totalizar y aniquilar. La mayoría de mis meditaciones eran infructuosas.

Mi padre me llamó el lunes sobre las once de la noche para decirme que había ingresado el dinero de mi asignación. Hablaba de un modo atropellado y vacilante, y no pude evitar un abrumador sentimiento de culpa. Ah, gracias, dije.

He puesto un poco de más, dijo. Nunca se sabe cuándo podrás necesitarlo.

No hacía falta. Tengo dinero suficiente.

Bueno, pues entonces date algún capricho.

Después de esa llamada me sentí inquieta y acalorada, como si acabara de subir una escalera corriendo. Intenté acostarme un rato, pero no sirvió de nada. Ese mismo día Nick me había mandado un email con un enlace a una canción de Joanna Newsom. Yo le contesté con el enlace a una grabación de Billie Holiday cantando «I'm a Fool to Want You», pero no me respondió.

Fui a la sala de estar, donde Bobbi estaba viendo un documental sobre Argelia. Dio unas palmaditas a su lado en el sofá y me senté.

¿Alguna vez has tenido la sensación de que no sabes qué estás haciendo con tu vida?, pregunté.

Ahora mismo estoy viendo esto, dijo Bobbi.

Miré la pantalla, en la que se sucedían viejas imágenes de guerra mientras una voz en off explicaba el papel del ejército francés en la contienda. Dije: A veces me siento… Bobbi se llevó un dedo a los labios y replicó: Frances, estoy viendo esto.

El miércoles por la noche contacté a través de la aplicación con un tipo llamado Rossa que me envió un par de mensajes. Me preguntó si quería quedar para conocernos y le dije que sí. Fuimos a tomar una copa a un bar de Westmoreland Street. Él también iba a la universidad, estudiaba medicina. No le hablé sobre los problemas que había tenido con mi útero. De hecho, me jacté de tener una salud de hierro. Él me habló de lo mucho que se había esforzado en el instituto, algo que parecía considerar una experiencia formativa, y le dije que me alegraba por él.

Yo nunca he puesto demasiado esfuerzo en nada, comenté.

Eso explica que estés estudiando filología.

Entonces dijo que estaba bromeando, y que de hecho había ganado un premio de redacción en su instituto. Me encanta la poesía, dijo. Sobre todo Yeats.

Ya, repuse. Si algo se puede decir a favor del fascismo es que dio buenos poetas.

Después de aquello, no volvió a decir una sola palabra sobre poesía. Más tarde me invitó a su piso y dejé que me desabotonara la blusa. Pensé: Esto es normal. Es lo que hace la gente normal. Rossa tenía un torso pequeño y suave, nada que ver con el de Nick, y no hizo ninguna de las cosas que Nick hacía antes del sexo, como acariciarme durante mucho tiempo y hablarme en susurros. Rossa fue directo al grano, sin apenas preliminares. Físicamente no sentí casi nada, más allá de un vago malestar. Permanecí rígida y en silencio, esperando que él se percatara de mi incomodidad y dejara de hacer lo que estaba haciendo, pero de nada sirvió. Pensé en pedirle que parara, pero temía que la situación empeorara si se negaba a hacerlo. No te vayas a meter en problemas legales, pensé. Así que me quedé allí tumbada y dejé que continuara. Me preguntó si me iba el rollo duro y le dije que creía que no, pero aun así me tiró del pelo. Me entraron ganas de reírme, y acto seguido me odié a mí misma por sentirme superior.

Cuando llegué a casa me encerré en mi habitación y saqué una tirita del cajón. Soy normal, pensé. Tengo un cuerpo como todos los demás. Luego me rasqué el brazo con saña hasta sangrar, una tenue mancha de sangre que se extendió hasta convertirse en una gota roja. Conté hasta tres y después abrí la tirita, la coloqué con cuidado sobre la herida y tiré el envoltorio de plástico.

22

Al día siguiente empecé a escribir un relato. Era jueves, no tenía clases hasta las tres y me senté en la cama con una taza de café que dejé sobre la mesilla de noche. No había previsto escribir un relato, solo me di cuenta después de un rato de que apenas estaba pulsando la tecla intro y de que las líneas iban formando frases completas que se encadenaban unas a otras como en la prosa. Cuando paré, había escrito más de tres mil palabras. Eran más de las tres y no había comido. Alcé las manos del teclado y observé a la luz de la ventana que parecían demacradas. Cuando me levanté de la cama, me invadió una aturdidora sensación de mareo, resquebrajándolo todo a mi alrededor en una lluvia de ruido visual. Me preparé cuatro tostadas y me las comí sin mantequilla. Guardé el documento como «b». Era el primer relato que había escrito en mi vida.

Esa noche Bobbi, Philip y yo fuimos a tomar unos batidos después de salir del cine. Durante la película había consultado el móvil seis veces para ver si Nick había contestado a un mensaje que le había enviado. En vano. Bobbi se había puesto una chaqueta vaquera y se había pintado los labios de un morado tan oscuro que parecía casi negro. Doblé una y otra vez la cuenta de los batidos siguiendo un complejo patrón geométrico, mientras Philip intentaba convencernos para que volviéramos a actuar juntas. Ambas nos mostrábamos evasivas al respecto, aunque no sabría decir exactamente por qué.

Yo estoy muy liada con la universidad, dijo Bobbi. Y Frances tiene un novio secreto.

La miré con expresión totalmente horrorizada. Lo noté en mis dientes, la conmoción como una fuerte sacudida en las terminaciones nerviosas. Bobbi frunció el ceño.

¿Qué pasa?, dijo. Él ya lo sabe, el otro día estaba hablando de eso.

¿Hablando de qué?, preguntó Philip.

De Frances y Nick, respondió Bobbi.

Philip la miró, y luego a mí. Bobbi se llevó la mano a la boca, despacio, con la palma abierta y horizontal, y negó levemente con la cabeza. Fue cuanto necesité para saber que Bobbi estaba realmente conmocionada y que aquello no era ningún jueguecito.

Creía que lo sabías, dijo. El otro día me pareció que estabas hablando de eso.

Estás de broma, dijo Philip. No me dirás que te has liado con él, ¿verdad?

Intenté que mi boca esbozara un gesto despreocupado. Melissa iba a visitar a su hermana ese fin de semana y yo le había enviado un mensaje a Nick para preguntarle si quería quedarse en mi piso durante su ausencia. A Bobbi no le importará, escribí. Él había visto el mensaje, pero no había contestado.

Está casado, joder, dijo Philip.

No te pongas en plan moralista, replicó Bobbi. Solo nos faltaba eso.

Continué apretando los labios hasta hacerlos cada vez más y más pequeños, sin mirar a nadie.

¿Va a dejar a su mujer?, preguntó Philip.

Bobbi se restregó un ojo con el puño. Con un hilo de voz, sin apenas despegar los labios, dije: No.

Tras un largo e ininterrumpido silencio en nuestra mesa, Philip me miró y dijo: Nunca pensé que dejarías que alguien se aprovechara de ti de esa manera. Una expresión compungida y avergonzada se dibujó en su rostro mientras pronunciaba esas palabras, y no pude evitar sentir lástima por todos nosotros, como si solo fuéramos unos críos que fingían ser adultos. Al poco, Philip se marchó y Bobbi empujó su batido a medio terminar hacia mí.

Lo siento, dijo. De verdad creía que él lo sabía.

Decidí beber todo el batido que pudiera sin respirar. No paré cuando me empezó a doler la boca. Tampoco paré cuando me empezó a doler la cabeza. No paré hasta que Bobbi dijo: Frances, ¿estás intentando ahogarte? Entonces levanté la vista como si todo fuera normal y dije: ¿Qué?

Ese fin de semana Nick me invitó a quedarme en su casa. Cuando llegué el viernes por la noche estaba cocinando, y me sentí tan aliviada al verlo que tuve ganas de hacer alguna tontería romántica, como arrojarme a sus brazos. No lo hice. Me senté a la mesa y empecé a morderme las uñas. Él dijo que estaba muy callada, y yo me arranqué un trocito de uña del pulgar y luego la examiné con gesto crítico.

Creo que debería contarte, dije, que el otro día me acosté con un tipo al que conocí en Tinder.

¿Ah, sí?

Nick estaba cortando verduras en daditos muy pequeños con su habitual pulcritud. Le gustaba cocinar, me había comentado que lo relajaba.

No estarás enfadado conmigo, ¿verdad?, pregunté.

¿Por qué iba a estarlo? Puedes acostarte con otra gente si te apetece.

Lo sé. Pero me siento tonta. Creo que fue una estupidez.

¿En serio?, dijo. ¿Cómo era el tipo?

Nick no había alzado la vista de la tabla de cortar. Utilizó la hoja del cuchillo para desplazar los trozos de cebolla a un lado y empezó a picar un pimiento rojo.

Horrible, contesté. Me dijo que le encantaba Yeats, ¿te lo puedes creer? Prácticamente tuve que pararle para que no recitara «La isla del lago de Innisfree» en pleno bar.

Pobre, te compadezco.

Y el sexo fue espantoso.

Nadie a quien le guste Yeats está capacitado para las relaciones íntimas.

Cenamos sin tocarnos en ningún momento. La perra se despertó y quiso salir a la calle, y yo ayudé a meter los platos en el lavavajillas. Nick salió a fumar un cigarrillo y dejó la puerta abierta para que pudiéramos hablar. Tenía la impresión de que quería que me marchara, pero era demasiado educado para decírmelo. Me preguntó por Bobbi. Está bien, dije. ¿Cómo está Melissa? Se encogió de hombros. Finalmente apagó el cigarrillo y subimos arriba. Me senté en la cama y empecé a desnudarme.

¿Estás segura de que esto es lo que quieres?, me preguntó.

Siempre estaba diciendo esa clase de cosas, así que me limité a contestar sí o a asentir mientras me desabrochaba el cinturón. De pronto lo oí decir a mi espalda: Es que tengo la sensación de que… no sé. Me di la vuelta y lo vi allí plantado, frotándose el hombro izquierdo con la mano.

Pareces un poco distante, dijo. Si no quieres… Si te apetece más estar en otra parte, no quiero que te sientas atrapada aquí.

No, lo siento. No era mi intención parecer distante.

No, yo no… Siento que me cuesta hablar contigo. Puede que sea culpa mía, no lo sé. Me siento un poco…

Nick no solía dejar las frases inacabadas de ese modo. Empecé a ponerme nerviosa. Le dije otra vez que no pretendía parecer distante. No entendía qué estaba tratando de decirme y tenía miedo de averiguarlo.

Si estás haciendo esto por algún otro motivo y no solo porque lo deseas, dijo, entonces no lo hagas. Eso no es lo quiero, ¿sabes?, no tengo ningún interés en eso.

Murmuré algo del tipo claro que no, pero en realidad no acababa de entender de qué me estaba hablando. Parecía preocupado por la posibilidad de que me hubiese enamorado de él e intentara decirme que solo estaba interesado en el sexo. Fuera lo que fuese, le di la razón.

En la cama, él se puso arriba y apenas hubo contacto visual entre nosotros. De forma impulsiva, le cogí una mano y la apreté contra mi garganta. Él la mantuvo inmóvil unos segundos y luego me preguntó: ¿Qué quieres que haga? Me encogí de hombros. Quiero que me mates, pensé. Me acarició con los dedos el tenso músculo de la garganta y luego apartó la mano.

Cuando acabamos, me preguntó por la tirita del brazo. ¿Te has hecho daño?, preguntó. Me miré la herida, pero no dije nada. Oía a Nick respirando pesadamente, como si estuviera cansado. Sentí un montón de cosas que no quería sentir. Sentí que era una persona dañada que no merecía nada.

¿Serías capaz de pegarme?, pregunté. Quiero decir, si yo te lo pidiera.

Nick no se volvió para mirarme, tenía los ojos cerrados. Dijo: Eh… no lo sé. ¿Por qué, quieres que lo haga? Yo también cerré los ojos, y exhalé el aire muy despacio hasta que se vaciaron mis pulmones y noté el estómago pequeño y plano.

Sí, dije. Quiero que lo hagas ahora.

¿Qué?

Quiero que me pegues.

No creo que quieras que lo haga, dijo.

Yo sabía que se había incorporado y me miraba fijamente, aunque seguía con los ojos cerrados.

Hay gente a la que le gusta, dije.

¿Quieres decir durante el sexo? No sabía que te interesaran esa clase de cosas.

Entonces abrí los ojos. Nick tenía el ceño fruncido.

Oye, ¿estás bien?, dijo. ¿Por qué lloras?

No estoy llorando.

Pero resultó que sí estaba llorando. Era algo que mis ojos hacían mientras estábamos hablando. Nick me tocó la cara donde estaba mojada.

No estoy llorando, dije.

¿Crees que quiero hacerte daño?

Notaba las lágrimas brotando de mis ojos, pero no se sentían calientes como lágrimas de verdad. Eran frescas como pequeños arroyos de un lago.

No lo sé, dije. Solo te digo que puedes hacerlo.

Pero ¿es algo que quieres que haga?

Puedes hacer lo que quieras conmigo.

Ya, repuso. Lo siento. No sé qué responder a eso.

Me sequé la cara con la muñeca. No importa, dije. Olvídalo. Intentemos dormir un poco. Nick no dijo nada al principio, se limitó a quedarse allí tumbado. No miré hacia él, pero notaba la tensión de su cuerpo en el colchón, como si fuera a incorporarse de golpe. Finalmente dijo: Ya hemos hablado de esto, lo sabes, no puedes atacarme cada vez que te sientes mal.

No te estoy atacando, dije.

¿Cómo te sentirías si me acostara con otras mujeres y luego me presentara en tu casa y me jactara de ello?

Me quedé helada. Para entonces había olvidado por completo lo de mi cita con Rossa. Cuando se lo conté, Nick había reaccionado con tal indiferencia que el incidente había quedado reducido al instante a una nimiedad y no había vuelto a pensar en él. Ni siquiera se me había pasado por la cabeza que pudiera ser la causa de su extraña actitud. Para mis adentros reconocí que si él me hubiese hecho lo mismo —buscarse otra mujer, acostarse con ella y luego contármelo con toda la tranquilidad del mundo mientras yo le preparaba la cena— no hubiese querido volver a verlo en mi vida. Pero aquello era distinto.

Joder, estás casado, dije.

Ya, gracias. Eso lo justifica todo. O sea que como estoy casado puedes tratarme como te dé la gana.

No puedo creer que intentes hacerte la víctima.

No lo hago, dijo. Pero creo que, si eres sincera contigo misma, en el fondo te va bien que yo esté casado, porque así puedes hacer lo que quieras y echarme la culpa de todo.

Yo no estaba acostumbrada a que me atacaran así, y me asusté. Me veía a mí misma como una persona independiente, tan independiente que las opiniones de los demás me resultaban irrelevantes. Ahora temía que Nick estuviera en lo cierto: me aislaba de las críticas para poder actuar mal sin perder mi sentido de la integridad.

Me prometiste que ibas a contarle lo nuestro a Melissa, dije. ¿Cómo crees que me siento teniendo que mentirle a todo el mundo en todo momento?

No creo que te moleste tanto. La verdad, creo que solo quieres que se lo cuente porque te gustaría que nos peleáramos.

Si eso es lo que piensas de mí, ¿por qué siquiera estamos haciendo esto?

No lo sé, contestó.

Me incorporé en la cama y empecé a vestirme. Nick me consideraba una persona cruel y mezquina empeñada en destruir su matrimonio. Nick no sabía por qué seguía viéndome, no lo sabía. Me abotoné la blusa, sintiendo una humillación tan profunda que me costaba respirar con normalidad.

¿Qué haces?, preguntó.

Será mejor que me vaya.

Vale, dijo. Me puse la rebeca y me levanté de la cama. Sabía lo que iba a decirle, lo más desesperado que se me ocurriera en ese momento, como si incluso desde lo más profundo de mi ignominia anhelara algo peor.

El problema no es que estés casado, dije. El problema es que yo te quiero y obviamente tú no me quieres a mí.

Nick respiró hondo y dijo: Te estás poniendo de lo más melodramática, Frances.

Que te jodan, repliqué.

Salí de la habitación dando un portazo. Mientras bajaba por la escalera Nick gritó algo que no alcancé a oír. Caminé hacia la parada del autobús pensando que ahora mi humillación ya era completa. Aun sabiendo que Nick no me quería, había dejado que se acostara conmigo siempre que se le antojaba, por pura desesperación y con la ingenua esperanza de que no fuera consciente del daño que me estaba haciendo. Ahora ni siquiera podía aferrarme a esa esperanza. Nick sabía que lo quería, que se estaba aprovechando de mis tiernos sentimientos por él, y aun así no le importaba. No había nada que hacer. En el autobús de vuelta a casa, con la mirada perdida más allá de la negra ventana, me mordí por dentro de la mejilla hasta notar el sabor de la sangre.

23

El lunes por la mañana, cuando intenté sacar dinero para ir a comprar comida, el cajero automático me dijo que no tenía suficiente saldo. Estaba en Thomas Street bajo la lluvia, con una bolsa de lona debajo del brazo, y sentí una punzada de dolor detrás de los ojos. Lo intenté otra vez, aunque a mi espalda se había formado una pequeña cola y oí a alguien llamarme en voz baja «jodida turista». El cajero expulsó mi tarjeta con un leve chasquido.

Me fui andando hasta la oficina bancaria con la bolsa de lona sobre la cabeza. Una vez dentro, me sumé a la cola de clientes trajeados mientras una fría voz femenina iba anunciando cosas del tipo: Ventanilla cuatro, por favor. Cuando llegó mi turno, el chico que había al otro lado del cristal me pidió que insertara la tarjeta. En su chapa identificativa ponía «Darren» y parecía un preadolescente. Tras echar un rápido vistazo a la pantalla del ordenador, me dijo que tenía un descubierto de treinta y seis euros.

¿Qué?, dije. Perdona, lo siento, ¿cómo has dicho?

Darren giró la pantalla hacia mí y señaló los últimos movimientos de mi cuenta corriente: los billetes de veinte euros que había sacado de los cajeros, los cafés que había pagado con tarjeta. No había entrado ni un céntimo en la cuenta desde hacía más de un mes. Sentí que la sangre abandonaba mi rostro, y recuerdo perfectamente haberme dicho para mis adentros: Este chaval que trabaja en el banco está pensando que soy imbécil.

Lo siento, dije.

¿Está esperando una transferencia?

Sí. Lo siento.

Las transferencias podían tardar entre tres y cinco días en hacerse efectivas, me informó Darren amablemente. Todo dependía de cómo se hubiese hecho.

Vi mi propio rostro, pálido y desencajado, en la luna de cristal.

Gracias, dije. Ya sé lo que ha pasado. Muchas gracias.

Salí a la calle y marqué el número de mi padre desde la misma entrada del banco. No lo cogió. Todavía plantada allí en la calle llamé a mi madre, y ella sí contestó. Le conté lo que había pasado.

Papá me dijo que había ingresado el dinero.

Se le habrá pasado, cariño.

Pero me llamó para decirme que lo había hecho.

¿Has probado a llamarle?, preguntó.

No me coge el teléfono.

Bueno, yo puedo echarte una mano, dijo. Esta tarde ingresaré cincuenta euros en tu cuenta mientras esperas noticias suyas, ¿de acuerdo?

Estuve a punto de explicarle que cuando el banco cobrara el descubierto solo me quedarían catorce euros, pero no lo hice.

Gracias, dije.

No te preocupes.

Colgamos.

Cuando llegué a casa tenía un email de Valerie. Me recordaba que estaba interesada en leer algunos de mis escritos y decía que Melissa le había pasado mi dirección de correo. El hecho de haber conseguido causar una impresión duradera en Valerie me llenó de una sensación de triunfo desdeñoso. Aunque me había ignorado durante la cena, ahora me veía como algo interesante cuya naturaleza quería desentrañar. Imbuida de ese humor triunfalmente recriminatorio, le envié el nuevo relato sin revisarlo siquiera en busca de erratas. El mundo entero no era para mí más que una pelota de papel de periódico arrugado, algo que podía tratar a patadas.

Esa noche empecé a sentir náuseas otra vez. Había acabado el segundo blíster de píldoras dos días antes, y cuando me senté a cenar la comida me pareció viscosa y extraña al paladar. Vacié el plato en el cubo de la basura, pero el olor me revolvió el estómago y empecé a sudar. Me dolía la espalda y salivaba profusamente. Cuando me llevé el dorso de la mano a la frente, la noté húmeda y muy caliente. Estaba volviendo a pasar, lo sabía, pero no podía hacer nada.

Hacia las cuatro de la madrugada fui a vomitar al baño. Después de vaciar el estómago me quedé tumbada en el suelo, temblando, mientras el dolor recorría mi columna como si fuera un animal. Pensé: Puede que me muera, ¿y a quién le importa? Era consciente de que estaba sangrando mucho. Cuando me sentí con fuerzas suficientes para moverme, me arrastré hasta la cama. Vi que Nick me había mandado un mensaje a media noche en el que decía: He intentado llamarte, ¿podemos hablar? Yo sabía que quería romper conmigo. Nick era una persona paciente y yo había agotado su paciencia. Me odiaba a mí misma por las cosas terribles que le había dicho, me odiaba por lo que esas palabras revelaban acerca de mí. Quería que él se mostrara cruel conmigo porque me lo merecía. Quería que me dijera las cosas más atroces que se le ocurrieran, o que me sacudiera hasta que no pudiese respirar.

El dolor seguía allí por la mañana, pero decidí ir a clase de todos modos. Ingerí una leve sobredosis de paracetamol y me envolví en un abrigo antes de salir de casa. De camino a la universidad no paró de llover. Me senté al fondo del aula, temblando, y activé una alarma en el portátil para avisarme de cuándo podía tomar la siguiente dosis. Varios compañeros me preguntaron si me encontraba bien, incluso el profesor me lo preguntó al finalizar la clase. Parecía un buen hombre, así que le dije que había perdido un montón de clases por motivos de salud y no podía permitirme perder ni una más. Me miró y dijo: Ah. Le dediqué mi mejor sonrisa pese a que no podía dejar de temblar, y entonces empezó a sonar la alarma del paracetamol.

Fui a la biblioteca para empezar un trabajo que debía entregar dentro de dos semanas. Mi ropa seguía húmeda a causa de la lluvia y podía oír un débil zumbido en el oído derecho, aunque apenas le hice caso. Lo que más me preocupaba era la agudeza de mis facultades analíticas. No estaba segura de recordar qué significaba exactamente la palabra «epistémico», ni tan siquiera de si aún era capaz de leer. Durante unos minutos, apoyé la cabeza en la mesa y escuché cómo el zumbido iba aumentando de intensidad, hasta el punto de parecer casi un amigo que me hablara al oído. Podrías morir, pensé, y en ese momento se me antojó un pensamiento agradable y relajante. Imaginé la muerte como un interruptor que apagara todo el dolor y el ruido, que me desconectara de todo.

Cuando me fui de la biblioteca seguía lloviendo y hacía muchísimo frío. Me castañeteaban los dientes y no recordaba una sola palabra en lengua inglesa. La lluvia trazaba pequeñas olas sobre el sendero, como si se tratara de un efecto especial. No llevaba paraguas y percibí que mi cara y mi pelo estaban muy mojados, más de lo normal. Vi a

Bobbi resguardándose junto al edificio de Humanidades y eché a andar hacia ella, tratando de recordar qué se solía decir la gente para saludarse. Resultaba desconcertante tener que esforzarme tanto para eso. Le hice señas con la mano y ella vino hacia mí corriendo, o eso me pareció, diciendo algo que no entendí.

Entonces perdí el conocimiento. Cuando desperté estaba tumbada al abrigo del edificio, rodeada de gente, y estaba pronunciando la palabra: ¿Qué? Todos parecieron sentir alivio al ver que hablaba. Un guardia de seguridad estaba diciendo algo por el walkie-talkie, pero no podía oírlo. El dolor me atenazaba el abdomen como un puño cerrado y traté de incorporarme para ver si Bobbi estaba allí. La vi hablando por el móvil, tapándose la oreja libre con una mano como si le costara oír lo que decía la otra persona. La lluvia caía con estrépito, como una radio mal sintonizada.

Ah, ya ha vuelto en sí, dijo Bobbi por teléfono. Un segundo.

Entonces me miró. ¿Te encuentras bien?, preguntó. Ella estaba seca e impecable como una modelo de catálogo. Yo tenía el pelo chorreando sobre la cara. Estoy bien, contesté. Bobbi siguió hablando por teléfono, pero no oí lo que decía. Intenté secarme la cara con la manga, pero la tela estaba aún más empapada que mi cara. Más allá del edificio, la lluvia seguía cayendo blanca como la leche. Bobbi guardó el teléfono y me ayudó a incorporarme.

Lo siento, dije. Lo siento mucho.

¿Es lo mismo de la otra vez?, preguntó Bobbi.

Asentí en silencio. Bobbi se estiró la manga sobre la mano y me secó la cara. Su jersey estaba seco y era muy suave. Gracias, dije. La gente empezó a dispersarse y el guardia de seguridad fue a echar un vistazo a la vuelta de la esquina.

¿Quieres que te lleve al hospital?, preguntó Bobbi.

Seguramente me dirán que espere a la ecografía.

Pues entonces vámonos a casa. ¿De acuerdo?

Enlazó su brazo con el mío y salimos a Nassau Street, donde justo en ese momento pasaba un taxi. El taxista frenó y nos dejó subir al asiento trasero pese a los bocinazos de los coches que venían detrás. Bobbi le dio nuestra dirección, y yo recliné lánguidamente la cabeza y miré por la ventanilla mientras ellos charlaban. La luz de las farolas bañaba a los transeúntes con un resplandor angelical. Vi escaparates y rostros en las ventanillas de los autobuses. Luego se me cerraron los ojos.

Cuando llegamos a nuestra calle, Bobbi insistió en pagar. En la entrada del edificio, me agarré a la barandilla de hierro y esperé que ella abriera la puerta. Una vez dentro de casa, me preguntó si me apetecía darme un baño. Asentí, sí. Me apoyé contra la pared del pasillo. Ella se fue a prepararme el baño y me quité el abrigo muy despacio. Un dolor atroz me sacudía por dentro. Bobbi reapareció frente a mí y me cogió el abrigo para colgarlo.

¿Necesitas que te ayude a quitarte la ropa?, preguntó.

Pensé en el relato que le había enviado a Valerie esa mañana, un relato que, ahora lo recordaba, hablaba de Bobbi en términos explícitos, un relato que la describía como un misterio tan insondable que me superaba, una fuerza que no podía subyugar por mucho que quisiera, y el amor de mi vida. Palidecí al recordarlo. Por algún motivo no había sido consciente de ello, o me había obligado a no ser consciente de ello, y de pronto ahí estaba.

No te preocupes, dijo. Te he visto desnuda cientos de veces.

Intenté sonreír, aunque al respirar movía los labios de un modo que seguramente crispaba mi sonrisa.

No me lo recuerdes, le dije.

Venga ya. Tampoco estuvo tan mal. Nos lo pasamos bien.

Cualquiera diría que intentas ligar conmigo.

Bobbi se echó a reír. En mi relato describía una fiesta a la que había acudido después de las pruebas de acceso a la universidad. Me había bebido casi media botella de vodka y me había pasado la noche vomitando. Cada vez que alguien intentaba ayudarme yo lo apartaba y decía: Quiero que venga Bobbi. Ella ni siquiera había ido a la fiesta.

Te desnudaré de un modo nada sexy, me aseguró. No sufras.

El agua seguía corriendo. Entramos en el cuarto de baño y me senté en la tapa del váter mientras ella se remangaba para comprobar la temperatura del agua. Me dijo que estaba caliente. Ese día yo llevaba una blusa blanca e intenté desabrocharme los botones, pero las manos me temblaban. Bobbi cerró el grifo y se agachó para acabar de desabotonarla. Tenía los dedos mojados y dejó pequeñas huellas oscuras alrededor de los ojales. Luego me sacó los brazos de las mangas sin esfuerzo, como si estuviera pelando una patata.

Habrá sangre por todas partes, le advertí.

Suerte que soy yo la que está aquí y no tu novio.

No sigas por ahí. Nos hemos peleado. Es… mmm… Las cosas no van muy bien.

Bobbi se levantó y se acercó otra vez a la bañera. De pronto parecía absorta. Su pelo y sus uñas relucían bajo la luz blanca del baño.

¿Sabe que estás enferma?, preguntó.

Negué con la cabeza. Bobbi dijo algo de que iba a buscarme una toalla y salió del cuarto. Me levanté muy despacio, acabé de desnudarme y como pude conseguí meterme en la bañera.

En el relato había incluido una anécdota en la que yo no aparecía. Cuando teníamos dieciséis años, Bobbi se había ido a estudiar a Berlín durante seis semanas y se había alojado en casa de una familia que tenía una hija de nuestra edad llamada Liese. Una noche, sin intercambiar una sola palabra, Bobbi y Liese se acostaron juntas. Lo hicieron en silencio para que no las oyeran los padres de Liese, y después nunca volvieron a hablar del asunto. Bobbi no se recreó en los aspectos sensoriales del encuentro. No me dijo si había alimentado algún deseo por Liese antes de que ocurriera, ni si estaba al tanto de los sentimientos de esta, ni tan siquiera qué le había parecido la experiencia. Si me lo hubiera contado cualquier otra compañera de clase no la habría creído, pero tratándose de Bobbi supe al instante que era cierto. Yo deseaba a Bobbi y, al igual que Liese, habría hecho cualquier cosa para estar con ella. Me lo contó solo para que supiera que no era virgen. Pronunció el nombre de Liese sin especial afecto o desdén, como si fuera una chica más a la que había conocido, y durante meses después, tal vez para siempre, viví con el temor a que algún día pronunciara mi nombre del mismo modo.

El agua estaba jabonosa y un poco demasiado caliente, y me dejó una marca rosada en la pierna. Me obligué a sumergirme del todo en la bañera, y el agua me lamió obscenamente. Intenté visualizar el dolor abandonando mi cuerpo, derramándose y diluyéndose en el agua. Bobbi llamó a la puerta y entró con una gran toalla de color rosa, una de las nuevas que se había traído de casa de sus padres. Fue a colgarla en el toallero mientras yo cerraba los ojos. La oí salir otra vez, y luego el sonido de un grifo en el cuarto de al lado, la puerta de su dormitorio abriéndose y cerrándose. Pude oír su voz, debía de estar hablando por teléfono.

Al cabo de unos minutos, volvió al cuarto de baño y me tendió su móvil.

Es Nick, dijo.

¿Qué?

Nick al teléfono, para ti.

Yo tenía las manos mojadas. Saqué una del agua y la alargué torpemente para secarla en una toalla antes de coger el teléfono. Bobbi volvió a salir.

Oye, ¿estás bien?, dijo la voz de Nick.

Cerré los ojos. Había ternura en su voz, y sentí el impulso de refugiarme en ella como si fuera algo hueco en cuyo interior pudiera permanecer suspendida.

Ahora ya estoy bien, dije. Gracias.

Bobbi me lo ha contado. Te habrás llevado un susto de muerte.

Durante unos segundos ninguno de los dos dijo nada, y luego empezamos a hablar a la vez.

Tú primero, dije.

Nick dijo que le gustaría venir a verme. Le respondí que podía hacerlo. Me preguntó si necesitaba algo y le contesté que no.

Vale, repuso. Ahora mismo cojo el coche. ¿Qué ibas a decirme?

Te lo diré cuando nos veamos.

Colgué y dejé el móvil con cuidado en la parte seca de la alfombrilla. Luego volví a cerrar los ojos y me dejé envolver por la calidez del agua, la fragancia artificial y afrutada del champú, el rígido plástico de la bañera, la niebla de vapor que me humedecía la cara. Estaba meditando. Estaba contando respiraciones.

Después de lo que me pareció una eternidad, quince minutos o media hora, Bobbi volvió a entrar. Abrí los ojos y el cuarto resplandecía, con un brillo deslumbrante y extrañamente hermoso. ¿Todo bien?, preguntó Bobbi. Le dije que Nick iba a venir y ella contestó: Bien. Se sentó en el borde de la bañera y la observé mientras sacaba un paquete de cigarrillos y un mechero de su cárdigan.

Lo que me dijo después de encender el cigarrillo fue: ¿Vas a escribir un libro? Entonces comprendí que Bobbi no había respondido a las preguntas de Philip sobre nuestras actuaciones porque de algún modo intuía que algo había cambiado, que yo estaba trabajando en algo nuevo. El hecho de que lo hubiese notado me daba cierta confianza, pero a la vez venía a demostrar que no había nada en mí que resultara insondable para ella. Tal vez tardara un poco en percatarse de las cosas más sórdidas o mundanas, pero nunca se le escapaban los cambios verdaderamente importantes que se producían en mi interior.

No lo sé, dije. ¿Y tú?

Bobbi cerró un ojo con fuerza, como si le molestara, y luego volvió a abrirlo.

¿Por qué iba yo a escribir un libro?, replicó. No soy escritora.

¿Qué vas a hacer? Cuando acabemos la carrera.

No lo sé. Trabajar en una universidad, si puedo.

Ese condicional, «si puedo», dejaba claro que Bobbi estaba tratando de decirme algo importante, algo que no podía comunicarse mediante palabras sino a través de un cambio en nuestra forma de relacionarnos. Era absurdo que añadiera ese «si puedo» al final de la frase, porque ella venía de una familia adinerada, estaba muy centrada en sus estudios y sacaba buenas notas, pero tampoco tenía ningún sentido en el contexto de nuestra relación. No había espacio para el condicional en su forma de relacionarse conmigo. Me trataba como una persona, acaso la única, que comprendía el tremendo y aterrador poder que ejercía sobre las circunstancias y la gente que la rodeaba. Podía conseguir todo lo que quisiera, y yo lo sabía.

¿Qué quieres decir con «si puedes»?

Era una pregunta demasiado obvia, y durante un rato Bobbi no dijo nada, concentrada en quitarse un pelo suelto de la manga de su cárdigan.

Creía que te proponías acabar con el capitalismo global, dije.

Bueno, no puedo hacerlo yo sola. Alguien tiene que encargarse de las tareas menores.

No te veo como una persona dedicada a tareas menores.

Pues lo soy, dijo.

En realidad no sabía qué había querido decir con eso de «persona dedicada a tareas menores». Yo creía en las tareas menores, como criar hijos, recolectar fruta, limpiar. Eran las tareas que consideraba más valiosas, las que me parecían más dignas de respeto. Me confundía que de pronto le estuviera diciendo a Bobbi que un puesto en la universidad era demasiado poco para ella, pero también me confundía imaginarla dedicándose a algo tan corriente y rutinario. Mi piel había alcanzado la misma temperatura que el agua, y saqué una rodilla al aire frío antes de volver a sumergirla.

Bueno, serás una catedrática de fama mundial, dije. Darás clases en la Sorbona.

No.

Parecía irritada, como si estuviera a punto de decir algo, pero luego su mirada se volvió serena y distante.

Tú crees que las personas que te gustan son especiales, dijo.

Intenté incorporarme y noté la dureza de la bañera en mis huesos.

Solo soy una persona normal, dijo. Cuando te gusta alguien, le haces sentir que es diferente del resto. Lo estás haciendo con Nick, como lo hiciste conmigo en su día.

No.

Bobbi me miró a los ojos, sin rastro de crueldad o ira, y dijo: No es mi intención ofenderte.

Pues me estás ofendiendo, dije.

Bueno, lo siento.

Esbocé una pequeña mueca. Su móvil empezó a zumbar sobre la alfombrilla de baño. Lo cogió y dijo: ¿Sí? Claro, dame un segundo. Luego colgó. Era Nick, Bobbi salió al recibidor para abrirle abajo.

Me quedé tumbada en la bañera sin pensar, sin hacer nada. Al cabo de unos segundos, oí que Bobbi abría la puerta del piso y luego decía: Ha tenido un día muy duro, así que sé bueno con ella. Y Nick respondía: Lo sé, no te preocupes. En ese momento los quise tanto a los dos que hubiese deseado aparecerme ante ellos como un fantasma benévolo y colmar sus vidas de bendiciones. Gracias, quería decirles. Gracias a los dos. Ahora sois mi familia.

Nick entró en el baño y cerró la puerta. Ahí está ese bonito abrigo, dije. Lo llevaba puesto. Sonrió, se frotó un ojo. Me tenías preocupado, dijo. Me alegro de que estés lo bastante bien para retomar tu fetichismo materialista. ¿Te duele? Me encogí de hombros. Ya no tanto, dije. Nick me miraba fijamente. Luego bajó la vista a sus zapatos y tragó con fuerza. ¿Estás bien?, pregunté. Él asintió, se secó la nariz con la manga. Me alegro de verte, dijo. Su voz sonaba apagada. No te preocupes, le dije. Estoy bien. Nick alzó la vista al techo, como si se riera de sí mismo, y vi que tenía los ojos húmedos. Me alegra oír eso, dijo.

Le dije que quería salir de la bañera y él cogió la toalla para dármela. Cuando me levanté, me miró de un modo que no era en absoluto vulgar, la clase de mirada que diriges al cuerpo de alguien cuando lo has visto un sinfín de veces y mantienes una relación especial con esa persona. Yo no aparté los ojos ni me sentí avergonzada. Intenté imaginar qué aspecto tendría en ese instante: mojada, con la piel enrojecida por el agua caliente, el pelo chorreando en pequeños arroyos sobre mis hombros. Lo miré allí plantado ante mí, sin pestañear, su expresión serena e insondable como un océano. En ese momento no hacía falta que habláramos. Nick me envolvió con la toalla y salí de la bañera.

24

En mi habitación, Nick se sentó en la cama mientras yo me ponía un pijama limpio y me secaba el pelo con la toalla. Podíamos oír a Bobbi rasgueando el ukelele en su cuarto. Mi cuerpo parecía irradiar una sensación de paz. Me sentía cansada y muy débil, pero a su manera eran también sensaciones apacibles. Al final me senté junto a Nick, que me rodeó con el brazo. Noté el olor a humo de tabaco en el cuello de su camisa. Me preguntó por mi salud, y le conté que en agosto había tenido que ir al hospital y que estaba esperando que me hicieran una ecografía. Me acarició el pelo y me dijo que lamentaba mucho que no se lo hubiera contado antes. Le dije que no quería que me tuviera lástima, y durante un rato guardó silencio.

Siento mucho lo de la otra noche, dijo al fin. Tuve la sensación de que querías herir mis sentimientos y reaccioné de forma exagerada, lo siento.

Por algún motivo, lo único que se me ocurrió decir fue: No pasa nada, no te preocupes. Esas fueron las únicas palabras que me salieron, así que las dije en el tono más tranquilizador posible.

De acuerdo, dijo él. Oye, ¿puedo contarte algo?

Asentí.

He hablado con Melissa, dijo. Le he explicado que nos estamos viendo. ¿Te parece bien?

Cerré los ojos. ¿Qué ocurrió?, pregunté en voz baja.

Estuvimos hablando un buen rato. Creo que se lo ha tomado bien. Le dije que quería seguir viéndote y lo entiende, así que…

No tenías por qué hacerlo.

Debí haberlo hecho desde el principio, dijo. No había ninguna necesidad de hacerte pasar por todo esto, he sido un cobarde.

Nos quedamos unos segundos en silencio. Me sentía dichosamente exhausta, como si cada célula de mi cuerpo sucumbiera poco a poco a un profundo sueño.

Sé que no soy un gran tipo, dijo. Pero te quiero, ¿sabes? Por supuesto que te quiero. Lamento no habértelo dicho antes, pero no sabía si querías oírlo. Lo siento.

Yo sonreía. Mis ojos seguían cerrados. Era una sensación agradable, la de estar equivocada en todo. ¿Desde cuándo me quieres?, pregunté.

Desde que te conocí, creo. Si me pusiera muy filosófico, diría que te he querido desde antes de conocerte.

Oh, me estás haciendo muy feliz.

¿De veras?, repuso. Eso está bien. Quiero hacerte muy feliz.

Yo también te quiero.

Nick me besó en la frente. Cuando habló empleó palabras ligeras, pero percibí en su voz una emoción contenida que me conmovió. Muy bien, dijo. Bueno, ya has sufrido bastante. A partir de ahora, seamos muy felices.

Al día siguiente recibí un email de Melissa. Estaba en la biblioteca, pasando unas notas al ordenador, cuando llegó su mensaje. Decidí que antes de leerlo daría una vuelta alrededor de las mesas de la biblioteca. Me levanté despacio y eché a andar. Allí dentro todo era muy marrón. Más allá de las ventanas, una ráfaga de viento agitaba los árboles. En el verde campo de críquet una mujer corría en pantalón corto, moviendo los codos arriba y abajo como si fueran pequeños pistones. Eché un vistazo a mi mesa para asegurarme de que el portátil seguía en su sitio. Allí estaba, iluminando el vacío con su ominoso resplandor. Llevaba medio camino recorrido cuando volví sobre mis pasos, como si aquel circuito alrededor de las mesas de la biblioteca fuera en realidad una prueba de resistencia física de algún tipo. Entonces abrí el email.

Hola, Frances. No estoy enfadada contigo, quiero que lo sepas. Solo te escribo porque creo que es importante que nadie se llame a engaño. Nick no quiere dejarme & yo tampoco quiero dejarlo a él. Vamos a continuar viviendo juntos & seguiremos casados. Te escribo esto en un email porque no confío en que Nick vaya a ser totalmente sincero contigo al respecto. Tiene una personalidad débil & una tendencia compulsiva a decirle a la gente lo que quiere escuchar. En pocas palabras, si te acuestas con mi marido porque albergas la esperanza secreta de que algún día se convertirá en tu marido, estás cometiendo un grave error. Nick no va a divorciarse de mí & aunque lo hiciera nunca se casaría contigo. Asimismo, si te acuestas con él porque crees que su afecto demuestra que eres una buena persona, o incluso una persona inteligente o atractiva, debes saber que Nick no se siente atraído esencialmente por mujeres hermosas o moralmente dignas. Le gusta que su pareja sea capaz de asumir la responsabilidad de todas sus decisiones, eso es todo. No confíes en afianzar tu sentido de la autoestima mediante esta relación. Estoy segura de que ahora mismo encuentras encantadora la total aquiescencia de Nick, pero es algo que a lo largo de una relación conyugal acaba resultando agotador. Discutir con él es imposible porque es patológicamente sumiso, & no puedes gritarle sin odiarte a ti misma. Lo sé porque hoy me he pasado un buen rato gritándole. Puesto que yo también he cometido «errores» en el pasado, me cuesta sentirme traicionada de un modo verdaderamente catártico por el hecho de que se esté acostando con una chica de 21 años a mis espaldas, & odio que así sea. Me siento como se sentiría cualquier persona en las mismas circunstancias. He llorado copiosamente, no solo en arranques de rabia & sollozos, sino en llantos que duraban más de una hora. Pero como una vez me acosté con una mujer en una feria literaria, & años más tarde, cuando Nick estuvo ingresado en el hospital psiquiátrico, tuve una aventura con su mejor amigo que continuó incluso después de saber que él se había enterado, mis sentimientos no cuentan. Sé que soy un monstruo & que seguramente él te ha contado cosas horribles de mí. A veces me descubro pensando: Si tan mala soy, ¿por qué no me deja? Y sé muy bien qué clase de persona tiene esos pensamientos acerca de su propia pareja. La clase de persona que más tarde mata a su pareja, probablemente. Yo no mataría a Nick, pero es importante que sepas que, si lo intentara, él no movería un solo dedo para impedirlo. Aunque descubriera que estaba planeando asesinarlo, él no sacaría el tema por temor a molestarme. Me he acostumbrado tanto a verlo como una persona patética e incluso despreciable que había olvidado que alguien más podría amarlo. Las otras mujeres siempre perdieron el interés en cuanto llegaron a conocerlo, pero tú no. Lo quieres, ¿verdad? Nick me ha contado que tu padre es alcohólico. El mío también lo era. Me pregunto si nos sentimos atraídas hacia él porque nos aporta una sensación de control que no tuvimos durante la niñez. Le creí realmente cuando me dijo que no había pasado nada entre vosotros, que era solo un capricho pasajero. Me sentí aliviada, ¿no es terrible? Pensé: Bueno, solo la ha visto durante el verano, aún no había vuelto a ser él mismo, desde entonces ha mejorado mucho. Y ahora me doy cuenta de que tú has tenido algo que ver con esa mejoría, o de que esa mejoría ha sido gracias a ti. ¿Estás haciendo que mi marido mejore, Frances? ¿Qué derecho tienes a hacerlo? Ya no duerme durante el día, lo he notado. Ha vuelto a contestar los emails & a coger el teléfono. Cuando estoy en el trabajo a veces me envía artículos interesantes sobre los izquierdistas griegos. ¿Te envía a ti los mismos artículos o son personalizados? Reconozco que me siento amenazada por tu extrema juventud. Es un mazazo tremendo descubrir que a tu marido le van las jovencitas. Hasta ahora nunca me había dado cuenta. 21 años es joven, ¿verdad? Pero si tuvieras 19, ¿lo habría hecho de todos modos? ¿Es uno de esos maduritos de treinta y tantos que se sienten atraídos en secreto por las quinceañeras? ¿Habrá introducido alguna vez la palabra «adolescentes» en un buscador de internet? Hasta que tú llegaste a nuestras vidas nunca había tenido que pensar en estas cosas. Ahora me pregunto si él me odia. Yo no lo odiaba cuando me estaba viendo con otra persona; de hecho, creo que incluso me gustaba más, pero si él intentara decirme lo mismo ahora me entrarían ganas de escupirle. Creo que lo que más me asombra es que no haya querido hacer lo más fácil & te haya dejado. Por eso sé que me ha reemplazado. Dice que aún me quiere, pero si ya no hace lo que yo le digo, ¿cómo voy a creerle? Por supuesto que él nunca me montó ningún drama cuando era yo la adúltera, & siempre he pensado que fui muy afortunada por eso. Ahora me pregunto si alguna vez me ha querido siquiera. Cuesta imaginar que alguien se case con una persona a la que no ama, pero en el fondo sería muy propio de Nick hacerlo, por sentido de la lealtad & por cierta ansia de autocastigo. ¿Tú también conoces esa faceta suya, o soy la única? Una parte de mí desea que seamos amigas. Antes te veía como una persona fría & desagradable, y al principio creía que te comportabas así por Bobbi, algo que detestaba. Ahora que sé que actuabas movida por los celos & el miedo, te veo de un modo distinto. Pero no tienes por qué sentirte celosa, Frances. Probablemente para Nick eres sinónimo de felicidad. No me cabe duda de que te considera el gran amor de su vida adulta. Él & yo nunca hemos tenido una aventura tempestuosa a espaldas de nadie. Sé que no puedo pedirle que deje de verte, aunque quisiera hacerlo. Podría pedirte a ti que dejaras de verlo, pero ¿por qué iba a hacerlo? Ahora las cosas van mejor, hasta yo puedo verlo. Antes llegaba a casa por la noche & ya estaba acostado. O sentado delante de la tele, sin haber cambiado de canal desde que se había levantado. Una vez llegué a casa & estaba mirando una especie de película de porno suave en la que dos animadoras se estaban besando, & al verme se encogió de hombros y dijo: «No la estoy viendo, solo que no sé dónde está el mando». En el momento fingí no creerlo, porque pensé que resultaba menos perturbador que estuviera viendo la película de las animadoras que no simplemente allí sentado, dejando a regañadientes que pasaran las escenas porque estaba demasiado deprimido para buscar el mando. Ahora no hago más que pensar en todas las noches que he llegado a casa este mes & lo he encontrado cocinando con la radio puesta. Y se afeita todos los días, & me pregunta qué tal me ha ido en el trabajo, & siempre hay ropa de deporte suya en la lavadora. Hasta lo he sorprendido algunas veces mirándose en el espejo con aire satisfecho. ¿Cómo he podido estar tan ciega? Pero siempre he dicho que quería que Nick fuera feliz, & ahora sé que es cierto. Quiero que sea feliz. Incluso estando las cosas así, quiero que lo sea. Así que… En fin. Podríamos quedar todos para cenar un día de estos. (También se lo diré a Bobbi.)

Leí el email varias veces. Me pareció un poco afectado por su parte no incluir un solo salto de línea, como si dijera: Mira cómo me dejo arrastrar por la oleada de emociones. También tuve la impresión de que había revisado el email a fondo para asegurarse de que me llegaba el mensaje, que era: No olvides quién es la escritora, Frances. Soy yo, no tú. Esos fueron los pensamientos que me asaltaron en un primer momento, pensamientos nada agradables. Melissa no me llamaba mala persona, ni decía sobre mí ninguna de las cosas horribles que cabría esperar dadas las circunstancias. Tal vez sí se había visto arrastrada por una oleada de emociones. La parte en la que hablaba sobre mi juventud me afectó bastante, y me di cuenta de que no me importaba demasiado si se trataba o no de un efecto calculado. Yo era joven y ella era mayor. Eso bastaba para hacerme sentir mal, como si hubiese metido más monedas de la cuenta en la máquina expendedora. Al leer el email por segunda vez, dejé que mis ojos se saltaran esa parte.

La única parte del mensaje que me interesaba realmente era la información relacionada con Nick. Había estado ingresado en un hospital psiquiátrico, lo cual era nuevo para mí. No me sentí repelida por la idea; había leído libros, y no era ajena a la noción de que el capitalismo era la verdadera locura. Pero siempre había pensado que las personas hospitalizadas por problemas psiquiátricos eran distintas de la gente que yo conocía. De pronto me di cuenta de que había accedido a un nuevo contexto social, en el que los trastornos mentales graves habían dejado de tener connotaciones obsoletas y negativas. Estaba recibiendo una segunda educación: registrando un nuevo conjunto de conocimientos, y fingiendo un mayor nivel de comprensión del que en realidad poseía. Según esta nueva lógica, Nick y Melissa eran como los padres que me habían traído al mundo, y que probablemente me odiaban y querían incluso más que mis padres originales. Eso también significaba que yo era la gemela malvada de Bobbi, y en ese momento no me pareció que estuviera llevando la metáfora demasiado lejos.

Seguí esta línea de pensamiento sin ahondar demasiado en ella, como dejando que mis ojos siguieran la trayectoria de un coche al pasar. Mi cuerpo estaba retorcido sobre la silla de la biblioteca como un muelle enroscado, las piernas doblemente cruzadas, el arco de mi pie izquierdo presionando con fuerza sobre la base de la silla. Me sentía culpable porque Nick hubiera estado enfermo, y por haberme enterado ahora aun cuando él había elegido no contármelo. No sabía cómo manejar esa información. En su email Melissa se había referido a ello sin ninguna empatía, como si la enfermedad de Nick solo fuera el oscuro y cómico telón de fondo para su aventura extraconyugal, y me pregunté si realmente lo sentía así o si era una forma de disimular sus verdaderos sentimientos. Recordé a Evelyn en la librería diciéndole a Nick una y otra vez lo bien que lo veía.

Al cabo de una hora, el email que escribí como respuesta decía:

Hay mucho en que pensar. Lo de la cena suena bien.

25

Para entonces estábamos ya a mediados de octubre. Encontré algo de dinero rebuscando en mi habitación y lo junté con el que me habían regalado por mi cumpleaños y por Navidad y que no me había acordado de ingresar en el banco. En total reuní cuarenta y tres euros, cuatro y medio de los cuales gasté en un supermercado alemán para comprar pan, pasta y una lata de tomate. Por las mañanas le preguntaba a Bobbi si podía beber de su leche, a lo que ella contestaba con un ademán distraído, como diciendo: Coge lo que quieras. Jerry le pasaba dinero todas las semanas, y me fijé en que había empezado a llevar un nuevo abrigo de lana negra con botones de carey. No quería contarle lo que había ocurrido con mi cuenta, así que me limité a dejar caer que estaba «sin blanca» en un tono calculadamente despreocupado. Llamaba a mi padre todos los días, por la mañana y por la noche, pero nunca cogía el teléfono.

Fuimos a cenar a casa de Melissa y Nick. Fuimos en más de una ocasión. No se me escapaba que Bobbi había empezado a disfrutar cada vez más de la compañía de Nick, más incluso que la de Melissa o la mía. Cuando estábamos juntos los cuatro, ellos dos se enzarzaban en pequeñas discusiones u otras actividades competitivas de las que Melissa y yo nos sentíamos excluidas. Después de cenar jugaban a videojuegos, o al ajedrez en un tablero imantado, mientras Melissa y yo charlábamos sobre el impresionismo. En cierta ocasión estaban tan borrachos que echaron una carrera alrededor del jardín de atrás. Nick ganó pero acabó agotado, y Bobbi lo llamó «abuelo» mientras le arrojaba puñados de hojas secas. Luego le preguntó a Melissa: ¿Cuál de los dos es más guapo, Nick o yo? Melissa me miró y contestó con un punto de malicia: Yo quiero a todos mis hijos por igual. La relación de Bobbi con Nick me afectó de un modo peculiar. Verlos juntos, dedicándose el uno al otro toda su atención, me producía una extraña emoción estética. Físicamente eran perfectos, como gemelos. A veces me sorprendía deseando que se acercaran más el uno al otro o incluso que se tocaran, como si intentara completar algo que permanecía inacabado en mi mente.

A menudo manteníamos discusiones políticas en las que todos compartíamos posiciones similares pero nos expresábamos de modos distintos. Bobbi, por ejemplo, era una insurreccionista, mientras que Melissa, desde un sombrío pesimismo, tendía a defender el imperio de la ley. Nick y yo nos situábamos en algún punto intermedio entre ambas, más cómodos en la crítica que en el respaldo. Una noche hablamos del racismo endémico del sistema penal estadounidense, de los vídeos de brutalidad policial que todos habíamos visto sin necesidad de buscarlos, y de lo que significaba para nosotros en cuanto ciudadanos blancos decir que resultaban «incómodos de ver», algo en lo que todos estábamos de acuerdo aunque no habríamos sabido decir exactamente en qué consistía esa incomodidad. Nick comentó que un vídeo en particular, el de una adolescente negra en bañador llamando a su madre entre lágrimas mientras un policía blanco la inmovilizaba contra el suelo clavándole la rodilla en la espalda, le había hecho sentir un malestar físico tan intenso que no había podido acabar de verlo.

Me doy cuenta de que es una actitud indulgente, dijo. Pero al mismo tiempo pienso: ¿de qué sirve verlo hasta el final? Lo que en sí es una idea bastante deprimente.

También nos planteamos si esos vídeos contribuían de algún modo a reforzar una sensación de superioridad moral europea, como si las fuerzas policiales de Europa no fueran endémicamente racistas.

Que lo son, subrayó Bobbi.

Ya, no creo que la expresión apropiada sea «los policías estadounidenses son unos cabrones», dijo Nick.

Melissa dijo que no dudaba de que todos formábamos parte del problema, pero que era difícil precisar de qué modo exactamente, y que resultaba imposible hacer nada al respecto sin haber aclarado antes ese punto. Yo dije que a veces sentía el impulso de renegar de mi identidad racial, como si, pese a ser a todas luces blanca, no lo fuera «del todo», no como lo eran otros blancos.

No te lo tomes a mal, replicó Bobbi, pero la verdad es que eso no ayuda mucho.

No me lo tomo a mal, dije. Estoy de acuerdo contigo.

Determinados aspectos de mi relación con Nick habían cambiado desde que le había contado a Melissa que estábamos juntos. Yo le enviaba mensajes sentimentales durante el día, y él me llamaba cuando estaba borracho para decirme cosas bonitas sobre mi personalidad. El sexo en sí no había cambiado, pero lo que venía después era distinto. En lugar de relajada, me sentía extrañamente indefensa, como un animal haciéndose el muerto. Era como si Nick pudiera atravesar la blanda nube de mi piel y arrebatar lo que se le antojara de mi interior, como mis pulmones u otros órganos vitales, sin que yo tratara de impedirlo. Cuando le describí esa sensación me dijo que sentía lo mismo, pero estaba adormilado y puede que en realidad no me escuchara.

La hojarasca empezaba a amontonarse por todo el campus y yo pasaba mi tiempo en clase o buscando libros en la biblioteca Ussher. Cuando no llovía, Bobbi y yo paseábamos por los senderos menos transitados del campus pateando hojas secas y hablando de cosas como el concepto de pintura paisajista. Bobbi opinaba que fetichizar la «naturaleza intacta» era una actitud intrínsecamente patriarcal y nacionalista. A mí me gustan más las casas que los campos, señalaba yo. Son más poéticas, porque hay gente en su interior. Luego nos sentábamos en el Buttery y contemplábamos cómo la lluvia que había empezado a caer se deslizaba por los cristales de las ventanas. Algo había cambiado entre nosotras, aunque no habría sabido decir el qué. Seguíamos intuyendo fácilmente los estados de ánimo de la otra, compartíamos las mismas miradas cómplices y nuestras conversaciones seguían siendo largas e inteligentes. El día que Bobbi me preparó aquel baño había cambiado algo, la había colocado en una nueva posición respecto a mí aun cuando ambas seguíamos siendo las mismas.

Una tarde, hacia el final del mes, cuando mi capital se había visto reducido a unos seis euros, recibí un email de un tal Lewis, que era el editor de una revista literaria en Dublín. En el mensaje decía que Valerie le había hecho llegar mi relato con vistas a su posible publicación, y que si estaba dispuesta a dar mi permiso, le encantaría incluirlo en el próximo número de su revista. Decía que estaba «muy emocionado» ante la perspectiva y que, si estaba interesada, le gustaría proponerme algunas correcciones.

Abrí el archivo que le había enviado a Valerie y lo leí de un tirón, sin detenerme a pensar en lo que estaba haciendo. A nadie se le escaparía que la protagonista del relato era

Bobbi, y lo mismo podría decirse de sus padres y de mí misma. Eso resultaría evidente para cualquiera que nos conociese. No era un retrato poco favorecedor, exactamente. Subrayaba los aspectos dominantes de su personalidad y de la mía, porque el relato hablaba sobre la dominación. No obstante, pensé, siempre hay que seleccionar y enfatizar ciertas cosas, en eso consiste escribir. Bobbi lo entendería mejor que nadie.

Lewis también mencionaba que me pagaría por publicar el relato, e incluía una lista de tarifas para los nuevos colaboradores. Si se publicaba con su extensión original, valdría más de ochocientos euros. Le contesté dándole las gracias por su interés y le dije que estaría encantada de comentar con él todas las correcciones que estimara oportunas.

Esa noche Nick me recogió en mi apartamento para llevarme a Monkstown. Melissa estaba pasando unos días con su familia en Kildare. En el coche le conté lo del relato y la conversación que había tenido con Bobbi en el baño, cuando ella me dijo que no se consideraba alguien especial. Un momento, dijo Nick. ¿Por cuánto dices que has vendido el relato? Ni siquiera sabía que escribieras prosa. Me eché a reír, me encantaba que se mostrara orgulloso de mí. Le expliqué que era mi primer relato y me dijo que resultaba «intimidante». Hablamos sobre el hecho de que Bobbi apareciera en la historia, y me dijo que él salía constantemente en los escritos de Melissa.

Pero solo de pasada, repuse. En plan «Mi marido estaba allí». En este caso, Bobbi es el personaje principal.

Ya, había olvidado que has leído el libro de Melissa. Tienes razón, no se recrea demasiado en mí. Pero estoy seguro de que a Bobbi no le importará.

Estoy pensando en no decirle nada. Ella no suele leer esa revista.

Bueno, creo que es una mala idea, dijo Nick. Deberías implicar a un montón de gente para que no se lo contara. Ese tal Philip con el que siempre salís, gente así. Mi mujer. Pero tú eres la jefa, obviamente.

Contesté con un «hummm», porque pensaba que Nick tenía razón, pero me resistía a reconocerlo. Me gustó que hubiera dicho que yo era la jefa. Sus dedos tamborileaban alegremente sobre el volante. ¿Qué me pasa con las escritoras?, preguntó.

Te gustan las mujeres que pueden machacarte intelectualmente, le dije. Apuesto a que te enamorabas de tus profesoras del colegio.

De hecho me hice muy popular por ese motivo. Me acosté con una de mis profesoras de la facultad, ¿te lo he contado alguna vez?

Le pedí que me lo contara, y lo hizo. La profesora no había sido una mera adjunta, sino toda una catedrática. Le pregunté qué edad tenía ella y Nick contestó con una sonrisa tímida: ¿Unos cuarenta y cinco? Tal vez cincuenta. El caso es que aquello podría haberle costado el cargo, fue una locura.

La entiendo perfectamente, dije. ¿Acaso no te besé en la fiesta de cumpleaños de tu mujer?

Nick dijo que no acababa de entender por qué despertaba esa clase de sentimientos, que solo le había pasado en contadas ocasiones, pero siempre con una intensidad violenta y sin una conciencia real de haber provocado nada por su parte. Una amiga de su hermano mayor también había sentido algo parecido por él cuando tenía quince años. Y ella tenía casi veinte, dijo. Estaba obsesionada conmigo. Así fue como perdí la virginidad.

¿Tú también estabas obsesionado con ella?, pregunté.

No, pero me daba miedo decirle que no. No quería herir sus sentimientos.

Le dije que eso sonaba deprimente y que me parecía muy triste. Se apresuró a añadir: A ver, tampoco es que lo hiciera por lástima. Le dije que sí, no es que ella... Bueno, seguramente era ilegal, pero hubo consentimiento por mi parte.

Porque te daba demasiado miedo decir que no, repuse. Si me hubiese pasado a mí, ¿dirías que hubo consentimiento?

Bueno, no. Pero no es como si me sintiera físicamente amenazado. Quiero decir, aquella chica se comportó de un modo extraño, pero ambos éramos adolescentes. No creo que fuera una mala persona.

Seguíamos en el centro, atrapados en el tráfico de los muelles del norte. Aún era pronto, pero ya había anochecido. Yo miraba por la ventanilla a los transeúntes y al velo de lluvia que se arremolinaba bajo las farolas. Le dije que, en mi opinión, lo que lo convertía en parte en un objeto de deseo irresistible era su singular pasividad. Sabía que tendría que ser yo la que te besara, dije. Y que tú nunca me besarías, lo que me hacía sentir vulnerable. Pero al mismo tiempo me hacía sentir muy poderosa, en plan, si vas a dejar que te bese, ¿qué más me dejarás hacer? Era una sensación embriagadora. No tenía claro si te tenía completamente bajo mi control o si no te controlaba en absoluto.

¿Y ahora qué sientes?, preguntó.

Que tengo todo el control. ¿Te parece mal?

Nick dijo que no le molestaba. Pensaba que era saludable para nosotros que intentáramos corregir el desequilibrio de poder, aunque añadió que no creía que fuéramos a lograrlo del todo. Le dije que Melissa lo consideraba «patológicamente sumiso», y Nick replicó que sería un error asumir que eso implicaba que no tenía ningún poder en sus relaciones con las mujeres. Me comentó que, en su opinión, el desvalimiento era a menudo una forma de ejercer el poder. Le dije que me parecía estar oyendo a Bobbi y se echó a reír. Es el mejor cumplido que un hombre puede esperar de ti, Frances.

Esa noche en la cama hablamos de la hijita de su hermana, de lo mucho que la quería, y me contó que a veces, cuando estaba deprimido, se pasaba por casa de Laura solo para estar cerca de la pequeña y ver su carita. Yo no sabía si Melissa y él pensaban tener hijos, ni por qué no los habían tenido ya si a él le gustaban tanto los niños. Tampoco quería preguntárselo, porque temía averiguar que sí pensaban tenerlos, así que en vez de eso afecté un tono irónico y comenté: Quizá tú y yo deberíamos tener hijos juntos. Los criaríamos en una comuna poliamorosa y les dejaríamos escoger sus nombres de pila. Nick replicó que ya había tenido oscuras ambiciones a ese respecto.

¿Seguirías encontrándome atractiva si estuviera embarazada?, le pregunté.

Sí, claro.

¿De un modo fetichista?

Bueno, no lo sé, contestó. Sí que he notado que ahora me fijo más en las embarazadas que hace diez años. Tiendo a imaginarme haciéndoles cosas agradables.

Eso suena fetichista.

Para ti todo es fetichismo. Me refería más bien a cosas como cocinar para ellas. Pero sí, aún querría acostarme contigo si estuvieras embarazada. Puedes quedarte tranquila.

Me giré hacia él y acerqué la boca a su oreja. Cerré los ojos, así que sentí que solo estaba jugando y que aquello no era completamente real. No sabes cuánto te deseo, dije. Y noté que Nick asentía en silencio, un gesto tierno y ansioso. Gracias, dijo. Eso fue lo que dijo. Nos besamos. Presioné la espalda contra el colchón y me acarició con cautela, como lo haría un ciervo con el hocico. Nick, eres una auténtica bendición, dije. Espera un momento, replicó. Me he dejado la cartera en el abrigo. Y yo dije: Hazlo, estoy tomando la píldora. Él tenía la mano abierta sobre la almohada junto a mi cabeza, y por unos instantes no movió un solo músculo. Noté su cálido aliento. ¿Sí, quieres hacerlo?, preguntó. Le dije que sí, y él siguió respirando y luego dijo: Haces que me sienta tan bien conmigo mismo.

Le rodeé el cuello con los brazos y deslizó la mano entre mis muslos para poder penetrarme. Siempre habíamos usado condón y esa vez me pareció diferente, o puede que fuera él quien se comportaba de un modo distinto. Su piel estaba sudorosa y jadeaba con fuerza. Sentí que mi cuerpo se abría y cerraba como un vídeo en stop-motion de una flor cuyos pétalos se separan y repliegan sobre sí mismos, y la sensación era tan real que creí estar alucinando. Entonces Nick dijo la palabra «joder», y luego: Frances, no imaginaba que sería tan bueno, lo siento. Noté sus labios muy cerca, increíblemente suaves. Le pregunté si iba a correrse ya, y él inhaló un momento y dijo: Lo siento, lo siento. Yo pensé en su oscuro deseo de dejarme embarazada, en lo henchida y enorme que me sentiría, en cómo me tocaría con infinita ternura y orgullo, y de pronto me descubrí diciendo: No pasa nada, quiero que lo hagas. Entonces todo fue muy extraño y agradable, y Nick me decía que me quería, eso lo recuerdo. Me lo susurraba al oído: Te quiero.

Por esas fechas tenía que entregar varios trabajos, así que me impuse un horario muy estricto. Por las mañanas, antes de que la biblioteca abriera, me sentaba en la cama y repasaba las correcciones que Lewis me había enviado. Veía cómo la historia que había escrito iba cobrando forma, desplegándose, haciéndose más extensa y sólida. Luego me duchaba, me ponía algún jersey varias tallas más grande y me pasaba el resto del día en la universidad. A menudo no probaba bocado hasta por la noche, y cuando llegaba a casa ponía a hervir dos puñados de pasta que me comía regada con aceite de oliva y vinagre antes de quedarme dormida, a veces sin haberme quitado siquiera la ropa.

Nick había empezado los ensayos para una producción de *Hamlet*, y los martes y los viernes se quedaba a dormir en mi piso después de salir del teatro. Se quejaba de que nunca había comida en la cocina, pero cuando le dije sarcásticamente que estaba sin blanca, replicó: ¿De verdad? Lo siento, no lo sabía. Entonces empezó a traer comida cada vez que venía. Compraba pan recién hecho en la panadería de Temple Bar, botes de mermelada de frambuesa, tarrinas de humus y de queso extragraso para untar. Cuando vio cómo devoraba la comida, me preguntó hasta qué punto estaba sin blanca. Me encogí de hombros. A partir de entonces empezó a traer pechugas de pollo y bandejas de plástico con carne picada que dejaba en la nevera. Me siento como una mantenida, le decía, y él replicaba cosas como: Bueno, si no te apetece para mañana puedes congelarlo. Me sentía obligada a actuar de forma divertida y despreocupada acerca de la comida, porque creía que Nick se sentiría incómodo si supiera que realmente no tenía dinero y subsistía gracias al pan y la mermelada que él traía.

Bobbi parecía disfrutar de la presencia de Nick en nuestro apartamento, en parte porque él se reveló bastante útil. Nos enseñó cómo reparar un grifo de la cocina que goteaba. El hombre de la casa, dijo Bobbi en tono sarcástico. En cierta ocasión, mientras nos preparaba la cena, lo oí hablar por teléfono con Melissa, comentando alguna disputa editorial, tranquilizándola y diciéndole que la otra parte implicada estaba siendo «totalmente irracional». Durante la mayor parte de la conversación, se limitó a asentir mientras trajinaba con cazos y ollas y decía: Ajá, claro. Ese era el papel en el que parecía sentirse más cómodo, el de escuchar y hacer preguntas inteligentes que demostraban que había estado escuchando. Eso le hacía sentirse necesitado. En esa ocasión estuvo impecable. No me cabía ninguna duda de que había sido Melissa la que había llamado.

En esas noches nos quedábamos hablando hasta muy tarde, a veces hasta que empezaba a clarear al otro lado de las persianas. Una noche le dije que me habían aceptado en un programa de ayuda financiera para cubrir los gastos de la universidad. Expresó su sorpresa, pero al instante dijo: Perdóname por mostrarme sorprendido, a veces parezco un completo ignorante. No debería dar por sentado que todos los padres pueden pagar esas cosas.

Bueno, tampoco somos pobres, dije. Y no me estoy poniendo a la defensiva. Pero no quiero que tengas la impresión de que crecí en la miseria o algo por el estilo.

Claro que no.

Aunque, ¿sabes?, sí que me siento distinta respecto a Bobbi y a ti. Tal vez no sea una gran diferencia, pero a veces me siento mal por tener cosas bonitas. Como mi portátil, que es de segunda mano y que era de mi primo. Pero aun así me siento mal.

Tienes derecho a tener cosas bonitas, dijo él.

Pellizqué el edredón entre el pulgar y el índice. Era de una tela basta, áspera, nada que ver con el algodón egipcio que había en casa de Nick.

Últimamente mi padre no me está pasando la asignación mensual.

¿De verdad?

Ajá. Ahora mismo estoy prácticamente sin blanca.

¿Lo dices en serio?, preguntó Nick. ¿Y de qué vives?

Froté el edredón entre los dedos, notando su textura. Bueno, Bobbi comparte sus cosas conmigo, le dije. Y tú siempre traes comida.

Frances, esto es de locos, dijo. ¿Por qué no me lo habías contado? Yo puedo darte dinero.

No, no. Tú mismo dijiste que sería raro. Que eso te plantearía problemas éticos.

Más me preocuparía saber que estás pasando hambre. Escucha, puedes devolverme el dinero si quieres, será como un préstamo.

Bajé la vista al edredón, a su feo estampado floral. Voy a cobrar algo de dinero por el relato, dije. Entonces te lo devolveré. A la mañana siguiente, Nick bajó al cajero mientras Bobbi y yo desayunábamos. Cuando volvió, me di cuenta de que le daba reparo entregarme el dinero delante de ella, y eso me alegró. No quería que Bobbi supiera que lo necesitaba. Cuando se iba lo acompañé al recibidor, y entonces sacó la cartera y contó cuatro billetes de cincuenta euros. Me resultó perturbador verlo manejar el dinero de esa manera. Es demasiado, dije. Él me miró con gesto afligido y contestó: Entonces ya me lo devolverás cuando te venga bien, no te preocupes. Abrí la boca, pero él me interrumpió: Frances, no tiene importancia. Seguramente para él no la tenía. Antes de irse me besó en la frente.

El último día de octubre entregué uno de los trabajos pendientes y luego Bobbi y yo quedamos para tomar café con unos amigos. Por entonces me sentía feliz con mi vida, más feliz de lo que podía recordar. Lewis se mostró satisfecho con los cambios que había introducido en el relato y tenía previsto publicarlo en el número de enero. Con el préstamo de Nick, y con el dinero de la revista que aún me quedaría después de saldar mi deuda con él, me sentía invenciblemente rica. Era como si por fin hubiese dejado atrás la infancia y mi dependencia de otras personas. Mi padre nunca más podría hacerme daño, y desde esa posición ventajosa sentía una nueva y sincera compasión hacia él, la compasión de un observador bondadoso.

Esa tarde quedamos con Marianne y su novio Andrew, que no le caía demasiado bien a nadie. Philip también estaba allí con Camille, una chica con la que había empezado a salir. Se le veía algo incómodo en mi compañía, como si se esforzara por cruzar su mirada conmigo y sonreírme las gracias, pero de un modo que parecía transmitir compasión, o incluso lástima, en vez de verdadera amistad. Encontré su actitud demasiado tonta para resultar ofensiva, aunque recuerdo haber deseado que Bobbi también se fijara para poder comentarlo más tarde.

Estábamos sentados en la planta de arriba de una pequeña cafetería cerca de College Green, y en un momento dado la conversación derivó hacia la monogamia, un tema sobre el que yo no tenía nada que decir. Marianne se preguntaba si la no monogamia podría considerarse una orientación, como la homosexualidad, y si algunas personas eran «naturalmente» no monógamas, lo que llevó a Bobbi a señalar que ninguna orientación sexual era «natural» en sí misma. Le di un sorbo al café que Bobbi me había pagado y no dije nada, solo quería oírla hablar. Bobbi prosiguió diciendo que la monogamia se basaba en un modelo de compromiso que satisfacía las necesidades de los hombres en las sociedades patriarcales al permitirles transmitir el patrimonio a su descendencia genética, facilitada tradicionalmente por el derecho sexual a una esposa. La no monogamia podría basarse en un modelo alternativo completamente distinto, sostuvo Bobbi. Algo más parecido al consentimiento espontáneo.

Oírla teorizar de ese modo resultaba fascinante. Encadenaba frases claras y brillantes como quien dibuja formas en el aire con cristal o agua. Nunca vacilaba, nunca se repetía. De vez en cuando me miraba a los ojos y yo asentía: Sí, exacto. Ese asentimiento parecía estimularla, como si buscara mi aprobación, y entonces apartaba la mirada y continuaba: Con lo cual me refiero a...

Mientras hablaba, Bobbi no parecía prestar atención a las demás personas de la mesa, pero me fijé en que Philip y Camille intercambiaban miradas. En un momento dado él miró a Andrew, el otro hombre del grupo, y este arqueó las cejas como si Bobbi hubiese empezado a decir sandeces o a defender el antisemitismo. Pensé que era una cobardía por parte de Philip mirar a Andrew, que ni siquiera le caía bien, y su actitud me hizo sentir violenta. Poco a poco me fui dando cuenta de que hacía un buen rato que nadie intervenía y que Marianne tenía los ojos clavados en el regazo con aire incómodo. Aunque me encantaba escuchar a Bobbi cuando se lanzaba a hablar así, empecé a desear que se callara.

Yo no creo que sea posible querer a más de una persona, dijo Camille. Me refiero a quererla con todo tu corazón, amarla de verdad.

¿Tus padres tenían un hijo favorito?, le preguntó Bobbi. Debió de ser duro para ti.

Camille soltó una risita nerviosa, incapaz de adivinar si Bobbi estaba bromeando y no conociéndola lo suficiente para saber que aquello era normal en ella.

Con los hijos no es exactamente lo mismo, dijo Camille, ¿no te parece?

Bueno, depende de si crees en un concepto transhistórico del amor romántico, algo que comparten diversas culturas, dijo Bobbi. Pero supongo que todos creemos en tonterías, ¿no?

Marianne me miró de reojo, fugazmente, pero me di cuenta de que estaba pensando lo mismo que yo: que Bobbi se estaba mostrando más agresiva de lo habitual, que acabaría ofendiendo a Camille y que Philip se enfadaría. Entonces miré a Philip y comprendí que era demasiado tarde. Tenía las aletas de la nariz ligeramente dilatadas, estaba furioso e iba a empezar una discusión con Bobbi de la que saldría malparado.

Muchos antropólogos sostienen que los humanos son una especie monógama por naturaleza, dijo.

¿De verdad crees esas teorías?, preguntó Bobbi.

No todo se explica con la teoría cultural, replicó Philip.

Bobbi se echó a reír, una risa estéticamente magnífica, una exhibición de confianza total en sí misma que hizo que Marianne torciera el gesto.

Oh, Dios, ¿y van a dejar que te licencies?, le espetó Bobbi.

¿Qué me decís de Jesús?, intervine. Él quería a todo el mundo.

Además era célibe, añadió Philip.

Una cuestión históricamente muy discutible, replicó Bobbi.

¿Por qué no nos hablas de tu trabajo sobre Bartleby, Philip?, sugerí. Lo has entregado hoy, ¿verdad?

Bobbi sonrió ante mi torpe interrupción y se recostó en la silla. Philip no me miraba a mí, sino a Camille, sonriéndole como si compartieran una broma privada. Eso me irritó, porque yo solo había intervenido para evitarle una humillación y me parecía ingrato por su parte no reconocer mi esfuerzo. Entonces Philip se giró y empezó a hablar sobre su trabajo como si lo hiciera para seguirme la corriente. Fingí no escucharlo. Bobbi se puso a hurgar en su bolso en busca de tabaco y solo levantó la cabeza para decir: Deberías haber leído a Gilles Deleuze. Philip volvió a mirar a Camille de soslayo.

Lo he leído, replicó.

En tal caso no lo has entendido, concluyó Bobbi. Frances, ¿te apetece salir a fumar?

La seguí afuera. Empezaba a anochecer y el aire era fresco y azul marino. Bobbi rompió a reír y yo también, por el puro placer de estar a solas con ella. Encendió nuestros cigarrillos y luego exhaló, una nube blanca, y tosió entre risas.

Está en tu naturaleza, dijo. Eres una timorata.

Solo creo que parezco más inteligente cuanto más callada estoy.

Eso le hizo gracia. Me recogió un mechón de pelo por detrás de la oreja con gesto cariñoso.

¿Es una indirecta?, preguntó.

Oh, no. Si supiera hablar como tú no callaría nunca.

Sonreímos. Hacía frío. La brasa de su cigarrillo refulgía con un espectral color anaranjado y lanzaba diminutas chispas al aire. Bobbi miró hacia la calle con el mentón levantado, como exhibiendo el perfecto contorno de su perfil.

Últimamente me siento como una mierda, dijo. Todo lo que está pasando en mi casa… no sé. Crees que eres la clase de persona capaz de lidiar con algunas situaciones, y cuando ocurren te das cuenta de que no es así.

Con el cigarrillo en precario equilibrio sobre el labio inferior, cerca de la comisura, empezó a recogerse el pelo detrás de la cabeza con ambas manos. Era Halloween, había mucha gente por las calles y veíamos pasar pequeños grupos ataviados con capas, gafas de mentira y disfraces de tigre.

¿A qué te refieres?, pregunté. ¿Qué ha pasado?

Ya sabes que Jerry es un poco temperamental, ¿no? Pero da igual. Dramas familiares, nada que te importe.

Todo lo que tiene que ver contigo me importa.

Volvió a coger el cigarrillo entre los dedos y se secó la nariz con la manga. La luz anaranjada se reflejaba en sus ojos como una llamarada.

Ahora no quiere concederle el divorcio, dijo Bobbi.

No lo sabía.

Ya, se está portando como un auténtico capullo. Tiene todas esas teorías conspiratorias sobre Eleanor, como que va detrás de su dinero o algo así. Y lo peor de todo es que espera que me ponga de su parte.

Pensé en Bobbi diciéndole antes a Camille: ¿Tus padres tenían un hijo favorito? Yo sabía que ella siempre había sido la preferida de Jerry, quien pensaba que su otra hija era una consentida y consideraba a su mujer una histérica. También era consciente de que le decía esas cosas a Bobbi para ganarse su confianza. Siempre había pensado que ser la favorita de Jerry era un privilegio para ella, pero ahora me daba cuenta de que también podía resultar incómodo y peligroso.

No sabía que estuvieras pasando por todo eso, dije.

Todo el mundo está pasando siempre por algo, ¿no? Así es la vida, básicamente. Un mal trago detrás de otro. Tú tienes toda esa mierda con tu padre de la que nunca hablas. Tampoco es que a ti te vayan muy bien las cosas.

No contesté. Exhaló una fina bocanada de humo y luego negó con la cabeza.

Lo siento, dijo. No quería decir eso.

No, tienes razón.

Por un momento permanecimos allí inmóviles, acurrucadas muy juntas tras la mampara de los fumadores. Tuve conciencia de que nuestros brazos se estaban rozando, y entonces Bobbi me besó. Dejé que me besara, y hasta noté que mi mano buscaba la suya. Sentí la suave presión de su boca, sus labios abriéndose, el dulce aroma químico de su crema hidratante. Pensé que iba a rodearme la cintura con su brazo, pero lo que hizo fue apartarse. Su cara estaba sonrojada y extraordinariamente hermosa. Apagó el cigarrillo.

¿Volvemos arriba?, preguntó.

Mi cuerpo bullía por dentro como los engranajes de una maquinaria. Escruté el rostro de Bobbi buscando algo que me ayudara a comprender lo que acababa de pasar, pero fue en vano. ¿Acaso solo estaba constatando que ya no sentía nada por mí, que besarme era como besar una pared? ¿Era algún tipo de experimento? Una vez arriba, cogimos nuestros abrigos y volvimos a casa caminando, hablando de la facultad, del nuevo libro de Melissa, de cosas que en realidad no nos importaban.

26

A la noche siguiente Nick y yo fuimos a ver una película iraní sobre un vampiro. De camino al cine, le conté que Bobbi me había besado. Él se quedó pensativo unos segundos y luego dijo: Melissa me besa a veces. Sin saber muy bien lo que sentir, empecé a bromear. ¡Así que besas a otras mujeres a mi espalda! De todos modos, ya estábamos llegando al cine. Quiero hacerla feliz, dijo. Tal vez prefieras no hablar de esto. Me quedé plantada ante la puerta del cine, con las manos metidas en los bolsillos del abrigo. ¿Hablar de qué?, pregunté. ¿De que besas a tu mujer?

Ahora nos llevamos mejor, dijo Nick. Mejor que antes de que pasara todo esto. Me refería a que tal vez no querrías saberlo.

Me alegro de que os llevéis mejor.

Creo que debería darte las gracias por convertirme en una persona con la que se puede convivir.

Nuestro aliento flotaba entre ambos como niebla. La puerta del cine se abrió de golpe, envolviéndonos en una vaharada de aire cálido con olor grasiento a palomitas.

Vamos a llegar tarde a la película, dije.

Ya me callo.

Después del cine fuimos a comer un falafel a Dame Street. Nos sentamos en un reservado y le conté que mi madre iba a venir a Dublín al día siguiente para visitar a su hermana, y que luego volvería con ella en el coche a Ballina para que me hicieran la ecografía. Nick me preguntó cuándo tenía la cita y le dije que el 3 de noviembre por la tarde. Asintió en silencio, como si no se sintiera demasiado cómodo hablando de esas cosas. Para cambiar de tema, le dije: Mi madre sospecha de ti, ¿sabes?

¿Y eso es malo?, preguntó.

Entonces la camarera trajo nuestra comida y dejé de hablar para comer. Nick comenzó a decir algo sobre sus padres, comentando que apenas los había visto «desde lo del año pasado».

Lo del año pasado sale a relucir bastante, dije.

¿En serio?

Solo fragmentos. Deduzco que fue una mala época.

Nick se encogió de hombros y siguió comiendo. Probablemente no sabía que yo estaba al tanto de que había estado ingresado. Di un sorbo a mi vaso de Coca-Cola y guardé silencio. Entonces se secó la boca con una servilleta y empezó a hablar. En realidad no había esperado que lo hiciera, pero lo hizo. No había nadie en los reservados cercanos, nadie nos escuchaba, y él habló de un modo abierto y sincero, sin intentar hacerme reír pero tampoco hacerme sentir mal.

Me contó que el verano anterior había estado trabajando en California. Dijo que el horario era inhumano, que estaba agotado y fumaba demasiado, hasta que un día sufrió un colapso pulmonar. No pudo terminar el rodaje y acabó en un espantoso hospital estadounidense, sin nadie a quien conociera cerca. Por entonces Melissa estaba viajando por Europa, trabajando en un ensayo sobre las comunidades inmigrantes, y apenas tenían contacto.

Para cuando los dos estuvieron de vuelta en Dublín, me explicó, él estaba exhausto. No le apetecía salir a ninguna parte, y cuando Melissa invitaba a amigos a casa él se quedaba casi siempre arriba intentando dormir. Se llevaban fatal y discutían a menudo. Nick me contó que cuando se habían casado ambos querían tener hijos, pero luego Melissa empezó a mostrarse cada vez más reacia a hablar del tema. Por entonces ella tenía treinta y seis años. Una noche, en octubre, le confesó que finalmente había decidido no tener hijos. Discutieron. Nick me contó que le dijo cosas muy desagradables. Ambos las dijimos, añadió. Pero yo me arrepiento de lo que le dije.

Al final, Nick se mudó a la habitación de invitados. Se pasaba buena parte del día durmiendo, perdió mucho peso. Melissa se enfadó mucho al principio, dijo, creía que él la estaba castigando, o forzándola a hacer algo que ella no quería hacer. Pero luego se dio cuenta de que estaba realmente enfermo. Intentó ayudarlo, le concertaba visitas con médicos y terapeutas, pero Nick nunca acudía. No sabría explicar por qué, dijo. Cuando pienso en cómo me comporté no logro entenderme a mí mismo.

Finalmente, en diciembre, lo ingresaron en un centro psiquiátrico. Estuvo allí seis semanas, y durante ese tiempo Melissa empezó a salir con otra persona, un amigo de ambos. Nick se enteró de lo que estaba pasando porque ella le mandó un mensaje al móvil que iba destinado a ese otro hombre. Seguramente no fue lo mejor para mi autoestima, dijo, pero tampoco quiero sacar las cosas de quicio. Llegados a ese punto, ni siquiera sé si me quedaba algo de autoestima. Cuando le dieron el alta, ella le dijo que quería el divorcio y Nick se mostró de acuerdo. Le dio las gracias por todo lo que había hecho para intentar ayudarlo, y de repente Melissa rompió a llorar. Le contó lo asustada que había estado, lo culpable que se había sentido con solo salir de casa por las mañanas. Pensé que te ibas a morir, le dijo. Hablaron durante mucho tiempo, se pidieron perdón el uno al otro. Al final acordaron seguir viviendo juntos hasta que pudieran encontrar alguna solución mejor.

Esa primavera Nick empezó a trabajar de nuevo. Hacía más ejercicio, aceptó un pequeño papel en una obra de Arthur Miller que dirigía un amigo suyo. Melissa rompió con Chris, el hombre con el que había estado saliendo, y Nick contó que sus vidas siguieron más o menos adelante. Intentaron negociar lo que él describió como un «cuasi-matrimonio». Quedaban con los amigos del otro, cenaban juntos por las noches. Nick renovó su carnet del gimnasio, bajaba con el perro a la playa por las tardes, empezó a leer novelas de nuevo. Tomaba batidos de proteínas, recuperó el peso perdido. Las cosas no le iban mal.

Llegados a este punto tienes que entender, me dijo, que me había acostumbrado a que todo el mundo me viera como una carga. Mi familia, Melissa, todos deseaban que me pusiera bien, pero no puede decirse que disfrutaran de mi compañía. Tal vez hubiese vuelto a tomar las riendas de mi vida, pero seguía sintiéndome como alguien indigno y patético, ¿sabes?, como un desperdicio de tiempo para todo el mundo. Y así era más o menos como estaba cuando te conocí.

Lo miré fijamente a través de la mesa.

Y por eso me costaba tanto creer que pudieras sentir algún interés por mí, dijo. ¿Sabes?, cuando me mandabas aquellos emails, a veces me sorprendía pensando: ¿Esto va en serio? Y en cuanto lo pensaba, me reprochaba por haberme permitido imaginarlo siquiera. Como diciéndo-me: ¿hay algo más deprimente que un patético hombre casado tratando de convencerse de que una mujer más joven y hermosa quiere acostarse con él? Ya me entiendes.

Yo no sabía qué decir. Negué con la cabeza o me enco-gí de hombros. No sabía que te sintieras así, dije.

Ya, bueno, no quería que lo supieras. Quería ser esa persona tan estupenda que tú creías que era. Sé que a veces pensabas que era demasiado reservado. Me costaba mucho expresar mis sentimientos. Aunque ahora todo eso te parecerán solo excusas.

Intenté devolverle la sonrisa, volví a negar con la cabeza. No, dije. Dejamos que se formara un pequeño silencio.

A veces he sido tan cruel, dije. Ahora me siento fatal.

No, vamos, no te castigues.

Clavé los ojos en la mesa. Ambos guardamos silencio. Di otro sorbo a mi Coca-Cola. Nick dobló la servilleta y la dejó sobre su plato.

Al cabo de un rato, me dijo que era la primera vez que se sinceraba con alguien sobre lo que había pasado el año anterior. También dijo que en realidad nunca había escuchado la historia desde su propio punto de vista, porque estaba acostumbrado a que Melissa la contara, y evidentemente sus versiones diferían. Se me hace raro, dijo, oírme hablar de todo aquello como si yo fuera el protagonista. Casi tengo la impresión de estar mintiendo, pero pienso que todo lo que he contado es verdad. Aunque Melissa lo contaría de un modo distinto.

A mí me gusta cómo lo cuentas tú, dije. ¿Todavía quieres tener hijos?

Claro, pero creo que eso quedó descartado.

Quién sabe. Eres joven.

Nick carraspeó. Pareció a punto de decir algo, pero no lo hizo. Me observó mientras daba un sorbo a mi Coca-Cola y luego volví a mirarle.

Creo que serías un padre fantástico, dije. Tienes buen corazón. Eres cariñoso.

Nick me miró con expresión divertida, sorprendido, y exhaló por la boca.

Eso me ha llegado, dijo. Gracias por decirlo. Más vale que me ría porque si no voy a echarme a llorar.

Acabamos de cenar y nos marchamos del restaurante. Cuando cruzamos Dame Street y llegamos a los muelles, Nick dijo: Deberíamos hacer una escapada juntos. Un fin de semana o algo así, ¿te apetecería? Le pregunté adónde y respondió: ¿Qué tal Venecia? Me eché a reír. Nick se metió las manos en los bolsillos, también riendo, creo que complacido ante la idea de hacer una escapada juntos, o tal vez por haberme hecho sonreír.

Fue entonces cuando oí la voz de mi madre, diciendo: Vaya, hola, señorita. Y allí estaba, en la calle, delante de nosotros. Llevaba un abrigo negro de Bally y un gorro con el logo de Adidas. Recuerdo que Nick lucía su precioso abrigo gris. Mi madre y él parecían personajes de películas distintas, realizadas por directores de gustos diametralmente opuestos.

No sabía que llegabas esta noche, dije.

Acabo de aparcar, repuso ella. He quedado para cenar con tu tía Bernie.

Ah, este es mi amigo Nick, dije. Nick, te presento a mi madre.

Solo pude mirarlo fugazmente de reojo, pero vi que sonreía y le tendía la mano a mi madre.

El famoso Nick, dijo ella. He oído hablar mucho de ti.

Lo mismo digo, contestó él.

Ya me había dicho mi hija que eras muy guapo.

Mamá, por Dios, protesté.

Pero me lo habías pintado más mayor, añadió mi madre. Y estás hecho un chaval.

Nick se rio y dijo que se sentía halagado. Volvieron a estrecharse la mano, quedé con mi madre a la mañana siguiente y nos separamos. Era primero de noviembre. Las luces centelleaban en el río y los autobuses pasaban como cajas de luz, transportando rostros en las ventanillas.

Me giré a mirar a Nick, que había vuelto a meterse las manos en los bolsillos. Ha estado bien, dijo. Y no ha hecho ningún comentario sobre el hecho de que esté casado, eso es un plus.

Sonreí. Es una dama muy enrollada, dije.

Cuando llegué a casa esa noche, Bobbi estaba en la sala de estar, sentada a la mesa ante unas hojas impresas y grapadas en una esquina. Nick había vuelto a Monkstown y me había dicho que me enviaría un email más tarde sobre lo de Venecia. Los dientes de Bobbi castañeteaban levemente. No me miró cuando entré, lo que me dio la extraña sensación de haber desaparecido, como si ya estuviera muerta.

¿Bobbi?, dije.

Me lo ha enviado Melissa.

Cogió las hojas impresas. Alcancé a ver que estaban escritas a doble espacio, en largos párrafos como un trabajo de la universidad.

¿El qué?, pregunté.

Bobbi soltó una breve risotada, o tal vez exhaló el aire que hasta entonces había estado reteniendo con fuerza, y luego me arrojó los papeles. Los cogí torpemente contra mi pecho. Al mirar hacia abajo, vi las palabras impresas en una fina fuente de palo seco. Mis palabras. Mi relato.

Bobbi, dije.

¿Pensabas contármelo algún día?

Me quedé petrificada. Mis ojos recorrieron las líneas que pude ver en la parte superior de la página, la página en la que describía cómo me había puesto muy mala en una fiesta sin Bobby siendo aún adolescente.

Lo siento, dije.

¿Qué sientes?, replicó. Me muero de curiosidad. ¿Sientes haberlo escrito? Porque lo dudo.

No. No lo sé.

Tiene gracia. Creo que he aprendido más sobre tus sentimientos en los últimos veinte minutos que en los últimos cuatro años.

Me sentía aturdida, sin apartar los ojos del manuscrito hasta que las palabras empezaron a retorcerse como insectos. Era el primer borrador, el que había enviado a Valerie. Ella debía de habérselo pasado a Melissa.

Hay una parte de ficción, dije.

Bobbi se levantó de la silla y me miró de arriba abajo con aire crítico. Una extraña energía se agolpó en mi pecho, como si fuéramos a pelearnos.

Tengo entendido que vas a recibir un buen dinero por esto, dijo.

Sí.

Vete a la mierda.

Necesito el dinero, repliqué. Ya sé que ese es un concepto que te resulta desconocido.

Entonces me arrebató las hojas de las manos, y la parte posterior de la grapa me arañó el índice y me desgarró la piel. Bobbi sostenía el manuscrito frente a mí.

¿Sabes qué?, dijo. La verdad es que es una buena historia.

Gracias.

Entonces rasgó las hojas por la mitad, las tiró a la basura y dijo: No quiero seguir viviendo contigo. Esa noche recogió sus cosas. Me quedé en mi habitación escuchando. La oí arrastrar la maleta hasta el recibidor. La oí cerrar la puerta.

A la mañana siguiente mi madre me recogió a la puerta del edificio. Me subí al coche y me abroché el cinturón. Estaba oyendo la emisora de música clásica, pero en cuanto cerré la portezuela apagó la radio. Eran las ocho de mañana y me quejé por haber tenido que madrugar.

Vaya, lo siento, dijo. Podríamos haber llamado y posponer la visita para que pudieras dormir un poco más, ¿no crees?

Pensaba que la eco era mañana.

Es esta tarde.

Mierda, masculló en voz baja.

Me puso una botella de un litro de agua en el regazo y dijo: Puedes empezar cuando quieras. Desenrosqué el tapón. Lo único que debía hacer antes de la ecografía era beber mucha agua, pero aun así tenía la sensación de que todo aquello se me había echado encima sin previo aviso. Estuvimos un rato sin decir nada, y luego mi madre me miró de reojo.

Qué gracia me hizo encontrarte anoche por la calle, dijo. Parecías toda una señorita.

¿Y qué parezco normalmente?

No contestó enseguida, estábamos bordeando una rotonda. Miré por el parabrisas a los coches que pasaban.

Se os veía muy elegantes juntos, añadió. Como estrellas de cine.

Ah, eso es por Nick. Es muy glamuroso.

De repente mi madre alargó la mano y agarró la mía. Estábamos paradas en el tráfico. Apretó con más fuerza de lo que esperaba, casi con dureza. Mamá, dije. Entonces me soltó. Se echó el pelo hacia atrás con los dedos y volvió a posar las manos sobre el volante.

Eres una mujer indómita, dijo.

Aprendí de la mejor, repliqué.

Se echó a reír. Ah, me temo que no estoy a tu altura, Frances. Tendrás que averiguar ciertas cosas por ti misma.

27

En el hospital me recomendaron que bebiera más agua todavía, tanta que empecé a removerme bastante incómoda en la abarrotada sala de espera. Mi madre me compró una chocolatina en la máquina expendedora y yo permanecí allí sentada, tamborileando con el bolígrafo sobre la tapa de *Middlemarch*, que tenía que leer para un trabajo sobre novela inglesa. En la cubierta salía una dama victoriana de semblante triste arreglando unas flores. Yo dudaba que las mujeres de la época se pasaran tanto tiempo entre flores como sugería el arte de la época.

Mientras esperaba, entró un hombre con dos niñas pequeñas, una de ellas sentada en un cochecito. La mayor se encaramó al asiento contiguo al mío y se inclinó sobre el hombro de su padre para decirle algo, pero el hombre no la escuchaba. La niña se removió para llamar su atención, de modo que sus zapatillas de suelas luminosas presionaron contra mi bolso y luego contra mi brazo. Cuando el padre finalmente se giró hacia ella, dijo: ¡Rebecca, mira lo que estás haciendo! ¡Le estás dando a esa mujer en el brazo con los pies! Traté de captar la mirada del hombre y decirle: No pasa nada, está bien. Pero él no me miró. Para él, mi brazo carecía de importancia. Lo único que le importaba era hacer que su hija se sintiera mal, que se sintiera avergonzada. Pensé en la manera en que Nick trataba a su perrita, en cómo la quería, y luego aparté ese pensamiento de mi mente.

Cuando llegó mi turno me hicieron pasar a una pequeña habitación en la que había una máquina de ultrasonidos y una camilla cubierta con una fina capa de papel blanco. La ecografista me pidió que me tumbara en la camilla y luego esparció un poco de gel en un instrumento plástico mientras yo permanecía tendida mirando al techo. El cuarto estaba en penumbra, una penumbra evocadora, como si hubiese un estanque de agua oculto en algún rincón. Estuvimos charlando, no recuerdo de qué. Yo tenía la sensación de que mi voz salía de un lugar distinto al habitual, como si llevara un pequeño transistor en la boca.

Luego la ecografista presionó el instrumento de plástico sobre la parte inferior de mi abdomen y yo miré hacia arriba tratando de no hacer ningún ruido. Tenía los ojos humedecidos. Sentía como si en cualquier momento aquella mujer fuera a enseñarme la imagen granulosa de un feto y a decirme algo sobre un latido cardíaco, a lo que yo asentiría con prudencia. La idea de captar imágenes del interior de un útero en el que no había nada se me antojó triste, como fotografiar una casa abandonada.

Cuando la ecografista terminó, le di las gracias. Fui al servicio y me lavé las manos varias veces bajo el agua caliente de los grifos del hospital. Puede que me las escaldara un poco, porque mi piel adquirió un tono rosa encendido y las yemas de los dedos parecían levemente inflamadas. Luego volví a la salita para esperar a que el especialista me llamara. Rebecca y su familia se habían marchado.

El especialista era un hombre de unos sesenta años. Me miró entornando los ojos, como si lo hubiese decepcionado de algún modo, y me dijo que me sentara. Estaba consultando una carpeta con varios papeles. Me senté en una silla de plástico duro y me examiné las uñas. Definitivamente me había escaldado las manos. El médico me hizo algunas preguntas sobre mi ingreso hospitalario de agosto, qué síntomas había tenido y qué había dicho el ginecólogo, y luego preguntas más generales sobre mi ciclo menstrual y mi actividad sexual. Mientras formulaba estas preguntas, hojeaba el contenido de su carpeta como si nada de todo aquello fuera con él. Finalmente levantó la vista para mirarme.

Vamos a ver, la ecografía ha salido limpia, dijo. No hay fibromas, ni quistes, ni nada parecido, así que esa es la buena noticia.

¿Y cuál es la mala?

El médico sonrió de un modo extraño, como si me admirara por ser valiente. Tragó con fuerza, y entonces supe que había sido un error preguntárselo.

Me explicó que el problema era el tejido que revestía mi útero, que hacía que las células internas de este órgano se reprodujeran en otras partes del cuerpo. Dijo que se trataba de células benignas, es decir, no cancerosas, pero que la enfermedad en sí era incurable y en algunos casos degenerativa. Tenía un nombre largo que nunca hasta entonces había oído: endometriosis. El médico la calificó como una enfermedad de diagnóstico «difícil» e «impredecible», que solo podía confirmarse mediante una exploración quirúrgica. Pero todos los síntomas encajan, dijo. Y se da en una proporción muy elevada, una de cada diez mujeres la sufren. Mientras tanto, yo me mordisqueaba la yema escaldada del pulgar y decía cosas como «Mmm…». El médico añadió que existían algunos tratamientos quirúrgicos, pero que solo se recomendaban en casos especialmente graves. Me pregunté si eso significaba que el mío no lo era, o si todavía no lo sabían.

Me dijo que el principal problema de las afectadas era la «gestión del dolor». Comentó que las pacientes solían experimentar dolor durante la ovulación y el período menstrual, así como molestias durante el coito. Me mordí la cutícula del pulgar y empecé a despellejarla con los dientes. La idea de que el sexo pudiera resultar doloroso me pareció de una crueldad apocalíptica. Según el médico, lo que «queríamos» era impedir que el dolor se convirtiera en algo debilitante o que «alcanzara el nivel de incapacidad». Empezó a dolerme la mandíbula y me froté la nariz con gesto mecánico.

El otro problema, según el médico, era «la cuestión de la fertilidad». Recuerdo esas palabras muy nítidamente. ¿Ah, sí?, dije. Por desgracia, añadió, la endometriosis provoca infertilidad en un gran número de mujeres, es una de nuestras mayores preocupaciones. Pero acto seguido me habló de la fecundación in vitro y de los grandes avances que se estaban produciendo en ese terreno. Asentí sin apartar el pulgar de mi boca. Luego parpadeé varias veces muy deprisa, como si así pudiera alejar esa idea de mi mente, o hacer que desapareciera el hospital entero.

Después de aquello concluyó la visita. Regresé a la sala de espera, donde encontré a mi madre con el ejemplar de *Middlemarch* entre las manos. No llevaría leídas más de diez páginas. Me quedé de pie junto a ella y alzó la vista con gesto expectante.

Ah, dijo. Ya estás aquí. ¿Qué ha dicho el médico?

Tuve la sensación de que algo me atenazaba todo el cuerpo, como si una mano me cubriera con fuerza la boca o los ojos. No podía empezar siquiera a reproducir la explicación que me había dado el médico, porque era muy compleja, y me llevaría mucho tiempo, e implicaría pronunciar un gran número de términos y frases. La sola idea de decir tantas palabras me hacía sentir físicamente enferma. Me oí decir en voz alta: Ah, ha dicho que la ecografía ha salido limpia.

Entonces ¿no saben qué tienes?, preguntó mi madre. Salgamos.

Nos montamos en el coche y me abroché el cinturón. Ya se lo explicaré cuando lleguemos a casa, me dije. Cuando estemos en casa tendré más tiempo para pensar. Mi madre arrancó el motor y empecé a desenredarme un mechón del cabello, notando cómo el nudo se iba estirando hasta deshacerse y las hebras de pelo negro se quebraban y caían entre mis dedos. Mi madre seguía haciéndome preguntas y yo notaba que mi boca formulaba respuestas.

No es más que un dolor menstrual agudo, dije. El médico ha dicho que mejorará ahora que estoy tomando la píldora.

Ah, dijo mi madre. Bueno. Qué alivio, ¿no? Te habrás quitado un gran peso de encima. Quería mostrarme dura e insensible. Compuse algunas expresiones faciales por puro acto reflejo y ella puso el intermitente izquierdo para salir del aparcamiento.

Cuando llegamos a casa subí a mi habitación a esperar la hora de tomar el tren de regreso, mientras mi madre se quedaba abajo recogiendo la cocina. La oía guardando ollas y sartenes en los cajones. Me tumbé en la cama y estuve un rato navegando por internet, donde encontré abundante material sobre mi enfermedad incurable en varias páginas destinadas al público femenino. Por lo general, la información se presentaba en forma de entrevistas con personas cuyas vidas habían sido destrozadas por el sufrimiento. Había numerosas fotos de archivo de mujeres blancas mirando por la ventana con expresión preocupada, a veces con una mano en el vientre para indicar que les dolía. También encontré algunos foros en los que la gente compartía truculentas fotos posoperatorias con preguntas del tipo «¿Cuánto tiempo tiene que pasar para que la hidronefrosis remita tras la colocación de un stent?». Revisé toda aquella información con el mayor distanciamiento posible.

Después de leer cuanto pude, cerré el portátil y saqué la Biblia de mi bolso. Busqué el pasaje de Marcos en el que Jesús dice: Hija, tu fe te ha sanado. Vete en paz y queda sana de tu aflicción. Todos los enfermos en la Biblia solo parecían servir para que fueran curados por personas sanas. Pero en realidad Jesús no sabía nada, y yo tampoco. Incluso aunque tuviera fe, eso no iba a sanarme de mi aflicción. De nada servía pensar en ello.

Entonces mi móvil empezó a sonar y vi que era Nick. Contesté y, tras saludarnos, me dijo: Creo que debería contarte algo. Le pregunté de qué se trataba, y él hizo una breve pero perceptible pausa antes de continuar.

Verás, Melissa y yo hemos empezado a acostarnos otra vez, dijo. Me siento raro contándotelo por teléfono, pero también me siento raro ocultándotelo. No sé.

Al oír aquello aparté el teléfono de mi rostro, muy despacio, y me quedé mirándolo. No era más que un objeto, no significaba nada. Escuché a Nick decir: ¿Frances? Pero solo podía oírlo tenuemente, y era como cualquier otro sonido. Deposité el móvil con cuidado sobre la mesilla de noche, aunque no colgué. La voz de Nick se convirtió en una especie de zumbido, sin palabras indistinguibles. Me quedé sentada en la cama, inspirando y exhalando el aire muy despacio, tan despacio que casi no respiraba.

Luego cogí el móvil y dije: ¿Hola?

Ah, dijo Nick. ¿Estás ahí? Creo que se ha cortado la llamada o algo.

No, estoy aquí. Te he oído.

Ah. ¿Estás bien? Pareces molesta.

Cerré los ojos. Al hablar podía oír mi voz enfriándose y endureciéndose como el hielo.

¿Por lo tuyo con Melissa?, dije. No te hagas ilusiones, Nick.

Pero prefieres saberlo, ¿verdad?

Claro.

Lo último que quiero es que las cosas cambien entre nosotros, dijo.

Por eso no sufras.

Lo oí respirar con cierta aprensión. Deseaba tranquilizarme, lo notaba, pero no iba a permitírselo. La gente siempre quería que mostrara alguna debilidad para poder reconfortarme. Les hacía sentirse dignos de estima, era algo que sabía muy bien.

Por lo demás, ¿cómo te encuentras?, preguntó. Mañana tienes la ecografía, ¿verdad?

Solo entonces recordé que le había dado la fecha equivocada. No se había olvidado, había sido fallo mío. Seguramente había puesto un recordatorio en el móvil para el día siguiente: Preguntarle a Frances cómo ha ido la ecografía.

Ajá, dije. Ya te contaré. El otro teléfono está sonando y tengo que dejarte, pero te llamaré después de la prueba.

Sí, por favor. Espero que vaya todo bien. No estás preocupada, ¿verdad? No eres de las que se preocupan por cualquier cosa.

En silencio, me llevé el dorso de la mano a la cara. Mi cuerpo estaba frío como un objeto inanimado.

No, eso es lo tuyo, dije. Ya hablaremos, ¿vale?

Vale. Dime algo.

Colgué el teléfono. Después me eché un poco de agua fría en la cara y me la sequé, la misma cara que siempre había tenido, la misma que tendría hasta que me muriera.

Esa noche, de camino a la estación, mi madre no hacía más que mirarme de reojo, como si hubiese algo en mi actitud que la molestara y quisiera regañarme por ello, pero no lograra adivinar qué era. Al final me dijo que quitara los pies del salpicadero, cosa que hice.

Debes de sentirte aliviada, dijo.

Sí, encantada.

¿Qué tal andas de dinero?

Ah, dije. Voy tirando.

Mi madre echó un vistazo por el espejo retrovisor.

El médico no ha dicho nada más, ¿verdad?, preguntó.

No, solo lo que te he contado.

Miré por la ventanilla hacia la estación. Tenía la sensación de que algo en mi vida había llegado a su fin, tal vez la imagen de mí misma como una persona completa o normal. Comprendí que mi vida iba a estar llena del más prosaico sufrimiento físico, y que no había nada de especial en ello. Sufrir no me haría especial, y fingir que no sufría no me haría especial. Hablar de ello, o incluso escribir sobre ello, no transformaría el sufrimiento en algo útil. Nada lo haría. Le di las gracias a mi madre por llevarme a la estación y me bajé del coche.

28

Esa semana fui a clase todos los días y me pasé las tardes en la biblioteca, escribiendo currículos e imprimiéndolos en la facultad. Tenía que encontrar trabajo para poder devolverle a Nick el dinero que me había prestado. Estaba obsesionada con la idea de devolvérselo, como si todo lo demás dependiera de eso. Cada vez que me llamaba rechazaba la llamada y luego le enviaba un mensaje diciendo que me había pillado en mal momento. También le dije que la ecografía había salido limpia y que no había ningún motivo para preocuparse. Vale, contestó él en otro mensaje. Es una buena noticia, ¿no? No contesté. Me encantaría verte, escribió. Más tarde me mandó un email en el que decía: melissa me ha contado que bobbi se ha ido de tu piso, va todo bien? Tampoco contesté a ese mensaje. El miércoles me envió otro email.

hola. sé que estás enfadada conmigo y me siento fatal por ello. me gustaría que habláramos de lo que te ha molestado. a estas alturas sospecho que tiene algo que ver con melissa, pero puede que me equivoque también en eso. tengo la impresión de que ya sabías que podría pasar algo así y que querrías que te lo contara si sucedía. pero tal vez he sido increíblemente ingenuo al respecto, y lo que realmente querías era que no sucediera. me gustaría poder hacer lo que quieres, pero no puedo hacerlo si no sé lo que es. por otra parte, puede que tal vez no te encuentres bien, o a lo mejor estás molesta por algún otro motivo. resulta muy duro no saber si estás bien. me encantaría tener noticias tuyas.

No contesté.

Un día, antes de ir a clase, me compré un cuaderno gris barato y lo usé para apuntar en él todos mis síntomas. Los fui anotando de forma metódica, con la fecha en lo alto de cada página. Hacerlo me ayudó a familiarizarme más íntimamente con fenómenos como la fatiga y el dolor pélvico, que hasta entonces me habían parecido molestias difusas sin un principio ni un final distinguibles. Ahora llegué a reconocerlas como mis némesis personales, que me atormentaban de distintas maneras. El cuaderno gris me ayudó incluso a discernir los contornos de palabras como «moderado» y «severo», que ya no me parecían términos ambiguos sino precisos y categóricos. Me prestaba tanta atención a mí misma que llegué a interpretar como un síntoma todo lo que experimentaba. Si me mareaba al levantarme de la cama, ¿contaba como síntoma? ¿Y si me sentía triste? Decidí no obviar nada. Durante varios días, anoté con esmerada caligrafía en el cuaderno gris la frase: cambios de humor (tristeza).

Nick iba a dar una fiesta de cumpleaños ese fin de semana en su casa de Monkstown, cumplía treinta y tres años. Yo no sabía si ir o no. Leí su email una y otra vez intentando tomar una decisión. A veces creía percibir en sus palabras devoción y aquiescencia, otras me parecía que empleaba un tono indeciso o ambivalente. Yo no sabía lo que quería de él. Lo que parecía querer, por más que me disgustara la idea, era que renunciara a cualquier otra persona o cosa en su vida para consagrarse exclusivamente a mí. Era algo de lo más absurdo, no solo porque yo también me había acostado con alguien durante nuestra relación, sino porque incluso ahora había otras personas que me importaban mucho, en especial Bobbi, a la que echaba mucho de menos. En mi opinión, el tiempo que dedicaba a pensar en Bobbi no tenía nada que ver con Nick, pero me tomaba como una ofensa personal el tiempo que él dedicaba a pensar en Melissa.

El viernes lo llamé. Le dije que había sido una semana extraña y él contestó que se alegraba mucho de oír mi voz. Me pasé la lengua por los dientes.

Me dejaste muy descolocada con tu llamada de la semana pasada. Lo siento si reaccioné de forma exagerada.

No, no creo que lo hicieras. Quizá yo me lo tomé demasiado a la ligera. ¿Estás enfadada?

Vacilé antes de contestar: No.

Porque si lo estás podemos hablarlo, dijo.

No lo estoy.

Nick se quedó extrañamente callado durante unos segundos y me preocupó que fuera a darme alguna otra mala noticia. Finalmente dijo: Ya sé que no te gusta que parezca que te afectan las cosas. Pero tener sentimientos no es un signo de debilidad. En ese momento una especie de rígida sonrisa se adueñó de mi rostro, y noté cómo la radiante energía del resentimiento inundaba todo mi ser.

Claro que tengo sentimientos, dije.

Ya.

Pero no tengo, sentimientos sobre si te tiras o no a tu mujer. No es una cuestión emocional para mí.

Vale, dijo él.

Tú quieres que yo sienta algo al respecto. Porque te pusiste celoso cuando me acosté con otra persona y te genera inseguridad que yo no esté celosa.

Nick soltó un suspiro por el teléfono, pude oírlo. Quizá, dijo. Sí, puede ser, es algo en lo que tengo que pensar. Solo intentaba… eeeh… en fin. Me alegro de que no estés enfadada.

Para entonces yo sonreía ampliamente. Consciente de que esa sonrisa era perceptible en mi voz, le dije: No pareces alegrarte. Nick volvió a suspirar, un débil suspiro. Me sentía como si él estuviera tumbado en el suelo y yo desgarrara su cuerpo con mi sonriente dentadura. Lo siento, dijo. Es solo que te noto un poco hostil.

Interpretas tu intento fallido de hacerme daño como hostilidad por mi parte, le dije. Interesante. La fiesta es mañana por la noche, ¿verdad?

Nick tardó tanto en contestar que temí haber ido demasiado lejos. Pensé que me diría que era una mala persona, que había intentado quererme pero que era imposible. Lo que dijo en cambio fue: Sí, en casa. ¿Vas a venir?

Claro, ¿por qué no iba a hacerlo?, contesté.

Genial. Me encantará volver a verte, obviamente. Ven a la hora que quieras.

Treinta y tres años son muchos años.

Sí, supongo, dijo. Ya me los noto.

Para cuando llegué a la fiesta reinaba un gran bullicio en la casa, que estaba llena de gente a la que no conocía. Vi que la perra se había escondido detrás del televisor. Melissa me recibió con un beso en la mejilla, visiblemente borracha. Me sirvió una copa de vino tinto y me dijo que estaba guapa. Pensé en Nick estremeciéndose mientras se corría dentro de ella. Los odié a ambos, con la intensidad del amor pasional. Di un gran trago de vino y crucé los brazos sobre el pecho.

¿Qué ha pasado entre Bobbi y tú?, preguntó Melissa.

La observé. Tenía los labios manchados de vino, también los dientes. Bajo el ojo izquierdo se distinguía una pequeña pero visible sombra de rímel.

No lo sé, dije. ¿Ha venido?

Todavía no. Tenéis que arreglar lo vuestro. Me lo ha contado todo por email.

Me quedé mirando a Melissa y un escalofrío de náusea me recorrió la piel. No podía soportar que Bobbi se lo hubiese contado. Me dieron ganas de pisarle el pie con todas mis fuerzas y luego mirarla a la cara y negar haberlo hecho. No, diría. No sé de qué me hablas. Y ella me miraría y sabría que yo era mala y que estaba loca. Dije que iba a buscar a Nick para felicitarle y ella señaló las puertas dobles que daban a la galería acristalada.

Estás mosqueada con él, dijo Melissa. ¿Verdad?

Apreté los dientes. Pensé en lo fuerte que podría pisarla si descargaba todo mi peso sobre su pie.

Espero que no sea por mi culpa, añadió.

No. No estoy mosqueada con nadie. Voy a saludar.

En la galería sonaba una canción de Sam Cooke y Nick estaba charlando con unos desconocidos, asintiendo con la cabeza. La iluminación era tenue y todo se veía azul. Tenía que marcharme de allí. Nick me vio, nuestras miradas se cruzaron. Sentí lo mismo de siempre, como si una llave girara con fuerza dentro de mí, pero esta vez odié la llave y odié que abriera algo en mi interior. Vino hacia mí y yo me quedé parada con los brazos cruzados sobre el pecho, probablemente frunciendo el ceño, o quizá con expresión asustada.

Nick también estaba borracho, tan borracho que arrastraba las palabras al hablar y hacía que no me gustara su voz. Me preguntó si estaba bien y me encogí de hombros. A lo mejor podrías explicarme qué he hecho mal para que pueda pedirte perdón, dijo.

Melissa cree que estamos peleados, dije.

Bueno, ¿lo estamos?

¿Es asunto suyo si lo estamos?

No lo sé, dijo Nick. No sé qué quieres decir.

La rigidez se había adueñado de todo mi cuerpo, al punto de sentir la mandíbula dolorosamente tensa. Nick me tocó el brazo y me aparté de él como si me hubiese abofeteado. Parecía dolido, como lo parecería cualquier persona normal. Estaba claro que algo iba mal en mí, lo sabía.

En ese momento dos personas a las que no conocía de nada se acercaron para felicitar a Nick: un tipo alto y una mujer de pelo oscuro con un bebé en brazos. Nick pareció alegrarse mucho de verlos. La mujer no paraba de decir: No podemos quedarnos, no podemos quedarnos, es una visita relámpago. Nick me los presentó, eran su hermana Laura, su marido Jim y la hija de ambos, la niña a la que él quería tanto. Yo no estaba segura de si Laura sabía quién era yo. La pequeña tenía el pelo rubio y unos ojos enormes ojos angelicales. Laura dijo que se alegraba de conocerme y yo contesté: Tu niña es preciosa, uau. Nick se echó a reír y dijo: ¿A que sí? Es como una bebé modelo. Podría hacer anuncios de comida infantil. Laura me preguntó si quería cogerla y yo la miré y dije: Claro, ¿puedo?

Me puso a la niña en brazos y dijo que iba a buscar un vaso de soda. Jim y Nick estaban hablando de algo, no recuerdo el qué. La pequeña me miró mientras abría y cerraba la boca. Su boca no paraba quieta, y durante un rato se metió toda la mano dentro. Costaba creer que una criatura tan perfecta dependiera de la caprichosa voluntad de unos adultos que bebían soda y la dejaban en brazos de perfectas desconocidas en las fiestas. La niña me miró con la manita mojada en la boca y parpadeó. Sostuve su diminuto cuerpo contra mi pecho y pensé en lo pequeña que era. Quería hablarle, pero los demás me habrían oído, y no quería que nadie más me escuchara.

Cuando alcé la vista, vi que Nick me estaba observando. Nos miramos durante unos segundos, y la situación parecía tan seria que intenté sonreírle. Sí, dije. Me encanta esta niña. Es maravillosa, un diez sobre diez. Jim replicó: Ah, para Nick, Rachel es el miembro favorito de la familia. La adora incluso más que nosotros. Nick sonrió al oírlo, y luego tocó la manita de la pequeña, que la agitaba en el aire como si intentara mantenerse en equilibrio. Entonces aferró la base del pulgar de Nick. Oh, creo que voy a llorar, dije. Es perfecta.

Laura regresó y me dijo que iba a quitarme a la niña de las manos. Pesa mucho, ¿verdad?, dijo. Asentí en silencio y luego dije: Es adorable. Sin el peso del bebé sentí mis brazos enclenques y vacíos. Es una pequeña seductora, dijo Laura. ¿A que sí lo eres? Y tocó la naricilla de la niña con ternura. Ya verás cuando tengas hijos, me dijo. Me limité a mirarla, y luego parpadeé y farfullé algo como ya o mmm… Laura y Jim tenían que marcharse, así que fueron a despedirse de Melissa.

Cuando nos quedamos solos, Nick me tocó la espalda y yo le dije lo mucho que me gustaba su sobrina. Es preciosa, dije. Bueno, llamarla preciosa es una estupidez, pero tú ya me entiendes. Nick dijo que no le parecía que fuera una estupidez. Estaba borracho, pero me daba cuenta de que intentaba mostrarse amable conmigo. Entonces dije algo así como: La verdad es que no me siento muy bien.

Me preguntó si me encontraba mal, pero rehuí su mirada. Le dije: No te importa que me vaya, ¿verdad? De todos modos, la casa está llena de gente y no quiero acapararte. Nick escrutó mi rostro, pero yo era incapaz de mirarle. Me preguntó qué pasaba y le contesté: Ya hablaremos mañana.

No me siguió cuando salí por la puerta. Yo estaba temblando y no podía controlar el movimiento de mi labio inferior. Cogí un taxi de vuelta al centro.

Mi padre me llamó bien entrada la noche. Me desperté al oír el teléfono, y cuando fui a cogerlo me golpeé la muñeca en la mesilla de noche. ¿Sí?, dije. Eran más de las tres de la madrugada. Sostuve el brazo dolorido contra mi pecho y entorné los ojos en la oscuridad, esperando que dijera algo. Al otro lado de la línea se oía un ruido de fondo, tal vez viento o lluvia.

¿Eres tú, Frances?, preguntó mi padre.

He estado intentando hablar contigo.

Lo sé, lo sé. Escucha.

Entonces suspiró sin apartar la boca del auricular. Yo no dije nada, pero él tampoco. Cuando volvió a hablar, sonaba inmensamente cansado.

Lo siento, cariño, dijo.

¿Qué es lo que sientes?

Ya lo sabes, ya lo sabes. Lo sabes de sobra. De verdad que lo siento.

No sé de qué me hablas, dije.

Aunque me había pasado semanas llamándolo por lo de mi asignación, no pensaba mencionar el asunto, e incluso podría negar que el dinero no había llegado si él sacaba el tema a colación.

Escucha, dijo. He tenido un mal año. Las cosas se me han ido de las manos.

¿A qué te refieres?

Volvió a suspirar. Dije: ¿Papá?

Tienes razón, a estas alturas estarías mejor sin mí, dijo. ¿No crees?

Por supuesto que no. No digas eso. ¿De qué estás hablando?

Ah, de nada. Tonterías.

Yo estaba temblando. Traté de pensar en cosas que me hicieran sentir segura y normal. Pertenencias materiales: la blusa blanca secándose colgada de una percha en el cuarto de baño, mis novelas colocadas por orden alfabético en la estantería, el juego de tazas de porcelana verde.

¿Papá?, dije.

Eres una gran mujer, Frances. Nunca nos has dado un solo motivo de preocupación.

¿Te encuentras bien?

Tu madre dice que te has echado novio, dijo. Un tipo muy guapo, por lo que he oído.

Papá, ¿dónde estás? ¿Estás en la calle?

Guardó silencio unos instantes, y luego soltó otro suspiro que esta vez sonó casi como un gemido, como si sufriera alguna dolencia física de la que no podía hablar o describir.

Oye, dijo. Lo siento, ¿vale? Lo siento.

Papá, espera.

Colgó. Cerré los ojos y tuve la sensación de que los muebles de la habitación empezaban a desaparecer uno tras otro, como en un juego de Tetris a la inversa, elevándose hacia lo alto de la pantalla hasta desvanecerse, y temí que lo siguiente que desaparecería sería yo. Marqué el número de mi padre una y otra vez, a sabiendas de que no contestaría.

Al cabo de un rato dejó de sonar el tono de llamada, tal vez se había quedado sin batería. Permanecí tumbada en la oscuridad hasta que amaneció.

Cuando Nick llamó al día siguiente aún estaba en la cama. Me había quedado dormida hacia las diez de la mañana y apenas pasaba de las doce cuando sonó el teléfono. Las persianas proyectaban una fea sombra gris en el techo. Cuando contesté, Nick preguntó si me había despertado y respondí: No pasa nada. Anoche no dormí bien. Nick dijo si podía venir a verme. Alargué una mano para abrir las persianas y dije: Sí, claro.

Esperé en la cama mientras él llegaba en el coche. No me levanté ni para ducharme. Me puse una camiseta negra cuando sonó el timbre de abajo, y Nick entró en el apartamento con aspecto de acabar de afeitarse y oliendo a tabaco. Al verlo me llevé la mano a la garganta y dije algo como: Vaya, qué poco has tardado en llegar al centro. Nos fuimos a mi habitación y él dijo: Ya, apenas había tráfico.

Durante unos instantes nos quedamos allí, mirándonos, y luego Nick me besó, en la boca. ¿No te importa?, preguntó. Negué con la cabeza y murmuré alguna estupidez. Perdona otra vez por lo de anoche, dijo. He pensado mucho en ti. Te echo de menos. Daba la impresión de que había preparado todas estas frases de antemano para que más tarde no pudiera acusarlo de no haberlas dicho. Me dolía la garganta, como si fuera a echarme a llorar. Noté el tacto de su mano por debajo de la camiseta y entonces sí que rompí a llorar, lo cual me resultó muy confuso. Oh, no, Frances, dijo, ¿qué pasa? Hey… Yo me encogía de hombros y hacía gestos extraños y sin sentido con las manos. Ahora lloraba con fuerza. Él se quedó allí de pie sin saber qué hacer. Ese día llevaba una camisa de algodón azul claro, abotonada, con botones blancos.

¿Podemos hablar de lo que te pasa?, preguntó.

Dije que no había nada de que hablar, y luego nos acostamos. Me puse de rodillas y él me penetró por detrás. Esta vez utilizó un condón, ni siquiera nos planteamos no usarlo. Cuando me hablaba, yo fingía que apenas lo escuchaba. Seguía llorando a lágrima viva. Algunas cosas me hacían llorar con más fuerza, como cuando me tocaba los pechos o me preguntaba si me gustaba lo que me hacía. Entonces Nick dijo que quería parar, y lo dejamos. Me cubrí con las sábanas y me tapé los ojos con la mano para no tener que mirarlo.

¿No te ha gustado?, pregunté.

¿Podemos hablar?

Antes te gustaba, ¿verdad?

¿Puedo preguntarte algo?, dijo. ¿Quieres que deje a Melissa?

Entonces lo miré. Parecía cansado, y podía ver que odiaba todo lo que le estaba haciendo. Mi cuerpo se me antojaba como algo completamente desechable, como si solo señalara el sitio que debería ocupar algo más valioso. Fantaseé con la idea de despedazarlo y alinear mis extremidades una junto a otra para compararlas.

No, dije. Eso no es lo que quiero.

No sé qué hacer. Últimamente me siento jodidamente mal por todo esto. Pareces muy enfadada conmigo y no sé cómo hacerte feliz.

Entonces quizá no deberíamos seguir viéndonos.

Ya, dijo él. Vale. Supongo que tienes razón.

En ese momento paré de llorar. No lo miré. Me aparté el pelo de la cara y me lo recogí con una goma que llevaba alrededor de la muñeca. Me temblaban las manos y empecé a ver tenues lucccitas ante mis ojos donde no debería haberlas.

Nick dijo que lo sentía, y que me quería. También dijo algo más, que no me merecía o algo así. Pensé: Si no hubiese cogido el teléfono esta mañana, Nick seguiría siendo mi novio y todo sería normal. Carraspeé para aclararme la garganta. Cuando se fue, cogí las tijeritas de las uñas y me abrí un agujero en la cara interior del muslo izquierdo. Tenía que hacer algo drástico para dejar de pensar en lo mal que me sentía, pero la herida no me hizo sentir mejor. De hecho, sangraba mucho y me sentí peor. Me senté en el suelo de mi habitación, tratando de contener la hemorragia con un trozo de papel higiénico enrollado, y pensé en mi propia muerte. Me sentía como una copa vacía, una copa que Nick había vaciado, y ahora tenía que contemplar lo que se había derramado de mis entrañas: todas mis creencias ilusorias sobre mi propio valor, y mis pretensiones de ser la clase de persona que no era. Ahora que no era nada, solo una copa vacía, podía verme a mí misma con toda claridad.

Me limpié y busqué una tirita para cubrir la herida. Luego bajé las persianas y abrí mi ejemplar de *Middlemarch*. Últimamente ya no importaba que Nick hubiese aprovechado la primera oportunidad para dejarme en cuanto Melissa había querido recuperarlo, ni que mi cara y mi cuerpo fueran tan feos que le repugnaran, ni que detestara tanto el sexo conmigo que había tenido que pedirme que paráramos. Mis futuros biógrafos no prestarían atención a esos detalles. Pensé en todas las cosas que nunca le había contado a Nick sobre mí misma, y entonces empecé a sentirme mejor, como si mi intimidad se extendiera a mi alrededor como una barrera que protegía mi cuerpo. Yo era una persona sumamente autónoma e independiente, con una vida interior que nadie había rozado o percibido jamás.

El corte seguía provocándome un dolor punzante, incluso después de que hubiese dejado de sangrar. Me asustaba un poco pensar que era capaz de hacer semejante estupidez, aunque sabía que nunca tendría que contárselo a nadie y nunca volvería a repetirse. Desde que Bobbi había roto conmigo no había vuelto a hacerme cortes en la piel, aunque sí me había quedado bajo la ducha cuando se acababa el agua caliente y había aguantado hasta que mis dedos se volvían azulados. En privado me refería a esos comportamientos como «representaciones». Rascarme el brazo hasta sangrar era una «representación», al igual que provocarme una hipotermia por accidente y tener que explicárselo por teléfono a un paramédico.

Esa noche medité sobre la llamada que había recibido de mi padre la madrugada anterior, sobre las ganas que había tenido de contárselo a Nick, y por un momento pensé muy en serio: Lo llamaré y volverá. Estas cosas pueden repararse. Pero en el fondo sabía que él nunca volvería, no del todo. Ya no era solo mío, eso se había acabado. Melissa sabía cosas que yo ignoraba. Después de todo lo que había pasado entre ambos, seguían deseándose. Pensé en el email que ella me había enviado, en que de todos modos yo estaba enferma y seguramente era estéril, en que no podría darle a Nick nada que significara algo para él.

Durante los días siguientes me pasé horas sin hacer otra cosa que mirar la pantalla del móvil. Veía el tiempo transcurrir de forma perceptible en su reloj iluminado y aun así tenía la sensación de que no pasaba. Nick no me llamó esa tarde, ni esa noche. Tampoco me llamó al día siguiente, ni al otro. Nadie lo hizo. Gradualmente, fui perdiendo la noción de estar esperando algo y deduciendo que en eso consistía la vida: en las tareas con que nos distraemos mientras eso que esperamos sigue sin llegar. Buscaba trabajo e iba a clase. La vida siguió adelante.

29

Empecé a trabajar sirviendo café en una sandwichería por las noches y los fines de semana. En mi primer día, una mujer llamada Linda me entregó un delantal negro y me enseñó a hacer café. Había que presionar una palanquita para llenar el portafiltro de café molido, una vez para un solo chorro y dos para un chorro doble. Luego había que acoplar el filtro a la máquina enroscándolo con fuerza y darle al interruptor del agua. También había un pitorro por el que salía vapor y una jarrita para la leche. Linda me contó muchas cosas sobre el café, la diferencia entre un latte y un capuchino, esa clase de detalles. También servían moca, pero Linda me dijo que el café moca era complicado y que sería mejor que se lo dejara a alguno de los otros. La gente nunca pide moca, me aseguró.

No me encontré ni una sola vez con Bobbi en el campus, aunque estaba convencida de que la vería. Pasaba mucho tiempo merodeando cerca del edificio de Humanidades, en la rampa a la que ella solía salir a fumar, o en las dependencias del círculo de debate, donde repartían ejemplares gratuitos del *New Yorker* y te dejaban usar la cocina para preparar té. Bobbi nunca apareció. Pero es cierto que teníamos horarios distintos. Yo quería toparme con ella a una hora que me conviniera, aparecer con mi abrigo beige, tal vez cargando una pila de libros, y mirarla con la sonrisa vacilante de quien quiere olvidar una discusión. Mi mayor temor era que ella se presentara en la sandwichería donde trabajaba y viera que tenía un empleo. Cada vez que entraba por la puerta una mujer delgada de flequillo oscuro me volvía compulsivamente hacia la máquina de café y fingía calentar la leche bajo el chorro de vapor. En los meses precedentes había creído vislumbrar la posibilidad de una vida alternativa, la posibilidad de acumular ingresos simplemente escribiendo y hablando e interesándome por cosas. Cuando aceptaron publicar mi relato, incluso creí haber entrado en ese otro mundo, como si hubiese puesto fin a mi antigua existencia y la hubiese dejado muy atrás. Me avergonzaba la idea de que Bobbi pudiera entrar en la sandwichería y viera con sus propios ojos lo mucho que me había engañado a mí misma.

Hablé con mi madre por teléfono sobre la llamada de mi padre. En realidad, tuvimos una discusión sobre el asunto, y después de colgar estaba tan agotada que durante una hora me sentí incapaz de hablar o moverme. Le dije que ella era la «propiciadora». Ah, así que la culpa es mía, ¿no?, replicó. Yo tengo la culpa de todo. Me dijo que el hermano de mi padre lo había visto por la calle el día anterior y que estaba perfectamente. Le recordé el incidente de mi infancia en que él me había arrojado un zapato a la cara. Soy una mala madre, repuso ella, eso es lo que estás diciendo. Si esa es la conclusión que sacas de los hechos, repliqué, es problema tuyo. Entonces me dijo que, al fin y al cabo, yo nunca había querido a mi padre.

Según tú, la única manera de querer a alguien es dejarle que te pisotee, le dije.

Mi madre me colgó el teléfono. Me tumbé en la cama con la sensación de que una luz se había apagado.

Un día, hacia finales de noviembre, Evelyn colgó un enlace de vídeo en el muro de Facebook de Melissa con el mensaje: acabo de volver a ver esto y me he quedado MUERTA. El recuadro de presentación me bastó para ver que se había grabado en la cocina de Nick y Melissa. Cliqué sobre la imagen y esperé a que el vídeo se cargara. La iluminación era de un cálido tono amarillento, al fondo colgaba una ristra de luces navideñas, y allí estaban ellos dos, hombro con hombro, junto a la encimera. Entonces se activó el sonido. Detrás de la cámara alguien decía: Venga, venga, ahora callaos. La cámara temblaba, pero vi que Melissa se volvía hacia Nick y que ambos reían. Él llevaba un jersey negro. Asentía en silencio como si ella le estuviera diciendo algo por señas, y entonces empezó a cantar: «I really can't stay». Y Melissa contestó: «but baby, it's cold outside». Estaban cantando a dúo, era muy gracioso. Todos los presentes reían y aplaudían, y reconocí la voz de Evelyn mandando callar a los demás. Nunca había oído cantar a Nick, tenía una voz bonita, y Melissa también. Interpretaban muy bien la canción, él mostrándose reacio y ella tratando de convencerlo para que se quedara. Les iba como anillo al dedo. Se notaba que habían practicado para cantarla ante los amigos. Cualquiera que viera ese vídeo se daría cuenta de lo mucho que se querían. Si yo lo hubiese visto antes, pensé, tal vez no habría pasado nada. Tal vez lo habría sabido.

Entre semana trabajaba de cinco a ocho de la tarde, y cuando llegaba a casa estaba tan agotada que no podía ni comer. Empecé a rezagarme en los estudios. Con las horas que pasaba en la sandwichería apenas me quedaba tiempo para mis lecturas académicas, pero mi verdadero problema era la falta de concentración. No había manera. Los conceptos parecían negarse a formar patrones discernibles y tenía la impresión de que mi vocabulario se había reducido y perdido precisión. Cuando cobré mi segundo sueldo saqué doscientos euros de mi cuenta y los metí en un sobre con una nota que ponía: Gracias por el préstamo. Lo envié por correo a la dirección de Nick en Monkstown. Nunca me contestó para decirme que lo había recibido, pero para entonces tampoco esperaba que lo hiciera.

Estábamos casi en diciembre. Me quedaban tres pastillas para completar el ciclo, luego dos, luego una. En cuanto terminé la caja volvieron las molestias, como antes. Y duraron varios días. Seguí yendo a clase como de costumbre, haciendo de tripas corazón. Los calambres venían en oleadas que al retirarse me dejaban sin apenas fuerzas y empapada en sudor. Un profesor adjunto me pidió en clase que dijera algo sobre el personaje de Will Ladislaw, y aunque de hecho ya había acabado de leer *Middlemarch*, me limité a abrir y cerrar la boca como un pez. Al final acerté a decir: No. Lo siento.

Esa noche volví a casa caminando por Thomas Street. Me temblaban las piernas y llevaba días sin tomar una comida decente. Sentía el vientre hinchado, y por unos instantes tuve que apoyarme contra un soporte para bicicletas. Mi visión empezaba a desintegrarse. La mano apoyada sobre el soporte me pareció casi translúcida, como un negativo fotográfico a contraluz. La iglesia de Thomas Street quedaba a escasos pasos, y con el cuerpo ladeado y sujetándome las costillas con un brazo, arrastré los pies hasta la puerta.

La iglesia olía a incienso rancio y aire seco. Columnas de vidrieras se elevaban por detrás del altar como largos dedos de pianista, y el techo lucía unos tonos blanco y verde menta como de confitería. No había entrado en una iglesia desde que era una niña. Dos ancianas estaban sentadas en uno de los laterales con rosarios en las manos. Me senté al fondo y alcé la vista hacia los vitrales, tratando de fijarlos en mi campo visual, como si su permanencia pudiera impedir mi desaparición. Esta estúpida enfermedad nunca ha matado a nadie, pensé. Tenía la cara bañada en sudor, o tal vez estaba lloviznando fuera y no me había dado cuenta. Me desabotoné el abrigo y usé el interior seco de mi bufanda para enjugarme la frente.

Respiré por la nariz, sintiendo que mis labios se entreabrían por el esfuerzo de llenar los pulmones. Entrelacé las manos sobre el regazo. Un dolor lacerante me recorría la columna, irradiando hacia el cráneo y humedeciendo mis ojos. Estoy rezando, pensé. Estoy sentada aquí rezando para que Dios me ayude. Por favor, ayúdame, pensé. Por favor. Sabía que había ciertas reglas, que debías creer en un principio rector divino antes de poder pedirle algo, y yo no creía. Pero me estoy esforzando, pensé. Amo a mis semejantes. ¿O no? ¿Amo a Bobbi, después de que rompiera mi relato de aquella manera y me dejara sola? ¿Amo a Nick, aunque ya no quiera acostarse más conmigo? ¿Amo a Melissa? ¿La he amado alguna vez? ¿Amo a mi madre y a mi padre? ¿Podría amar a todo el mundo, incluidas las malas personas? Apoyé la frente sobre mis manos entrelazadas, sintiéndome aturdida.

En lugar de plantearme pensamientos grandiosos, traté de concentrarme en algo pequeño, en lo más pequeño en que pudiera pensar. Alguien ha hecho este banco en el que estoy sentada, pensé. Alguien lijó la madera y la barnizó. Alguien lo trajo hasta la iglesia. Alguien colocó las baldosas en el suelo, alguien instaló las ventanas. Han sido manos humanas las que han puesto cada ladrillo, las que han encajado cada bisagra en cada puerta, las que han asfaltado cada calle, las que han enroscado cada bombilla en cada farola.

E incluso los objetos fabricados por las máquinas son en realidad obra de los seres humanos, que construyeron en un principio esas máquinas. Y también los propios seres humanos, hechos por otros seres humanos que luchan por crear familias e hijos felices. Y yo misma, toda la ropa que llevo puesta, todo el lenguaje que conozco. ¿Quién me ha puesto en esta iglesia, pensando estos pensamientos? Otras personas, algunas de las cuales conozco bien y otras a las que nunca he conocido. ¿Soy yo misma, o soy ellas? ¿Soy yo, Frances? No, no soy yo. Son los otros. ¿Me hago a veces daño a mí misma, abuso del inmerecido privilegio cultural de haber nacido blanca, desdeño el trabajo de los demás, he explotado a veces una iteración reduccionista de la teoría de género para evitar comprometerme éticamente, tengo una relación tormentosa con mi propio cuerpo? Sí. ¿Quiero vivir libre de dolor y por tanto exijo que los demás también vivan libres de dolor, un dolor que es mío y por tanto también suyo? Sí, sí.

Cuando abrí los ojos, tuve la impresión de haber comprendido algo, las células de mi cuerpo parecieron iluminarse como millones de resplandecientes puntos de contacto, y fui consciente de algo profundo. Luego me levanté del banco y me desplomé.

Desmayarme se había convertido en algo normal para mí. Le aseguré a la mujer que me socorrió que ya me había sucedido antes, y ella pareció un poco molesta, como si pensara: Pues ponle remedio. Notaba en la boca un regusto amargo, pero me sentía con fuerzas para salir de la iglesia por mi propio pie. La experiencia de despertar espiritual me había abandonado. De camino a casa pasé por el Centra, compré dos paquetes de fideos instantáneos y una tarta de chocolate, y después completé el trayecto caminando despacio, un paso detrás de otro.

Ya en casa, abrí la tapa de la caja de la tarta, cogí una cuchara y marqué el número del móvil de Melissa. Sonó, el tono de llamada como un ronroneo satisfecho. Luego su respiración.

¿Sí?, contestó Melissa.

¿Podemos hablar un segundo? ¿O es un mal momento?

Se echó a reír, o al menos creo que ese era el ruido que hacía.

¿Quieres decir en general o ahora mismo?, preguntó. En general es un mal momento, pero ahora mismo no pasa nada.

¿Por qué le mandaste mi relato a Bobbi?

No lo sé, Frances. ¿Por qué te follaste a mi marido?

¿Se supone que debería escandalizarme?, repuse. Tú eres la única que escandaliza aquí con tu lenguaje soez, ¿vale? Ahora que eso ha quedado claro, ¿por qué le mandaste mi relato a Bobbi?

Melissa enmudeció. Deslicé el borde de la cuchara por el glaseado de la tarta y la lamí. Sabía azucarada e insípida.

De repente te dan estos arranques agresivos, ¿verdad?, dijo. Como con Valerie. ¿Te sientes amenazada por las demás mujeres?

Voy a hacerte una pregunta. Si no quieres contestar, solo tienes que colgar.

¿Qué te da derecho a pedirme explicaciones sobre mi comportamiento?

Me odiabas, dije. ¿Verdad?

Melissa suspiró. Ni siquiera sé de qué me estás hablando, dijo. Hundí la cuchara en la tarta, hasta la parte esponjosa, y me la llevé a la boca.

Tú me trataste con un desprecio absoluto, prosiguió. Y no lo digo solo por Nick. La primera vez que viniste a nuestra casa miraste alrededor y pensaste: Esto es tan burgués y vergonzante que voy a destruirlo. Y no veas si has disfrutado destruyéndolo. De repente me descubro mirando mi propia jodida casa, pensando: ¿Es feo este sofá? ¿Es muy kitsch tomar vino? Y cosas con las que hasta entonces me sentía a gusto empezaron a hacerme sentir patética. Tener un marido en lugar de tirarme al de otra. Tener un contrato para un libro en lugar de escribir crueles relatos sobre gente a la que conozco y venderlos a prestigiosas revistas. Te presentaste en mi casa con tu puto piercing en la nariz y te dijiste: Oh, cómo voy a disfrutar destripando todo este tinglado. Melissa es tan establishment.

Clavé la cuchara en la tarta para que se sostuviera sola. Luego usé la mano para masajearme la cara.

Yo no tengo un piercing en la nariz, dije. Esa es Bobbi.

Vale. Mis más sinceras disculpas.

No imaginaba que me tuvieras por alguien tan subversivo. En la vida real nunca he sentido el menor desprecio por tu casa. Quería que fuera mi casa. Quería tener toda tu vida. A lo mejor hice cosas despreciables para tratar de conseguirla, pero yo soy pobre y tú eres rica. No intentaba destrozarte la vida, intentaba robártela.

Melissa soltó una especie de bufido, aunque no creía que estuviera desestimando mis palabras. Era más una actuación que una reacción.

Así que tuviste una aventura con mi marido porque yo te caía muy bien, dijo.

No, no digo que me cayeras bien.

Estupendo. Tú a mí tampoco. Pero no se puede decir que tú fueras muy agradable.

Ambas guardamos silencio, como si nos hubiésemos retado a subir corriendo unas escaleras y ahora estuviéramos sin resuello y pensando en lo tontas que habíamos sido.

Me arrepiento, dije. Me arrepiento de no haber sido más agradable. Debería haberme esforzado más por ser tu amiga. Lo siento.

¿Qué?

Lo siento, Melissa. Siento haberte llamado de esta forma tan agresiva, ha sido una estupidez. Últimamente no sé muy bien lo que hago. Tal vez sea porque lo estoy pasando bastante mal. Siento haberte llamado. Y, bueno, siento todo lo que ha ocurrido.

Por Dios, dijo Melissa. ¿Qué pasa? ¿Estás bien?

No, estoy bien. Lo que pasa es que tengo la impresión de que no he sido la persona que debería haber sido. Ya no sé ni lo que digo. Ojalá hubiese llegado a conocerte mejor y te hubiese tratado con más generosidad, quiero disculparme por eso. Voy a colgar.

Colgué antes de que ella pudiera decir nada. Engullí un poco de tarta con avidez, luego me limpié la boca, abrí el portátil y escribí un email.

Querida Bobbi:

Esta noche me he desmayado en una iglesia, lo habrías encontrado de lo más gracioso. Siento haberte ofendido con mi relato. Creo que la razón por la que te dolió es porque demostraba que podía sincerarme con alguien aun cuando no había sido sincera contigo. Confío en que sea esa la razón. Esta noche he llamado a Melissa para preguntarle por qué te envió el relato. Me ha llevado algún tiempo darme cuenta de que la verdadera pregunta es: ¿por qué lo escribí? Ha sido una conversación bastante embrollada y bochornosa. Tal vez piense en Melissa como en mi madre. Lo cierto es que te quiero y siempre te he querido. ¿Me refiero a un amor platónico? No ofrezco ninguna resistencia cuando me besas. La idea de volver a acostarme contigo siempre me ha parecido excitante. Cuando rompiste conmigo tuve la sensación de que me habías derrotado en un juego al que jugábamos las dos, y quería desquitarme derrotándote. Ahora creo que solo quiero dormir a tu lado, sin metáforas. Eso no significa que no tenga otros deseos. Ahora mismo, por ejemplo, estoy comiendo tarta de chocolate directamente de la caja con una cucharilla. Para querer a alguien en una sociedad capitalista tienes que querer a todo el mundo. ¿Eso es una teoría o solo teología? Cuando leo la Biblia te imagino en el papel de Jesús, así que a lo mejor desmayarme en una iglesia sí que ha sido una metáfora después de todo. Pero ahora no estoy intentando ser inteligente. No puedo decir que lamente haber escrito ese relato, ni haber cobrado dinero por ello. Pero sí puedo decir que lamento que te conmocionara tanto, ya que debería habértelo contado antes. Para mí no eres solo una idea. Si alguna vez te he tratado como si lo fueras, lo siento. La noche en que hablaste de la monogamia me fascinó tu intelecto. No entendía lo que estabas tratando de decirme. Quizá soy mucho más estúpida de lo que ninguna de las dos creía. Cuando estábamos los cuatro no podía evitar pensar en términos de pareja, y eso hacía que me sintiera amenazada, porque cualquier posible pareja en la que yo no estuviera me parecía mucho más interesante que aquellas en las que estaba. Nick y tú, Melissa y tú, incluso Nick y Melissa a su manera. Pero ahora entiendo que nada se reduce a dos personas, ni siquiera a tres. Mi relación contigo también se nutre de tu relación con Melissa, y con Nick, y con la niña que fuiste, etcétera, etcétera. Yo quería cosas para mí misma porque pensaba que existía. Ahora vas a tener que contestar para explicarme a qué se refería Lacan en realidad. O puedes no contestarme. Es verdad que me he desmayado, por si tienes algo que objetar al estilo de mi prosa. No era ninguna mentira, y todavía estoy temblando. ¿Crees que podríamos desarrollar un modelo alternativo de querernos? No estoy borracha. Por favor, contesta. Te quiero.

Frances

En algún momento, la tarta de chocolate había desaparecido. Miré la caja y vi el borde de cartón cubierto de migas y restos de glaseado que no me había molestado en rebañar. Me levanté de la mesa, puse agua a hervir y eché dos cucharadas de café en la cafetera de embolo. Me tomé un par de analgésicos, me bebí el café y luego vi una película de suspense en Netflix. Sentí que me invadía cierta paz y me pregunté si no sería cosa de Dios después de todo. No es que me planteara si Dios existía de un modo más o menos material, sino como una práctica cultural compartida, tan extendida que llegaba a parecer materialmente real, como el lenguaje o el género.

A las once y diez de la noche oí la llave en la puerta. Fui al recibidor y la vi bajándose la cremallera del impermeable, el que se había llevado a Francia ese verano, mientras el agua se deslizaba por las mangas y caía con un leve repiqueteo en el suelo de madera. Nuestras miradas se cruzaron.

Un email de lo más raro, dijo Bobbi. Pero yo también te quiero.

30

Esa noche hablamos por primera vez de nuestra ruptura. Fue como abrir una puerta que ha estado en tu casa todo el tiempo, una puerta por la que pasabas de largo cada día y en la que tratabas de no pensar. Bobbi me dijo que la había hecho sentirse muy mal. Estábamos sentadas en mi cama, ella recostada contra el cabecero con las almohadas en la espalda, yo con las piernas cruzadas a los pies del colchón. Me dijo que me había reído de ella durante nuestras discusiones, tratándola como una idiota. Le conté lo que me había dicho Melissa, que yo no era una persona muy agradable. Bobbi se echó a reír. Ella debe de saberlo muy bien, dijo. ¿Cuándo se ha mostrado agradable con nadie?

Puede que la simpatía no sea la mejor vara de medir, dije.

Evidentemente todo se reduce a una cuestión de poder, convino Bobbi. Pero es más difícil determinar quién tiene el poder, así que preferimos optar por la «simpatía» como sustituto. Es una cuestión que afecta incluso al discurso público. Acabamos preguntándonos qué país es más «simpático», Israel o Palestina. Ya sabes a qué me refiero.

Sí, lo sé.

Jerry es sin duda más «simpático» que Eleanor.

Sí.

Le había preparado a Bobbi una taza de té y la sostenía sobre el regazo, entre los muslos. Mientras hablábamos, rodeaba la taza con las manos para calentárselas.

Por cierto, no me molesta que escribieras sobre mí para ganar dinero, comentó. Hasta tiene su gracia, siempre y cuando participe de la broma.

Lo sé. Podría habértelo dicho y no lo hice. Pero en cierto sentido sigo viéndote como la persona que me rompió el corazón y me dejó incapacitada para mantener relaciones normales.

Subestimas tu propio poder porque así no tienes que sentirte culpable cuando tratas mal a los demás. Y te montas tus propias historias al respecto. Ah, bueno, Bobbi es rica, Nick es un hombre, no puedo hacerles ningún daño. En todo caso, son ellos los que quieren hacerme daño y yo me defiendo.

Me encogí de hombros. No se me ocurría nada que decir. Bobbi cogió la taza de té, le dio un sorbo y volvió a acomodarla entre sus muslos.

No te vendría mal ir a terapia, dijo.

¿Crees que debería?

No estaría de más. Puede que te sirva de ayuda. Eso de ir desmayándose por las iglesias no es muy normal que digamos.

No intenté explicarle que mis desmayos no eran algo psicológico. De todos modos, ¿qué sabía yo? Si tú lo crees así, contesté.

Lo que creo es que te mataría, añadió Bobbi. Tener que reconocer que necesitas la ayuda de un remilgado estudiante de psicología, probablemente votante laborista. Pero tal vez te mataría en el buen sentido.

En verdad te digo que el que no nace de nuevo…

Ya. No he venido para traer paz, sino espada.

A partir de esa noche, Bobbi empezó a acompañarme desde la facultad hasta la sandwichería por las tardes. Se aprendió el nombre de Linda y charlaba con ella mientras yo me ponía el delantal. Así fue como se enteró de que su hijo estaba en el ejército irlandés. Cuando yo volvía a casa por la noche, cenábamos juntas. Bobbi dejó parte de su ropa en mi habitación, sobre todo camisetas y mudas de ropa interior. En la cama dormíamos entrelazadas como una figura de origami. Es posible sentir tanta gratitud que no te deja dormir por las noches.

Un día Marianne nos vio de la mano en la universidad y dijo: ¡Habéis vuelto! Nos encogimos de hombros. Lo nuestro era y no era una relación. Sentíamos cada uno de nuestros gestos como algo espontáneo, y si desde fuera dábamos la impresión de ser una pareja, para nosotras no era más que una coincidencia interesante. Nos inventamos un chiste para esos momentos, que no tenía ningún sentido ni siquiera para nosotras: ¿Qué es un amigo?, decíamos en tono de broma. ¿Qué es una conversación?

Por las mañanas, a Bobbi le gustaba levantarse antes que yo para ducharse y dejarme sin agua caliente, tal como hacía cuando dormía en la otra habitación. Luego se sentaba a la mesa de la cocina con el pelo chorreando y se bebía todo el café de la cafetera. A veces yo cogía una toalla del radiador y le envolvía la cabeza con ella, pero no me hacía ningún caso y seguía leyendo algún artículo en internet sobre vivienda social. Pelaba naranjas y dejaba las blandas pieles de olor dulzón allá donde cayeran, hasta que se secaban y abarquillaban sobre la mesa o el brazo del sofá. Al caer la tarde paseábamos por Phoenix Park resguardadas bajo un paraguas, cogidas del brazo y fumando al pie del monumento a Wellington.

En la cama pasábamos horas hablando, conversaciones que, partiendo de alguna observación concreta, se expandían en espiral hasta convertirse en teorías abstractas y grandiosas, y luego vuelta a empezar. Bobbi hablaba sobre Ronald Reagan y el FMI. Sentía un respeto inusual por los creadores de teorías conspiratorias. Le interesaba la naturaleza de las cosas, pero también era generosa. A diferencia de lo que me pasaba con mucha gente, con ella no tenía la impresión de que mientras yo hablaba estuviera preparando lo que pensaba decir a continuación. Sabía escuchar, y lo hacía de un modo activo. A veces, mientras yo hablaba, dejaba escapar de pronto algún sonido, como si la fuerza de su interés en lo que estaba diciendo se expresara por sí misma a través de su boca. ¡Oh!, decía. O: ¡Cuánta razón!

Una noche de diciembre salimos a celebrar el cumpleaños de Marianne. Todo el mundo estaba de buen humor, las luces navideñas engalanaban las calles, y estábamos compartiendo anécdotas divertidas sobre cosas que Marianne había hecho y dicho estando borracha o medio dormida. Bobbi la imitó, inclinando la cabeza hacia un lado y alzando la mirada dulcemente a través de los párpados caídos, fingiendo encogerse de hombros. No pude evitar reírme, era realmente gracioso, y dije: ¡Otra vez! La propia Marianne se secaba las lágrimas de tanto reír. ¡Por Dios, para ya!, decía. Bobbi y yo le habíamos comprado un bonito par de guantes de piel azul, uno de parte de cada una. Andrew nos llamó tacañas y Marianne le reprochó su falta de imaginación. Se los probó delante de nosotras: El guante de Frances, dijo. Y el guante de Bobbi. Luego movió ambas manos simulando que eran marionetas parloteando entre ellas. Y blablá, blablá, blablá, dijo.

Esa noche hablamos sobre la guerra en Siria y la invasión de Irak. Andrew dijo que Bobbi no entendía la historia y que se limitaba a culpar de todo a Occidente. Todos los presentes en la mesa exclamamos «Oooh» al unísono, como si estuviéramos en algún concurso de la tele. En la discusión que siguió, Bobbi desplegó su inteligencia de un modo despiadado, dando la impresión de haberlo leído todo sobre cualquier tema que Andrew sacara a colación, corrigiéndolo solo cuando era necesario para reforzar su argumento general, sin ni siquiera aludir al hecho de que casi había terminado la carrera de historia. Eso es lo primero que yo habría mencionado si alguien me hubiese menospreciado. Bobbi era distinta. Mientras hablaba solía mirar hacia arriba, a las lámparas del techo o las ventanas más alejadas, y gesticulaba con las manos. Lo único que yo sabía hacer era centrar la atención en mis interlocutores, observarlos en busca de señales de asentimiento o irritación, tratando de incitarlos a seguir con el debate cuando guardaban silencio.

Por entonces Bobbi y Melissa seguían todavía en contacto, pero estaba claro que se habían distanciado. Bobbi había formulado nuevas teorías sobre la personalidad y la vida privada de Melissa que resultaban muchísimo menos favorecedoras que las que había anticipado con anterioridad. Yo me estaba esforzando por querer a todo el mundo, de modo que procuraba mantener la boca cerrada.

No deberíamos haber confiado en ellos, dijo Bobbi.

Estábamos sentadas en mi sofá, cenando comida china de los envases de cartón y viendo a medias una película de Greta Gerwig.

No sabíamos lo codependientes que eran, añadió Bobbi. Me refiero a que solo se metieron en esto por el bien del otro. Probablemente sea bueno para su relación tener estas apasionadas aventuras de vez en cuando, les ayuda a mantener el interés.

Tal vez.

No digo que Nick te la haya jugado intencionadamente. De hecho, Nick me cae bien. Pero era evidente que acabarían retomando su jodida relación porque es a lo que están acostumbrados. ¿Entiendes? Lo que pasa es que estoy muy enfadada con ellos. Nos han utilizado.

Te sientes decepcionada porque no hemos podido destrozar su matrimonio, dije.

Bobbi se echó a reír con la boca llena de fideos chinos. En la pantalla del televisor, Greta Gerwig empujaba a su amiga contra unos arbustos como parte de algún juego.

¿A quién se le ocurre casarse?, dijo Bobbi. Es siniestro. ¿Quién puede querer que el aparato de Estado sostenga su relación de pareja?

No lo sé. ¿Qué sostiene la nuestra?

¡Exacto! A eso me refiero. Nada. ¿Acaso me hago llamar tu novia? No. Llamarme tu novia sería imponernos una dinámica cultural prefabricada sobre la que no tenemos ningún control. ¿Entiendes?

Estuve dándole vueltas a este tema hasta que acabó la película. Entonces dije: Un momento, ¿significa eso que no eres mi novia? Bobbi se echó a reír. ¿Lo dices en serio?, replicó. No. No soy tu novia.

Philip me dijo que él pensaba que Bobbi era mi novia. Quedamos para tomar café entre semana y me contó que Sunny le había ofrecido un trabajo a media jornada, con un sueldo de verdad. Le dije que no me daba envidia, lo cual lo decepcionó, aunque también me preocupaba que fuera mentira. Sunny me caía bien. Me gustaba la idea de trabajar entre libros y dedicarme a leer. No entendía por qué no podía disfrutar de las cosas como hacían los demás.

No te estoy preguntando si Bobbi es o no mi novia, le dije. Te estoy diciendo que no lo es.

Por supuesto que lo es. A ver, lo vuestro es una especie de rollo lésbico radical o como quieras llamarlo, pero hablando en plata es tu novia.

No. Y una vez más, no es una pregunta, es una afirmación.

Philip estaba estrujando una bolsita de azúcar entre los dedos. Habíamos estado un rato hablando de su nuevo trabajo, una conversación que me había dejado sintiéndome como un refresco disipado.

Pues yo creo que sí lo es, insistió él. Lo digo en el buen sentido. Creo que es lo mejor para ti. Sobre todo después de toda esa desagradable situación con Melissa.

¿Qué desagradable situación?

Ya sabes, ese extraño rollo sexual que os traíais. Con el marido.

Me lo quedé mirando, tan perdida que era incapaz de articular palabra. Vi cómo la tinta de la bolsita de azúcar le teñía las yemas de los dedos, convirtiendo sus huellas dactilares en finos surcos azules. Finalmente acerté a decir «yo» varias veces, aunque él no pareció darse cuenta. ¿El marido?, pensé. Philip, sabes perfectamente cómo se llama.

¿Qué extraño rollo sexual?, pregunté.

¿No te estabas acostando con los dos? Eso es lo que se decía.

No. Si fuera cierto no habría hecho nada malo, pero no lo es.

Ah, vale, dijo Philip. Circulan toda clase de rumores sobre lo vuestro.

No acabo de entender por qué me cuentas esto.

Philip levantó los ojos, me miró con estupor y se ruborizó visiblemente. La bolsita de azúcar resbaló entre sus dedos y tuvo que atraparla rápidamente para que no se le cayera.

Lo siento, dijo. No era mi intención molestarte.

Ya, me estás contando todos estos rumores porque crees que… ¿qué, que me iba a echar a reír? ¿Como si tuviera que hacerme gracia que la gente vaya diciendo cosas desagradables a mi espalda?

Lo siento, di por sentado que lo sabías.

Inspiré profundamente por la nariz. Sabía que podía levantarme de la mesa y dejarlo allí plantado, pero no sabía adónde ir. No se me ocurría ningún sitio en el que quisiera estar. Me levanté de todos modos y cogí mi abrigo del respaldo de la silla. Podía ver que Philip se sentía violento, e incluso culpable por haberme hecho daño, pero yo no quería seguir allí. Me abotoné el abrigo mientras él me preguntaba con un hilo de voz: ¿Adónde vas?

No pasa nada, dije. Olvídalo. Voy a que me dé un poco el aire.

Nunca le hablé a Bobbi de la ecografía, ni de mi visita al especialista. Al negarme a reconocer que estaba enferma, sentía que podía mantener la enfermedad al margen del tiempo y el espacio, como algo que existía solo en mi cabeza. Si los demás se enteraban, se convertiría en algo real y yo sería una enferma para el resto de mi vida. Eso solo serviría para interferir con mis otras ambiciones, como alcanzar la iluminación y ser una chica divertida. Entraba en foros de internet para intentar averiguar si aquello era un problema para alguien más. Escribía «No puedo contarle a nadie que» y Google sugería: «soy gay» y «estoy embarazada».

A veces, por la noche, cuando Bobbi y yo estábamos en la cama, mi padre me llamaba. Cogía el móvil y me iba al cuarto de baño sin hacer ruido para hablar con él. Cada vez sonaba menos coherente. A veces parecía convencido de que alguien lo perseguía. Decía: Tengo pensamientos, ¿sabes?, malos pensamientos. Mi madre me contó que los hermanos y hermanas de mi padre también recibían ese tipo de llamadas, pero ¿qué podían hacer al respecto? Nunca estaba en su casa cuando iban a verlo. A menudo, cuando hablaba con él, oía de fondo el ruido del tráfico y deducía que estaba en la calle. De vez en cuando también parecía preocupado por mi seguridad. Me dijo que no les dejara que me encontraran. Yo le dije: Tranquilo, papá. No me encontrarán. Aquí estoy a salvo.

Sabía que el dolor podría regresar en cualquier momento, así que empecé a tomar todos los días la máxima dosis de ibuprofeno permitida, por si acaso. Escondía mi cuaderno gris junto con las cajas de analgésicos en el cajón superior de mi escritorio, y solo los sacaba cuando Bobbi se estaba duchando o se había ido a clase. Ese cajón parecía simbolizar todo lo que estaba mal en mí, todo aquello que me hacía sentir mal conmigo misma, de modo que cada vez que mis ojos se posaban en él no podía evitar sentirme enferma. Bobbi nunca me preguntó nada. Nunca mencionó la ecografía ni preguntó quién me llamaba de madrugada. Yo era consciente de que la culpa era mía, pero no sabía qué hacer al respecto. Necesitaba volver a sentirme normal.

Ese fin de semana mi madre vino a Dublín. Salimos de tiendas, me compró un vestido nuevo y luego fuimos a comer a una cafetería de Wicklow Street. Ella parecía cansada, y yo también lo estaba. Pedí un bagel de salmón ahumado y me dediqué a picotear los viscosos trozos de pescado con el tenedor. El vestido estaba debajo de la mesa, en una bolsa de papel que yo no paraba de golpear sin querer con los pies. Yo había sugerido aquel sitio, y sabía que mi madre no decía nada por educación, pero estando con ella comprendí que los sándwiches tenían precios escandalosos y se servían acompañados de unas ensaladas que nadie comía. Cuando pidió un té, se lo trajeron en la tetera con una taza de porcelana y un platillo de elaborado diseño, ante lo cual se limitó a sonreír animosamente. ¿Te gusta este sitio?, preguntó.

No está mal, contesté, dándome cuenta de que en realidad lo odiaba.

El otro día vi a tu padre.

Pinché un trozo de salmón con el tenedor y me lo llevé a la boca. Sabía a limón y a sal. Lo tragué, me limpié los labios con una servilleta y dije: Ah.

No está bien, dijo. Es evidente.

Nunca ha estado bien.

Intenté hablar con él.

Alcé la vista. Mi madre contemplaba su sándwich con gesto inexpresivo, o quizá solo lo fingía para ocultar otra cosa.

Tienes que entenderlo, dijo. Él no es como tú. Tú eres fuerte, puedes enfrentarte a las cosas. A tu padre la vida le resulta muy difícil.

Intenté valorar aquellas afirmaciones. ¿Eran ciertas? ¿Importaba que lo fueran? Dejé el tenedor en el plato.

Eres afortunada, dijo. Sé que a lo mejor no lo sientes así. Puedes seguir odiando a tu padre el resto de tu vida si quieres.

No lo odio.

Un camarero pasó sosteniendo tres cuencos de sopa en precario equilibrio. Mi madre me miró.

Yo quiero a mi padre, dije.

Eso es nuevo para mí.

Bueno, yo no soy como tú.

Entonces se echó a reír, y me sentí mejor. Alargó la mano por encima de la mesa para tomar la mía, y le permití hacerlo.

31

La semana siguiente me llamaron al móvil. Recuerdo exactamente dónde estaba cuando empezó a sonar: en Hodges Figgis, justo delante de las estanterías con las novedades de ficción, y eran las cinco y trece minutos de la tarde. Andaba buscando un regalo de Navidad para Bobbi, y cuando saqué el móvil del bolsillo del abrigo vi que en la pantalla ponía: Nick. Sentí tensarse el cuello y los hombros, que de pronto me parecían muy expuestos. Deslicé la yema del dedo sobre la pantalla, me acerqué el teléfono a la mejilla y dije: ¿Sí?

Hola, dijo Nick. Oye, no hay pimientos rojos, ¿pueden ser amarillos?

Su voz pareció golpearme en algún lugar detrás de las rodillas y subir arrastrada por una oleada de calor, por lo que supe que me estaba ruborizando.

Ay, madre, dije. Creo que te has equivocado de número.

Por unos instantes, Nick no dijo nada. No cuelgues, pensé. No cuelgues. Empecé a caminar entre las estanterías de las novedades de ficción, pasando el dedo por los lomos de los libros como si siguiera buscando.

Joder, dijo Nick muy despacio. ¿Eres tú, Frances?

Sí. Soy yo.

Emitió un sonido que al principio tomé por risa, aunque luego me di cuenta de que en realidad estaba tosiendo. Me eché a reír y tuve que apartar el móvil por temor a que él creyera que estaba llorando. Cuando volvió a hablar sonaba mesurado, su confusión genuina.

No tengo ni idea de cómo ha pasado, dijo. ¿Te estoy llamando al móvil?

Sí. Me has preguntado algo sobre unos pimientos.

Oh, Dios, lo siento mucho. No me explico cómo he marcado tu número. Te aseguro que no ha sido intencionado, lo siento.

Me dirigí hacia el expositor de la entrada, donde había novedades de diversos géneros. Cogí una novela de ciencia ficción y fingí leer la contracubierta.

¿Querías hablar con Melissa?, pregunté.

Eeeh... sí.

No pasa nada. Deduzco que estás en el supermercado.

Entonces sí se rio, como si se riera de lo absurdo de la situación. Devolví el libro de ciencia ficción al expositor y abrí la cubierta de una novela romántica con trasfondo histórico. Las palabras se extendían planas sobre la página, mis ojos no intentaban leerlas.

Estoy en el supermercado, dijo.

Yo en una librería.

No me digas. ¿Comprando regalos de Navidad?

Sí, contesté. Estoy buscando algo para Bobbi.

Entonces emitió un ruido como «mmm...», ya sin reírse pero aún divertido o contento. Cerré la cubierta del libro. No cuelgues, pensé.

Hace poco han reeditado esa novela de Chris Kraus, dijo. Leí una reseña y me pareció que podría gustarte. Aunque ahora que lo pienso no me has pedido consejo.

Tu consejo es bienvenido, Nick. Y tienes una voz encantadora.

Él no dijo nada. Salí de la librería sujetando el móvil con fuerza contra la cara, notando el tacto caliente y ligeramente grasiento de la pantalla. Fuera hacía frío. Llevaba un gorro de piel sintética.

¿He llevado nuestro ingenioso intercambio demasiado lejos?, pregunté.

No, no, perdona. Estaba intentando pensar en algo agradable que decirte, pero todo lo que se me ocurre suena…

¿Poco sincero?

Demasiado sincero, replicó él. Desesperado. Me pregunto cómo se hace para piropear a tu exnovia manteniendo las distancias.

Me eché a reír, y él también. El alivio de nuestras risas generó un momento muy tierno y disipó mi temor a que me colgara el teléfono, al menos de momento. Un autobús pasó traqueteando por un charco y me salpicó los tobillos. Eché a andar alejándome de la facultad, hacia el parque de St Stephen's Green.

Nunca has sido muy dado a los cumplidos, le dije.

Ya, lo sé. Es algo que lamento.

A veces, cuando estabas borracho, eras agradable.

Ajá, dijo él. ¿Y ya está, solo era agradable cuando estaba borracho?

Volví a reírme, esta vez yo sola. El móvil parecía transmitir a mi cuerpo una extraña energía radiactiva que me hacía caminar muy deprisa y reírme tontamente.

Siempre fuiste agradable, dije. No he querido decir eso.

Ahora te doy lástima, ¿no?

Nick, no sé nada de ti desde hace un mes, y solo estamos hablando porque has confundido mi nombre con el de tu mujer. No me das lástima.

Bueno, he tenido que ser muy estricto conmigo mismo para no llamarte, dijo él.

Ambos guardamos silencio unos instantes, pero ninguno de los dos colgó.

¿Sigues en el supermercado?, pregunté.

Sí, ¿dónde estás tú? Ahora estás fuera.

Andando por la calle.

Todos los restaurantes y bares tenían árboles navideños en miniatura y falsos ramilletes de acebo tras los cristales. Una mujer pasó por mi lado llevando de la mano a un niñito rubio que se quejaba del frío.

Esperaba que me llamaras, dije.

Frances, dijiste que no querías volver a verme. No iba a acosarte después de eso.

Detuve mis pasos al azar delante de una licorería, y me quedé mirando las botellas de Cointreau y Disaronno apiladas como joyas en el escaparate.

¿Cómo está Melissa?, pregunté.

Bien. Bastante estresada con los plazos de entrega. Por eso la llamaba, para asegurarme de no tener problemas por comprar las verduras que no son.

Los comestibles parecen tener un gran peso en su forma de responder al estrés.

He intentado hacerle ver eso mismo, créeme. ¿Cómo está Bobbi?

Me aparté del escaparate y seguí caminando calle arriba. Se me estaba helando la mano con la que sujetaba el móvil, pero me notaba la oreja caliente.

Bobbi está bien, dije.

He oído que habéis vuelto.

Bueno, no es mi novia propiamente dicha. Dormimos juntas, pero creo que es más bien una forma de poner a prueba los límites de la amistad. En realidad no sé qué estamos haciendo, pero parece que funciona bien.

Estáis hechas una verdadera pareja de anarquistas, dijo Nick.

Gracias, le encantará oír eso.

Esperé que el semáforo se pusiera en verde para cruzar la calle y entrar en St Stephen's Green. Los faros de los coches lanzaban destellos y en lo alto de Grafton Street había unos músicos callejeros cantando «Fairytale of New York». Una valla publicitaria iluminada por un resplandor amarillo rezaba: ESTA NAVIDAD... EXPERIMENTA EL AUTÉN-TICO LUJO.

¿Puedo pedirte consejo sobre algo?, pregunté.

Sí, claro. Creo que he demostrado una y otra vez mi pésimo criterio a la hora de tomar decisiones, pero si crees que te servirá de ayuda puedo intentarlo.

Verás, hay algo que no le he contado a Bobbi, y no sé cómo decírselo. No es que me esté haciendo la interesante, no tiene nada que ver contigo.

Nunca he pensado que te hicieras la interesante, repuso él. Sigue.

Le dije que primero iba a cruzar la calle. Para entonces ya había oscurecido y todas las cosas parecían reunirse en torno a puntos de luz: escaparates, rostros enrojecidos por el frío, una hilera de taxis esperando junto a la acera. Oí el agitar de unas riendas y el repiqueteo de cascos al otro lado de la calle. Cuando entré en el parque por una verja lateral el ruido del tráfico pareció extinguirse de golpe, como atrapado entre las ramas desnudas y disuelto en el aire. Mi aliento dibujaba un sendero blanco ante mí.

¿Recuerdas que el mes pasado fui al hospital para una prueba médica?, dije. Después te conté que todo había salido bien.

Al principio Nick guardó silencio. Luego dijo: Todavía estoy en el súper. Será mejor que vaya al coche para que podamos hablar, ¿vale? Hay bastante jaleo aquí dentro, dame solo diez segundos. Le dije que sí, claro. Por el oído izquierdo oía el suave murmullo del agua, pasos que se acercaban y alejaban, y por el derecho el sonido de una voz pregrabada cuando Nick pasó entre las cajas de cobro automático. Luego el zumbido de las puertas deslizantes y los ruidos del aparcamiento. Oí el pitido del coche cuando lo abrió con el mando a distancia, y sus movimientos cuando se subió al coche y cerró la portezuela. Su respiración sonaba más fuerte en el silencio.

¿Qué estabas diciendo?, preguntó.

Verás, resulta que tengo una enfermedad que hace que las células de mi útero crezcan donde no deberían. Endometriosis, puede que hayas oído hablar de ella, yo no tenía ni idea de que existiera. No es peligrosa ni nada, pero no tiene cura y es algo que comporta dolor crónico. Me desmayo bastante a menudo, lo cual resulta bastante incómodo. Y cabe la posibilidad de que no pueda tener hijos. Me refiero a que los médicos no saben si podré tenerlos o no. Y seguramente es una tontería preocuparse por algo que aún no sabemos si me afectará.

Pasé junto a una farola que proyectó mi propia sombra ante mí, alargada y brujeril, tan larga que los bordes de mi cuerpo se desdibujaban en la oscuridad.

A mí no me parece ninguna tontería, dijo Nick.

¿Ah, no?

No.

La última vez que nos vimos, dije, cuando nos acostamos y luego me dijiste que querías parar, pensé que... ya sabes. Que ya no te gustaba mi cuerpo. Como si pudieras intuir que algo no iba bien en mi interior. Es de locos, porque ya estaba enferma antes de conocerte. Pero esa fue la primera vez que nos vimos después de que empezaras a acostarte de nuevo con Melissa y tal vez me sentía vulnerable, no sé.

Oía a Nick respirando al otro lado de la línea. En ese momento no necesitaba que dijera nada, que me explicara lo que sentía. Me detuve delante de un pequeño banco empapado por la humedad, junto a un busto de bronce, y me senté.

Y no le has contado nada a Bobbi sobre el diagnóstico, dijo.

No se lo he contado a nadie. Excepto a ti. Temo que si se lo cuento a los demás me verán como una persona enferma.

Un hombre que paseaba a su Yorkshire terrier pasó por delante de mí, y el perro tiró de la correa para olisquearme los pies. Llevaba puesto una especie de abriguito guateado. El hombre me sonrió fugazmente, como disculpándose, y luego siguieron su camino. Nick no dijo nada.

Bueno, ¿qué piensas?, pregunté.

¿Sobre Bobbi? Creo que deberías contárselo. De todos modos nunca podrás controlar lo que piense de ti. Ya sabes, estés sana o enferma, es algo sobre lo que nunca podrás hacer nada. Lo que estás haciendo ahora es engañarla a cambio de una ilusión de control, y seguramente no vale la pena. Pero tampoco es que tenga mucha fe en mis propios consejos.

Es un buen consejo.

El frío del banco había traspasado la lana del abrigo y se me había metido en la piel y los huesos. Pero no me levanté, me quedé allí sentada. Nick dijo que sentía mucho que estuviera enferma, y yo acepté sus palabras y le di las gracias. Me hizo un par de preguntas sobre el tratamiento de los síntomas y sobre si podrían mejorar con el tiempo. Conocía a otra mujer que sufría endometriosis, la esposa de su primo, y me dijo que habían tenido hijos, por si me servía de consuelo. Le comenté que la fecundación in vitro me daba bastante miedo y él contestó: Ya, pero ellos no la necesitaron, creo. De todos modos, los tratamientos de fertilidad son cada vez menos invasivos, ¿no? Se están haciendo muchos progresos. Le dije que no lo sabía.

Nick carraspeó. ¿Sabes?, dijo, la última vez que nos vimos quise parar porque temía estar haciéndote daño. Nada más.

Vale, dije. Gracias por decírmelo. No me estabas haciendo daño.

Hicimos una pausa.

No puedes imaginarte lo difícil que me ha resultado no llamarte, dijo al cabo.

Creía que me habías olvidado por completo.

Me horroriza la idea de olvidar aunque sea el más mínimo detalle sobre ti.

Sonreí. Dije: ¿En serio? Para entonces los pies se me estaban congelando dentro de las botas.

¿Dónde estás ahora?, preguntó Nick. Ya no vas andando, estás en algún lugar tranquilo.

Estoy en Stephen's Green.

¿De verdad? Yo también estoy en el centro, a unos diez minutos de ahí. No voy a ir a verte ni nada, no te preocupes. Es solo que me resulta curioso pensar que estás tan cerca.

Lo imaginé sentado en su coche en alguna parte, sonriendo para sí al teléfono, lo ofensivamente guapo que debía parecer. Me metí la mano libre por dentro del abrigo para mantenerla caliente.

Cuando estábamos en Francia, dije, ¿recuerdas aquel día que fuimos a la playa y yo te pedí que me dijeras que te morías por mis huesos, y tú me tiraste agua a la cara y me dijiste anda y que te den?

Cuando Nick habló, pude percibir que seguía sonriendo. Haces que parezca un auténtico cabrón, dijo. Estaba bromeando, no iba en serio lo de que te den.

Pero no podías decir que te morías por mis huesos, repuse.

Bueno, los demás ya se encargaban de decirlo a todas horas. Me dio la impresión de que solo querías que te regalara los oídos.

Debería haber sabido que lo nuestro no podría funcionar.

¿No lo hemos sabido siempre?, preguntó.

Callé durante unos segundos. Luego me limité a contestar: Yo no lo sabía.

Bueno, ¿qué significa que una relación «funcione»?, dijo Nick. Lo nuestro nunca iba a ser algo convencional.

Me levanté del banco. Hacía demasiado frío para estar sentada a la intemperie. Quería volver a entrar en calor. Iluminadas desde abajo, las ramas desnudas parecían arañar el cielo.

Ni yo pensaba que tuviera que serlo, repliqué.

Vale, ahora dices eso, pero evidentemente no te gustaba que yo quisiera a otra persona. No pasa nada, eso no te convierte en un monstruo.

Pero yo también quería a otra persona.

Sí, lo sé. Pero no querías que yo lo hiciera.

No me habría importado, si…

Busqué una forma de acabar la frase sin tener que decir: si yo fuera distinta, si yo fuera la persona que quiero ser. Pero me limité a dejar que cayera en el silencio. Estaba muerta de frío.

No puedo creer que estés al otro lado del teléfono diciéndome que esperabas que te llamara, dijo Nick con un hilo de voz. De verdad que no te imaginas lo devastador que es oír eso.

¿Cómo te crees que me siento yo? Ni siquiera querías hablar conmigo, pensabas que estabas llamando a Melissa.

Por supuesto que quería hablar contigo. ¿Cuánto tiempo llevamos al teléfono?

Tenía ante mí la puerta por la que había entrado, pero estaba cerrada. Empezaban a escocerme los ojos por el frío. Al otro lado de la verja había una cola de gente esperando el 145. Me encaminé hacia la puerta principal, más allá de la cual se avistaban las luces de las tiendas del centro. Me vino a la mente la imagen de Nick y Melissa cantando «Baby It's Cold Outside» en el calor de su cocina, rodeados de amigos.

Tú lo has dicho, repuse. Lo nuestro nunca habría funcionado.

Bueno, pero ¿dirías que está funcionando ahora? Si voy a recogerte y damos una vuelta en coche mientras hablamos y yo te digo: Oye, siento no haberte llamado, he sido un estúpido, ¿estaría funcionando?

Si dos personas se hacen felices la una a la otra, es que la cosa funciona.

Podrías sonreír a un perfecto desconocido en la calle y hacerlo feliz, dijo Nick. Estamos hablando de algo más complicado.

Según me acercaba a la verja, empezó a sonar la campana. Volvió a escucharse el ruido del tráfico, como una luz que fuera creciendo en intensidad.

¿Tiene que ser tan complicado?, pregunté.

Sí, me temo que sí.

También está lo mío con Bobbi, que es importante para mí.

A mí me lo vas a decir, repuso Nick. Yo estoy casado.

Siempre va a ser así de jodido, ¿verdad?

Pero esta vez te haré más cumplidos.

Ya estaba junto a la verja. Quería contarle lo de la iglesia, pero eso sería otra conversación muy distinta. Yo quería cosas de él que harían que todo lo demás se complicara.

¿Qué clase de cumplidos?, pregunté.

Se me ocurre algo que no es exactamente un cumplido, pero creo que te gustará.

Muy bien, dímelo.

¿Recuerdas la primera vez que nos besamos?, preguntó. En la fiesta. Y yo dije que no creía que el lavadero fuera el lugar más adecuado para besarse y nos fuimos. Sabes que subí a mi habitación y te estuve esperando, ¿verdad? Durante horas, me refiero. Y al principio estaba realmente convencido de que vendrías. Creo que no me he sentido tan mal en toda mi vida, desgarrado por aquella especie de angustia mezclada con euforia que resultaba casi placentera. Porque aunque subieras a mi habitación, ¿luego qué? La casa estaba llena de gente, tampoco es que pudiéramos hacer nada. Pero cada vez que pensaba en volver abajo imaginaba que te oía subiendo por la escalera y no podía salir de la habitación, quiero decir, me resultaba físicamente imposible. El caso es que ahora mismo, mientras hablo contigo por teléfono, me pasa algo muy parecido, la sensación de saber que estás cerca y sentirme completamente paralizado por ello. Si te dijera dónde está mi coche ahora mismo, no creo que fuera capaz de marcharme, me sentiría obligado a quedarme aquí por si cambias de idea acerca de lo nuestro. ¿Sabes?, sigo sintiendo ese impulso de estar disponible para ti. Te habrás dado cuenta de que no he comprado nada en el supermercado.

Cerré los ojos. Las cosas y las personas se movían a mi alrededor, ocupando posiciones en oscuras jerarquías, participando en sistemas de los que yo no sabía y nunca sabría nada. Una compleja red de objetos y conceptos. Tienes que vivir ciertas cosas para poder entenderlas. No siempre puedes quedarte en la perspectiva analítica.

Ven a buscarme, dije.

AGRADECIMIENTOS

Para escribir este libro me he inspirado en gran medida en las conversaciones que he tenido con mis amigos, en especial Kate Oliver y Aoife Comey; muchas gracias a ambas. Quiero dar también las gracias a los amigos que leyeron los primeros borradores del manuscrito: Michael Barton, Michael Nolan, Katie Rooney, Nicole Flattery y muy especialmente John Patrick McHugh, cuyas excelentes sugerencias contribuyeron de forma sustancial al desarrollo del libro.

Estoy en deuda con Thomas Morris por su temprana e inquebrantable fe en mi trabajo, y por muchos años de gratificante amistad. Gracias, Tom, de corazón.

Estoy muy agradecida a Chris Rooke, en cuyo apartamento se escribió buena parte de este libro, y a Joseph y Gisele Farrell, cuya hospitalidad me dio la oportunidad de escribir parte de la novela en Bretaña. También estoy en deuda con el Arts Council de Irlanda por el apoyo económico que me brindó para poder finalizar este proyecto.

Muchísimas gracias a mi agente, Tracy Bohan, y a mi editora, Mitzi Angel; la perspicacia y la ayuda de ambas no tienen precio. Gracias también a todo el equipo de Faber, que me ha cuidado tan bien, y a Alexis Washam, de Hogarth.

Como siempre, estoy inmensamente agradecida a mis padres.

Por encima de todo, en cada fase de la escritura y la edición de esta novela, he confiado en John Prasifka siempre que he necesitado orientación, consejo y apoyo. Sin él, no habría libro; lo que tiene de mejor es suyo.